rororo

rororo

Der Autor

Willy Josefsson wurde 1946 in Ängelholm im nordwestlichen Skåne (Schweden) geboren. Nach seinem Studium war er Kulturjournalist und arbeitet heute als Hörfunkredakteur bei Sverige Radio. Josefsson hat bisher fünf Kriminalromane geschrieben, die in Schweden äußerst erfolgreich sind.

«*In jenen dunklen Tagen* ist ein ausgezeichneter Kriminalroman, womöglich Josefssons bester, weil er sehr kunstfertig konstruiert ist.»

(Sydsvenska Dagbladet)

WILLY JOSEFSSON

In jenen dunklen Tagen

Roman

Deutsch von
Jutta Hamberger

Rowohlt Taschenbuch Verlag

Deutsche Erstausgabe
Veröffentlicht im Rowohlt Taschenbuch Verlag
GmbH, Reinbek bei Hamburg, Januar 2001

Die Originalausgabe erschien unter dem Titel
«Minnet av en mördare» 1999 bei
Ordfront Förlag, Stockholm
Redaktion Wolfram Hämmerling
Umschlaggestaltung Ulrike Kuhr
(Foto: Mauritius/A. Bartel)
Satz ITC Galliard (PageMaker) bei
Pinkuin Satz und Datentechnik, Berlin
Druck und Bindung Clausen & Bosse, Leck
Printed in Germany
ISBN 3 499 22892 0

Die Schreibweise entspricht den Regeln
der neuen Rechtschreibung.

«Ich bin kein Freund des Pterodactylus.»

Graham Greene

Alle Geschehnisse und Personen in diesem Roman sind frei erfunden. Jede Ähnlichkeit mit der Wirklichkeit ist rein zufälliger Natur. Es soll auch kein Schatten auf den Ort fallen, an dem ich diese Geschichte spielen lasse – dieser Ort hat mit dem Roman nur insoweit zu tun, als er die Phantasie des Autors beflügelt hat. Ich habe mir die dichterische Freiheit genommen, Einzelheiten zu verändern, wo es mir notwendig erschien – wer etwa nach dem schwarzen Eisenzaun an der Einfahrt des Sanatoriums in Vejbystrand sucht, wird ihn nicht finden –, ansonsten habe ich mich an die Gegebenheiten gehalten.

Zum Schluss möchte ich denen danken, ohne die dieser Roman nicht geschrieben worden wäre: Jonas Olsson bei SVT in Malmö, der mir seine Unterlagen über Schwedens geheime Zusammenarbeit mit der Nato zur Verfügung stellte, Salomon Schulman, der mir meine zahlreichen medizinischen Fragen beantwortete. Und ich möchte den Einwohnern von Vejbystrand danken, dass ich Details und Einzelheiten ihres Wohnorts für meinen Roman benutzen durfte.

PROLOG

Der Körper fiel lautlos. Das Erste, was man hörte, waren die Bremsen der U-Bahn, ein schneidendes, metallisches Geräusch, Eisen auf Eisen.

Dann hörte man die Menge. Ein erschrecktes Einatmen, so wie Kinder Neujahrsraketen bestaunen.

Der Mann, der vor die U-Bahn gefallen war, hing für einen Augenblick am ersten Wagen des Zugs wie eine Marionette mit gerissenen Fäden. Er hätte eine der von Siri Derkert an die Wände gemalten struppigen Figuren sein können. Dann fiel er hinunter und verschwand unter den Rädern.

Jemand deutete auf das Bündel, das zwischen den Wagen zu sehen war. Die eine Hälfte der Menschen drängte vorwärts und wollte sehen, was passiert war, die andere wich zurück. Sie wirkten wie ein einziger großer Körper, der sich hin und her bewegt.

Einige Sekunden lang schien eine Panik unvermeidlich, und nur ein Wunder bewirkte, dass niemand niedergetrampelt oder verletzt wurde. Schreie und Rufe vermischten sich, ein kleines Mädchen weinte vor Angst. In dem Durcheinander bemerkte niemand die braune Aktentasche, die noch auf dem Bahnsteig stand – an der Stelle, wo der Mann aufs Gleis gefallen war. Und niemand sah, wie die Tasche vorsichtig geöffnet wurde.

Der Fahrer stieg aus der Führerkabine, bleich vor Schreck.

Er wiederholte immer wieder dieselben Worte: «Ich hatte keine Chance. Er fiel direkt vor mir herunter, ich hatte keine Chance.»

Aber niemand sagte etwas.

Im Zug merkten die Fahrgäste, dass der Fahrer vergessen hatte, die Türen zu öffnen. Das Gepolter gegen die Fenster glich dem eingesperrter Menschen, deren Schiff zu sinken droht.

Dann kam die Polizei. Es dauerte keine fünf Minuten, bis die Ordnung wiederhergestellt war und der Bahnsteig sich leerte.

Nur die braune Aktentasche blieb zurück.

KAPITEL 1

Der Mann wiederholte seine Frage. «Weißt du nicht, wer hier spricht?»

Martin Olsson wusste nicht, was er antworten sollte. Die Stimme sagte ihm nichts. Wenn der Anrufer nicht so hartnäckig gewesen wäre, hätte er vermutet, er sei falsch verbunden.

«Nein ...», antwortete er vorsichtig.

Die Stimme veränderte sich, sie klang nicht länger erwartungs-, sondern vorwurfsvoll. «Hier spricht Kurt Malmberg.»

Immer noch konnte Olsson sich nicht erinnern. Er trat ans Fenster und sah hinaus in die beginnende Dämmerung. Das gelbe Birkenlaub draußen im Garten schimmerte bleich. Aber das war auch keine Hilfe.

«Kurt Malmberg», wiederholte er, um Zeit zu gewinnen.

Aber der Anrufer war unerbittlich. «Ich finde, wir sollten uns wieder sehen. Es ist ja eine Weile her.»

Das Laub bewegte sich sachte im Wind, und dann entstand aus den Tiefen von Olssons Bewusstsein ein undeutliches, unbehagliches Bild. Er merkte, wie abweisend er klang.

«*Der* Kurt Malmberg?»

«Der Mörder, ja.»

Am anderen Ende der Leitung wurde es still. Olsson hörte die Atemzüge, aber irgendetwas hielt ihn davon ab, einfach den Hörer aufzulegen.

«Es wird wirklich Zeit, dass wir uns sehen. Vielleicht heute Abend?»
Jetzt erkannte er auch die Stimme wieder. Sie hatte sich kaum verändert, ein Irrtum war ausgeschlossen.
«Nein, das geht nicht …», antwortete Olsson. Er wusste nicht recht weiter, bis er die plötzlich so vertraute Stimme wieder hörte.
«Ich kann zu dir nach Hause kommen. Ich weiß, wo du wohnst.»
Endlich fasste sich Olsson wieder. «Heute Abend bin ich nicht da», log er.
Aber der Mann war unerbittlich. «Dann vielleicht morgen? Das geht genauso gut.»
Olsson dachte kurz nach, bevor er antwortete. Er bemühte sich, so neutral wie möglich zu klingen. «Was willst du eigentlich?»
Kurt Malmberg klang auf einmal verbindlich, als hätte er die Antwort auf diese Frage geprobt. «Ein bisschen Kontakt. In dreißig Jahren kommt man ganz schön ins Nachdenken. Und außerdem haben wir beide noch etwas zu klären, du und ich.»
Olsson vermied die Falle und fragte nicht, worauf er hinaus wollte. «Morgen habe ich auch keine Zeit.»
Kurt Malmberg schien die Antwort nicht weiter krumm zu nehmen, oder vielleicht interessierte sie ihn auch nicht. «Irgendwann wirst du ja mal zu Hause sein. Mir ist es ziemlich egal, wann das ist, jetzt, wo ich auch hier wohne.»
«Du bist hierher gezogen?», fragte Olsson erstaunt. Er hätte sich die Zunge abbeißen können, Malmberg aber antwortete zufrieden.

«Ja, sie haben mich rausgelassen. Seit Ende August wohne ich in Vejbystrand. Früher oder später werden wir uns sicher über den Weg laufen.»

Noch ein Klicken, dann war die Leitung tot.

Martin Olsson fühlte, wie sein Unbehagen wuchs. Er stand am Fenster und sah in seinen winzigen Vorgarten hinaus, in dem gerade Platz für die herbstlich gelbe Hängebirke und seinen grünen Saab war. In der sich schnell herabsenkenden Dämmerung verschwanden die Farben, und automatisch streckte er die Hand aus, um die Außenbeleuchtung einzuschalten. Dann fiel ihm ein, dass er ja gerade gesagt hatte, er würde nicht zu Hause sein.

Also ließ er es sein und ging durch die beiden Zimmer zur anderen Seite des Hauses, die an der Hauptstraße lag. Er betrachtete die altmodischen Geschäftsschilder, die in ihm immer ein Gefühl von Wärme und Sicherheit auslösten, von Kleinstadt und stehen gebliebener Zeit. Das unerwartete Gespräch hatte die Zeit auf eine andere, sehr unangenehme Weise zurückgedreht. Er blieb im Halbdunkel stehen und fragte sich, ob wohl Kurt Malmberg da draußen war und nur darauf wartete, dass er das Licht anmachte.

Olsson wurde klar, dass er eigentlich nicht wusste, was er fühlte – vielleicht doch eher Wut als echtes Unbehagen. Er war wütend, dass Malmberg ihn zwang, an Dinge zu denken, die er lieber vergessen würde.

Der Mord an dem Mädchen war sehr grausam gewesen. Und der Mörder sehr abstoßend. In den vergangenen dreißig Jahren war es Olsson fast gelungen, zu vergessen, dass dieser Mord jemals geschehen war. Bis heute.

Ein knapp fünfzehnjähriges Mädchen war vergewaltigt wor-

den, und Olsson war dabei gewesen, als man Malmberg deswegen verhaftete.
Der war Berufssoldat bei einer Eliteeinheit der Fallschirmjäger gewesen und hätte Olsson und seine beiden Kollegen leicht mit bloßen Händen erledigen können. Stattdessen war er ihnen lächelnd und ohne jeden Widerstand gefolgt, als sie gekommen waren.
Olsson war aus Malmbergs Haltung nicht klug geworden. Während der Verhöre war er überheblich und ungezwungen aufgetreten, als ob ihn die ganze Sache eigentlich gar nichts anginge. Erst nach dem Richterspruch und seiner Einweisung in die geschlossene Psychiatrie hatte er reagiert und plötzlich behauptet, er sei unschuldig – und das trotz der erdrückenden Beweise. Olsson erinnerte sich, dass Malmberg sich aufgeführt hatte wie einer, der sich betrogen fühlt oder der feststellen muss, dass er eben doch nicht über den anderen Menschen und deren Gesetzen steht.
Und jetzt, dreißig Jahre später, versteckte er sich vor Malmberg in seiner eigenen Wohnung, wagte nicht einmal, Licht anzumachen, ohne sagen zu können, warum eigentlich.
Die Situation war absurd, aber seine Unlust, eine Begegnung mit Malmberg zu riskieren, war größer. Olsson beschloss, aus seiner Notlüge eine Teilwahrheit zu machen. Als er in die Dunkelheit hinaustrat, ließ er das Licht aus.
Die Neonreklame für den Schnapsladen ein paar Häuser weiter leuchtete in einem gruseligen Grün, als er auf die Storgatan trat. Die letzten Nachzügler der Woche drängten sich dort durch die magischen Glastüren, Panik im Blick. Olsson wendete der unerträglichen Freitagsschlange den Rücken zu und folgte stattdessen der Storgatan, die einem Blinddarm

ähnelte und in die entgegengesetzte Richtung, zum Fluss Rönne hinunter, führte.
Ein roter Papagei im Fenster eines Zoofachgeschäfts folgte ihm mit den Augen, als er die Straße überquerte. Er ging schnell auf das weiß angestrichene Geländer zu, das dem Parkplatz an dem steilen Hang zum Ufer seinen Namen gegeben hatte, und verschwand zwischen den herbstlich roten Büschen. Erst, als er die lange Treppe zum Fluss hinunter hinter sich hatte, wo sich die solide Steinbrücke Karls XV. über die dunklen Fluten erstreckte, atmete er auf. Kurt Malmberg hatte ihm jedenfalls nicht vor der Haustür aufgelauert.
Eigentlich wusste er nicht, warum er sich so aus dem Haus geschlichen hatte. Vielleicht, weil Malmberg ihn überrumpelt hatte. Es wäre besser gewesen, wenn er keine Ausflüchte gemacht, sondern ihm direkt ins Gesicht gesagt hätte, dass er ihn nicht treffen wollte. Aber in dem selbstsicheren Gehabe des Anrufers war etwas gewesen, dem man sich nur schwer widersetzen konnte. Und Malmberg hatte behauptet, er wisse, wo er wohne. Olsson wusste nicht, ob das eine Drohung war oder nicht.
Er verdrängte diesen Gedanken und besänftigte sich damit, dass sein verstohlenes Verhalten wenigstens dem Drang nach etwas frischer Luft entgegen kam. Was auch immer Malmberg wollte, früher oder später würde er auftauchen, genau so, wie er es angekündigt hatte.
Und Olsson zog «später» definitiv vor.
Er blieb stehen, als er vor sich plötzlich Leute erblickte. Instinktiv trat er auf die andere Seite des Kieswegs, aber dann sah er den Plastikkanister zwischen ihnen auf der Parkbank.

Die Trinker schauten ihm misstrauisch nach, sagten aber nichts. Olsson legte einen Zahn zu. Er ging oft die Flusspromenade entlang, die nur wenige hundert Meter von seinem neuen Zuhause entfernt lag und so ziemlich der nächste Punkt war, der ihm die Illusion von Natur vermittelte. Es war aber auch der nächste Punkt vom Schnapsladen aus gesehen, hier konnte man trinken, ohne gesehen zu werden.
Weder die herbstliche Kühle noch die Dunkelheit schienen daran etwas zu ändern. Olsson war aufgefallen, dass neuerdings statt Flaschen immer öfter andere Behältnisse zu sehen waren. Und das war ein Zeichen dafür, dass Schwarzgebranntes mittlerweile zur echten Konkurrenz für das Zeug aus dem Schnapsladen geworden war.
Olsson atmete die kalte Nachtluft ein. Er behielt sein rasches Tempo bei und lief den Fluss entlang, der sich – im Gegensatz zu ihm – nach den Wirbeln an der Brücke nun sanft und gemächlich dahinbewegte.

Wie immer wurde sein Weg an der Rönne entlang von einer scharfen Biegung unterbrochen, und für eine Weile musste er nun statt auf Kies auf Asphalt laufen. Die Västra Kyrkogatan war eine gesichtslose, nichts sagende Gasse. Sie teilte sich in zwei Hälften, in der Mitte stand die kleine, weiße, oben spitz zulaufende Kirche, dann kam ein weiterer Abschnitt Flusspromenade. Dieser führte an einem roten Ziegelgebäude vorbei, in dem er seine Karriere als Polizist begonnen hatte. Mittlerweile war hier ein Museum, und er selbst war seit gut vier Jahren im Vorruhestand.
Das Wasser zu seiner Linken war immer noch schwarz und träge. Die Laternenpfähle sahen glitschig aus, und die Dun-

kelheit hatte über Winkel und Buschwerk konturlose Schleier gelegt. Olsson versuchte sein Bestes, die dunklen Schatten zu ignorieren, die in den Erlen und Weiden lauerten, aber er merkte, dass er wieder unmerklich Tempo zugelegt hatte. Ihm wurde klar, dass Kurt Malmbergs mögliche Drohung größere Wirkung gehabt hatte, als ihm recht war.

Als er endlich an der Treppe zur Nybron angekommen war, betrachtete er erleichtert das warme, gelbe Licht auf der anderen Seite des Flusses. Das große, rechteckige Gebäude mit den stahlgefassten Scheiben erinnerte ihn an ein riesiges Aquarium, und das war es ja irgendwie auch. Im Schwimmbecken befanden sich nicht viele Menschen, genauso, wie er sich das gedacht hatte. Ein Freitag im Oktober, kurz nach sechs – im Prinzip hatte er das Bad für sich allein.

Er bezahlte und nickte dem Sicherheitsmann zu, einem jungen Mann im T-Shirt und mit Baseballkappe, der gelangweilt gähnte. Am Eingang stand ein Korb mit blauen Schutzhüllen für die Schuhe, und als er zur Umkleidekabine ging, sah es aus, als hätte er Duschhauben an beiden Füßen.

Außer ihm war niemand in der Umkleide, und er zog sich schnell um. Heißer, trockener und etwas säuerlicher Duft schlug ihm entgegen, als er in die Sauna trat. Noch immer war er allein. Er breitete sein Handtuch auf dem vertrauten Sitzplatz auf der untersten Bank aus, setzte sich und ließ seinen Gedanken in der Hitze freien Lauf.

Eigentlich war er nur deshalb in die Sauna gegangen, um einige Stunden von zu Hause weg zu sein. Er ärgerte sich, dass Malmberg so viel Macht über ihn hatte, und er wurde das unangenehme Gefühl darüber nicht los, dass er so plötzlich aus der Vergangenheit aufgetaucht war. Olsson hatte ihn schon lange vor dem entsetzlichen Mord an dem Mädchen gekannt oder doch gewusst, wer er war. Eigentlich war er nicht sonderlich überrascht gewesen, als klar wurde, wer der Täter war. Olsson war einige Jahre älter, aber Malmberg und er waren in derselben Stadt aufgewachsen und zur selben Schule gegangen. Kurt Malmberg war schlicht und einfach ein mieser Typ gewesen.

In der Schule war er als Raufbold bekannt gewesen, der jüngere Schüler quälte. Schon als Jugendlicher hatten ihn handgestrickte Ideen vom Übermenschentum fasziniert, und er hatte andere in Dienstverhältnisse mit sexuellem oder sadistischem Einschlag gezwungen. Wenn es jemand gegeben hatte, der prädestiniert war für einen Sexualmord, dann Kurt Malmberg.

Beim Militär hatte er schnell Karriere gemacht, was nach Olssons Meinung nicht im Gegensatz zu seinem sonstigen Charakter stand. Er wurde zum Fallschirmjäger ausgebildet und kommandierte schließlich eine Eliteeinheit, aber seine Laufbahn hatte in die geschlossene Abteilung der Säters-Psychiatrie geführt.

Während eines Herbstmanövers war Malmbergs Einheit zur Flugstaffel F 10 nach Ängelholm verlegt worden. Das fünfzehnjährige Mädchen hatte buchstäblich seinen Weg gekreuzt, als es spät an einem Freitagabend vom Kino auf dem Flygarstigen zwischen Ängelholm und Skälderviken nach Hause geradelt war. Es sollte ihre letzte Radtour sein.

Olsson erinnerte sich gut, wie sie alle zusammengerufen worden waren, um im Wald nach ihr zu suchen, wo man ihr Fahrrad zwei Tage nach ihrem Verschwinden gefunden hatte. Und er erinnerte sich an das bleiche Gesicht des Mädchens und die

zusammengerafften Fichtenzweige, die ihren misshandelten Körper nur notdürftig verbargen.
Auf einmal fiel ihm das Atmen schwer. Der Schweiß lief in seine Augen, und er stand ein bisschen zu schnell auf. Einen Moment lang war ihm schwindlig, aber die kühle Luft auf der anderen Seite der Tür half ihm, sein Gleichgewicht wieder zu finden. Er kühlte sich mit einer kurzen Dusche ab, zog seine Boxershorts an und ging hinaus in die Schwimmhalle.
Er wollte nicht schwimmen, sondern einfach nur eine Weile am Rand des Beckens sitzen und das riesige Mosaik betrachten, das sich über die gesamte Kurzseite erstreckte – ein Engel, der das Meer umarmte und dessen Arme den Ort Skälderviken bildeten. Jede einzelne Kachel war aber auch ein Bild für sich, ein Kunstwerk im Kunstwerk. Olsson sah, welche ungeheure geistige Ruhe und Geduld nötig gewesen sein musste, um dieses Bild zu schaffen. Irgendwie schien die Geborgenheit, die die Bildfluten des Künstlers ausstrahlten, ansteckend zu sein.
Aber auch das half nicht wirklich. Die wieder erwachte Erinnerung ließ sich nicht zum Schweigen bringen. Olsson atmete einige Male tief ein und aus und beschloss, einen zweiten Saunagang zu machen. Er ging zurück in die betäubende Hitze, aber nun war er nicht mehr allein.
Zwei Männer, beide um die vierzig, betrachteten ihn misstrauisch. Anscheinend diskutierten sie über Rennpferde und wollten nicht, dass Fremde ihre Tipps hörten. Oder jedenfalls glaubte Olsson, das Wort Kilometerzeiten und verschiedene Pferdenamen aufzuschnappen.
Er blieb so lange, bis es den beiden zu viel wurde. Als er wieder allein war, kam endlich die Entspannung, erst körperlich,

dann auch seelisch. Er ging hinaus und duschte den Schweiß ab, der seinen Körper wie ein Ölfilm überzog, dann betrachtete er sich kritisch im Spiegel. Er war nicht direkt unzufrieden mit dem, was er sah. Ein ehemaliger Polizist, dachte er. Was hat der mit einem ehemaligen Mörder zu tun?

Er wusste die Antwort nicht, aber er erinnerte sich an den Tag, als er von seinem beinahe einjährigen Krankenhausaufenthalt zurückgekommen war und feststellen musste, dass er nicht mehr zur Polizei gehörte.

Er dachte daran, dass seine erste Reaktion Erstaunen gewesen war und wie verlegen sein Vorgesetzter gewirkt hatte. Sie waren beide Opfer einer anonymen bürokratischen Entscheidung geworden, und Olsson verstand schnell, dass dies Teil einer politisch motivierten Veränderung der Personalstruktur gewesen war. Wie es eigentlich dazu gekommen war, war ihm immer noch nicht klar, aber er vermutete, dass es etwas mit seinem Alter zu tun hatte. Und dabei war er erst 55 Jahre alt gewesen.

Olsson trocknete sich ab und zog sich langsam an. Wenn er ehrlich war, hatte er nichts gegen seine neuen Lebensumstände gehabt. Und wenn er sich ansah, was die letzten Jahre mit ihren oft sinnlosen Umstrukturierungen für die Polizei gebracht hatten, war er eigentlich froh, nicht mehr dabei zu sein.

Er fühlte sich leicht und geschmeidig, als er wieder auf die Straße trat. Aber das Schwitzen hatte seinen Körper ausgetrocknet, und nun machte sich heftiger Durst bemerkbar. Er sah sich um und stellte fest, dass das alte Restaurant *Lergöken* auf der anderen Straßenseite einem Pub gewichen war. Trotz des kindischen und eher abschreckenden Namens *Rönne*

River Bar ging Olsson hinüber und stieg die Treppen zu dem pflaumenfarbenen Haus hinauf.

Innen sah es weit weniger abschreckend aus, als er befürchtet hatte. Ein Jüngling mit gepiercter Lippe traf gerade die letzten Vorbereitungen vor dem abendlichen Ansturm, einige Gäste hatten den Weg bereits hergefunden. Sicherheitshalber trank Olsson sein Bier im Stehen.

Dann ging er die Storgatan entlang, bis er an seinem gelb gestrichenen Haus ankam. Er sah sich nicht um, als er die Tür öffnete, und er schaltete alle Lichter an. Aber bevor er gegen Mitternacht zu Bett ging, machte er eine Extrarunde und kontrollierte, dass auch alle Türen und Fenster ordentlich verschlossen waren.

KAPITEL 2

Das Tageslicht reichte gerade aus, um die Zeitung zu lesen. Olsson zog das Blatt näher zu sich heran, um besser sehen zu können. Er bevorzugte die unbequeme Haltung, denn sonst hätte er die über dem Küchentisch hängende große Lampe anmachen müssen. Mit dem gestrigen Telefonat hatte dies weniger zu tun als mit seinem Widerwillen, schon am Morgen elektrisches Licht zu benutzen. Er fand es irgendwie deprimierend, wenn die Tage immer kürzer wurden, vielleicht, weil es ihn an sein eigenes Älterwerden erinnerte.

Es war nicht so, dass er sich in einer Lebenskrise befand, aber im gleichen Maß, wie ein Tag auf den anderen folgte, wuchsen auch bestimmte Sorgen und Ängste. Vielleicht war es aber auch nur die ganz normale schwedische Wintermüdigkeit.

Er kämpfte sich durch einen Aufsehen erregenden Artikel über einen Todesfall in der U-Bahn-Station Östermalmtorg in Stockholm. Mitten im dichtesten Freitagsbetrieb war der bekannte Forscher und Gesellschaftskritiker Morten Salmén vor einen einfahrenden Zug gefallen. Was aus dem eigentlich banalen Unglück eine Meldung für die erste Seite machte, war, dass der Tote eine Medienpersönlichkeit gewesen war. Er war im Übrigen auch einer der Forscher, die seit einigen Monaten Zugang zu den Archiven der schwedischen Sicherheitspolizei, der Säpo, erhalten hatten mit dem Auftrag, die so genannte IB-Inlandsspionage zu untersuchen.

Der kurze Artikel war dramatisch genug. Auf dem Bahnsteig hatte man eine Tasche mit Kopien aus dem Archiv der Sicherheitspolizei gefunden, und man vermutete, Salmén könnte sich freiwillig vor den Zug geworfen haben. Die Zeitung spekulierte ausführlich über Selbstmordmotive, und der Polizeichef wehrte alle Überlegungen zu einem möglichen Mord ab. Die Tasche war Fachleuten der Säpo übergeben worden. Einer hatte sich überraschenderweise interviewen lassen und verkündete aufgeblasen, dass keine Papiere fehlten und auch keine unrechtmäßigen Unterlagen in der Tasche gewesen seien.
Olsson grinste, als er die umständlichen Formulierungen las. Vor einigen Jahren hätte er sich wohl auch so gewunden ausgedrückt. Polizeiprosa war ein Kapitel für sich, und wenn man genügend Berichte geschrieben hatte, konnte es schon passieren, dass man auch so zu reden begann. Jedenfalls dann, wenn man ein offizielles Statement abgeben musste.
Er streckte sich. Das bleiche, diesige Licht draußen verdiente eigentlich kaum den Namen Tageslicht, und es sah nicht so aus, als ob es besser werden würde. Olsson widerstrebte es trotzdem, die Deckenlampe anzumachen. Stattdessen schenkte er sich nochmals Kaffee ein und schlug die nächste Seite der Zeitung auf.
Er musste zweimal hinsehen, bevor er sicher war, sich nicht getäuscht zu haben. Aus der Zeitung blickte ihm sein eigenes Gesicht verlegen lächelnd entgegen. Olsson war so überrascht, dass er sich am Kaffee verschluckte. Mit Tränen in den Augen las er die Überschrift, die der Welt mitteilte, dass er am Montag 60 Jahre alt werde.
Als er sich wieder gefasst hatte, las er den vollständigen Arti-

kel. Es war eine ganz gewöhnliche Geburtstagsnotiz, und soweit er sah, stand nichts Falsches darin. Was ihn wunderte, war, dass der Artikel so viele Informationen enthielt – von seinen verschiedenen Aufgaben bei der Polizei bis hin zu seinem beruflichen Werdegang und seinen Hobbys. Er fragte sich, wieso die Zeitung nicht vorher mit ihm gesprochen hatte.

Olsson überlegte einige Minuten, wo das Bild eigentlich aufgenommen worden war, doch er kam nicht darauf. Aber eines wusste er, nämlich dass er nicht die geringste Lust auf irgendwelche Gratulanten hatte. Wenn er selbst der Meinung war, dass das Erreichen eines Alters, in dem man für nichts und niemanden noch von Bedeutung war, keinen Grund zum Feiern darstellte, dann galt das auch für andere. Genug, dass er bereits im Vorruhestand war.

Olsson blätterte weiter, aber er konnte sich nicht mehr darauf konzentrieren, was er las. Vor seinem inneren Auge zogen Scharen von Gratulanten vorbei, die mit Blumen in der Hand über die Schwelle traten, jenes falsche Lächeln im Gesicht, mit dem man alten Menschen begegnen zu müssen glaubte. Er wusste, dass er kaum gute Miene zum bösen Spiel würde machen können, und Blumen mochte er auch nicht.

Ärgerlich knüllte er die Zeitung zusammen und ging ans Fenster. Der graue Tag hob seine Stimmung auch nicht gerade. Als ob es nicht reichte, dass Kurt Malmberg hinter ihm her war, musste er nun auch noch auf der Hut vor Gratulanten sein, sobald er einen Fuß vor die Tür setzte. Eine Weile starrte er hinaus, dann formte sich ein Gedanke langsam zu einem Entschluss: Er würde sich außer Reichweite bringen.

Das war es, genau das würde er tun. An einen unbekannten Ort.

Zum Telefon waren es nur ein paar Schritte. Die Nummer kannte er auswendig. Es dauerte ungewöhnlich lange, dann merkte er, dass sich der Signalton änderte und der Anruf weitergeleitet wurde. Und plötzlich hörte er die vertraute Stimme.

«Cecilia Cederberg.»

Die Antwort kam so unvermittelt, dass er den Faden verlor. Sie klang, als ob sie in Eile sei, und ihm wurde klar, dass die Rufumleitung so ziemlich alles bedeuten konnte – vielleicht war sie mitten in einem Interview oder mit vielen anderen Leuten auf einer Pressekonferenz.

«Ja, hier ist Martin», murmelte er verlegen. «Störe ich?»

Er merkte, wie kratzig seine Stimme klang, es waren die ersten Worte, die er heute sagte.

«Nein, überhaupt nicht. Ich bin in Vejbystrand.»

«Vejbystrand?»

«Ich wollte anrufen, aber dann kam etwas dazwischen.» Die Stimme wurde schwächer, dann war sie wieder deutlicher zu hören. «Ich sitze im Auto und bin auf dem Weg nach Magnarp.»

Olsson wusste nicht, was er sagen sollte. Er hatte Cecilias Nummer in Malmö gewählt und war offensichtlich zu ihrem Handy weiterverbunden worden.

«Du bist hier?», sagte er dümmlich. Er hoffte nur, dass man ihm seine Irritation nicht anmerkte. Es wirkte allerdings nicht so, als ob sie das mitbekommen hätte. Im Übrigen war sie offensichtlich in ein Funkloch geraten, denn als sie sprach, befand sie sich mitten in einem Satz.

«… eine Freundin hier, sie war bei einem Unglück dabei, und ich habe ihr versprochen, ein paar Tage bei ihr zu bleiben.»
«Was? Was hast du gesagt?», fragte Olsson verwirrt. «Du bist sehr schlecht zu verstehen.»
«Ich habe gesagt, dass ich ein paar Tage bei einer Freundin in Magnarp bleibe. Sie war Zeugin eines Unfalls.»
Cecilia hatte lauter gesprochen, als ob er schwerhörig sei. Olsson war plötzlich verlegen und kurz davor, es sich anders zu überlegen, aber dann fragte er doch.
«Also wohnst du nicht in Vejbystrand?»
Ihre Verwunderung war deutlich zu hören. «Nein, jedenfalls nicht die nächsten Tage. Warum?»
Er nahm allen Mut zusammen. «Ich wollte fragen, ob ich vielleicht ein paar Tage in deiner Wohnung bleiben kann.»
Er hätte sich keine Gedanken zu machen brauchen. Die Antwort kam ohne jedes Zögern. «Ja, klar. Sag – hast du die Zeitung gelesen?»
Er hatte. «Das ist der Grund, warum ich eine Zeit lang untertauchen will.»
Am anderen Ende blieb es ziemlich lange still. Olsson dachte schon, dass die Verbindung unterbrochen sei, als er Cecilias Stimme wieder hörte. Sie klang verwirrt, als sei sie nicht sicher, richtig gehört zu haben.
«Ich meine den Unfall.»
«Welchen Unfall?»
«In der U-Bahn-Station. Morten Salmén.»
Olsson schwieg beschämt. Er hatte es für selbstverständlich gehalten, dass sie auf die Geburtstagsnotiz anspielte, aber natürlich gab es wichtigere Neuigkeiten. Und im Übrigen war ja nicht mal klar, ob sie dieselbe Zeitung gelesen hatten. Ceci-

lia war Journalistin und las viele Blätter, und mit Sicherheit hielt sie seinen sechzigsten Geburtstag nicht für eine Staatsangelegenheit.

«Bist du noch dran?»

Sie klang, als ob sie gleich auflegen wollte, und so beeilte er sich zu sagen: «Ja, ich habe es gelesen. Aber ich dachte, du redest von etwas anderem.»

«Meine Freundin war auf dem Bahnsteig. Sie war eine Kollegin Salméns.»

«Eine Kollegin?»

«Ja. Und sie steht unter Schock, deshalb habe ich ihr versprochen, einige Tage bei ihr zu bleiben. Ihr Mann ist nämlich dienstlich unterwegs.»

«An einem Samstag?»

«Ja, eine Konferenz, die das ganze Wochenende dauert. Er verkauft Medikamente.»

Olsson verstand nicht, wieso das ein Grund war, nicht bei seiner Frau zu sein, die einen offensichtlich brauchte, aber er sagte nichts. Und dann kam die Frage, auf die er gewartet hatte.

«Wann brauchst du die Schlüssel?»

Eine Stunde später stand er vor der Bibliothek in Ängelholm. Cecilia war allerdings nicht zu sehen, und – viel schlimmer – sowohl das Café als auch die Bibliothek waren geschlossen.

Olsson schaute sich missmutig um. Ein vorbeigehender Mann starrte ihn durchdringend an. Vielleicht sah er seltsam aus, wie er da vor dem verschlossenen Eingang stand. Er überlegte gerade, ob er zu einem der grob behauenen Blöcke bei der Steinskulptur auf dem Stortorget hinübergehen soll-

te, als er Cecilias gelben Renault erblickte. Sie fuhr langsam auf den Teil des Marktplatzes, der als Parkfläche diente. Und sie fand wundersamerweise auch sofort eine Parklücke neben der Wurstbude.
Olsson hatte bereits von weitem gesehen, dass Cecilia nicht allein im Auto saß. Neben ihrem dunklen, lockigen Kopf erblickte er einen blonden Pagenschnitt, und als er ihnen entgegen ging, sah er eine Frau mit bleichem Gesicht und rot geweinten Augen.
«Das ist Anne Borin.»
Cecilia führte ihre apathisch wirkende Freundin am Arm. Anne Borins Händedruck war allerdings unerwartet fest.
Sie blieben stehen, während Cecilia zu dem grauen Parkautomaten lief. Olsson zerbrach sich vergeblich den Kopf über ein Gesprächsthema, er konnte schließlich kaum eine Frage über das Unglück oder ihre Arbeit stellen. Und sonst wusste er ja nichts über sie.
«Irgendwie deprimierend, wenn die Tage so grau sind», versuchte er es.
Aber er erhielt nur ein stummes Nicken zur Antwort. Die Frau wirkte, als befände sie sich in einer anderen Sphäre. Olsson versuchte ihr Alter zu schätzen, aber in ihrem verweinten Zustand war das nur schwer möglich. Sie konnte zwischen dreißig und fünfundvierzig sein.
Ihm fiel nichts mehr ein, was er hätte sagen können, und damit war die Konversation beendet. Ein großer Volvo bog auf den Parkplatz ein. Er war auf der Suche nach einer Parklücke, und der Fahrer forderte sie auf, doch endlich Platz zu machen. Anne Borin schien überhaupt nicht mitzubekommen, was um sie herum geschah, und so sah sich Olsson gezwun-

gen, sie am Arm zu fassen und wegzuziehen. Aber der Volvofahrer missverstand die Geste. Offenbar dachte er, sie seien auf dem Weg zu ihrem Auto, und so blieb er direkt vor ihnen stehen.

Erst als Cecilia mit dem Parkschein zurück kam und ihn an die Windschutzscheibe steckte, begriff er und fuhr verärgert mit aufheulendem Motor weiter.

«Ich habe zu spät daran gedacht, dass die Bibliothek heute zu ist. Dann gehen wir halt zu *Farbror Torsten*!»

Olsson nickte. «Onkel Torsten» war mit keinem von ihnen verwandt, es war einfach der Name eines der beliebtesten Restaurants in Ängelholm.

Sie setzten sich im Lokal ziemlich weit nach hinten. Anne Borin bewegte sich noch immer wie eine Schlafwandlerin und schüttelte nur stumm den Kopf, als Olsson sie fragte, ob sie etwas essen wollte.

Cecilia blieb bei ihr sitzen, während Olsson zum Büffet ging, ein Tablett nahm und mit drei Tassen Kaffee und drei belegten Brötchen zurückkam. Als er das Tablett auf dem dunkelbraunen Tisch abstellte, fing er den Blick eines Mannes auf, der allein an einem kleinen Tisch am Fenster saß. Er erkannte ihn wieder, es war derselbe Mann, der ihn vorhin vor der Bibliothek so angestarrt hatte. Olsson konnte sich nicht erinnern, ihn dort sitzen gesehen zu haben, als sie das Restaurant betreten hatten.

Der Mann blickte ihn unverwandt an. Olsson vermutete, dass der Grund dafür wohl das unglückselige Geburtstagsporträt in der Zeitung sein musste. Er zwang sich, den Mann zu ignorieren, aber er spürte seinen Blick im Nacken.

«Guten Appetit», sagte er mit einem Blick auf das Tablett. Er fand, dass er klang, als ob er bereits in einem Altenheim lebe.
«Ebenfalls», erwiderte Cecilia und schob einen Schlüsselbund über den Tisch. «Wie lange bleibst du?»
Er dachte nach. «Nur ein paar Tage, höchstens drei.»
Das einzig Gute an Geburtstagen war seiner Meinung nach, dass sie schnell vorbeigingen. Und dann bestand nicht länger die Gefahr größerer Gratulanteninvasionen. Keiner würde *post festum* mit Blumen erscheinen.
Olsson biss in sein Brötchen. Er schmeckte den Knoblauch und sah sich nach etwas Schärferem als schwarzem Pfeffer um. Aber weit und breit war kein Tabasco zu sehen, und so bestreute er das helle Hühnerfleisch resigniert mit einer dicken Lage Pfeffer.
Cecilia sah ihm ohne Kommentar zu, und plötzlich fiel ihm auf, dass sie nicht mit einem Wort gefragt hatte, warum er ihre Wohnung brauchte. Aber schlafende Hunde sollte man nicht wecken. Er biss erneut in sein Brötchen und steckte den Schlüsselbund wortlos in die Tasche.
Anne Borin sagte noch immer nichts. Olsson begann sich zu fragen, ob es so klug von Cecilia gewesen war, sie mit in die Stadt zu nehmen. Die Frau sah eher aus wie jemand, der auf dem schnellsten Weg ins Bett gehörte.
Als ob sie seine Gedanken lesen konnte, sah Cecilia ihre Freundin an und berührte aufmunternd ihre Hand. «Ich bleibe bis Donnerstag bei Anne.»
Endlich lächelte sie. Aber es war ein schwaches Lächeln, und ihr Brötchen lag noch immer unberührt auf dem Teller vor ihr.
Olsson wollte gerade etwas Tröstliches zu ihr sagen, als er be-

merkte, dass der Mann mit dem neugierigen Blick sich erhoben hatte und zu ihrem Tisch herüberkam.
Olsson blickte in ein seltsam durchscheinendes Gesicht. Der Mann war in den Fünfzigern, aber seine Haut war glatt und dünn, als ob er sich nicht viel an der frischen Luft aufgehalten hätte. Die Augen waren durchdringend blau, standen etwas vor und gaben ihm dieses starrende Aussehen.
Olsson konnte sich nicht erinnern, ihn jemals zuvor gesehen zu haben, aber er kam ihm dennoch irgendwie bekannt vor. Er sah nicht so aus, als ob er etwas Bestimmtes wollte, blieb aber unbeirrt stehen.
«Entschuldigung, wollen Sie irgendetwas?», fragte Olsson.
Er bekam keine Antwort außer dem raschen Aufscheinen der Zähne. Er wurde nicht klug aus diesem Verhalten. Es wirkte beinahe so, als ob sich ihm der Mann präsentierte und auf eine Reaktion wartete.
Diese Situation dauerte einige Sekunden, und Olsson fühlte sich zunehmend unwohl. Dann sagte der Mann endlich etwas und verzog seinen Mund dabei zu einem Lächeln.
«Weißt du denn nicht, wer ich bin?»
Olsson erkannte die Stimme sofort wieder, schließlich war es nur einen Tag her, seit er sie zuletzt am Telefon gehört hatte.
«Ich sagte ja – früher oder später laufen wir uns über den Weg», sagte Kurt Malmberg.
Olsson antwortete nicht. Er schaute Cecilia und Anne an, die beide lebenden Fragezeichen glichen. Kurt Malmbergs Stimme klang einschmeichelnd, als ob er Anschluss suchte.
«Das Bild in der Zeitung war gut, aber ich hätte dich auch so erkannt.»
Olsson fühlte sich zu überrumpelt, als dass er hätte antwor-

ten können. Er überlegte, ob er einfach alles abstreiten sollte, aber vermutlich ließ sich Malmberg nicht so einfach abschütteln.

«Du siehst doch, dass ich nicht allein bin.»

Das Lächeln verschwand. Die Stimme klang jetzt vorwurfsvoll, genau wie gestern am Telefon. «Du weißt ja, ich habe viel über dich nachgedacht.» Die blauen Augen starrten ins Nichts. Es war beinahe, als spräche Malmberg mit sich selbst. «Wir haben noch eine Rechnung offen, du und ich.»

Irgendetwas in seinem Tonfall verursachte Olsson tiefes Unbehagen. Er wusste immer noch nicht, ob Malmberg ihm drohte oder nicht.

«Das glaube ich nicht», antwortete er kurz.

Kurt Malmberg starrte ihn an. Olsson fragte sich schon, ob er ihn vielleicht zu sehr provoziert hatte, aber statt aufzubrausen, klang Malmberg plötzlich wieder anbiedernd.

«Wir müssen über die alten Zeiten reden. Über all die Jahre, die wir uns kennen. An irgendeinem Tag, wenn es passt.»

Olsson spürte, dass er unruhig wurde. Drohung oder nicht, er hatte nicht die geringste Lust, Malmbergs Andeutungen weiter zuzuhören. «Du musst jetzt gehen», sagte er.

Der starre Blick schweifte über Cecilia und Anne hinweg. Dann kam das Lächeln zurück. «Ja, ich sehe, dass du jetzt keine Zeit hast. Aber wir treffen uns bald.»

Er verabschiedete sich nicht, sondern wandte sich nur um und verschwand genauso plötzlich, wie er gekommen war.

Cecilia sah ihm sprachlos hinterher. Dann schüttelte sie den Kopf. «Wer war denn das? Ist der nicht richtig im Kopf?»

Olsson zuckte mit den Schultern. «Vermutlich nicht. Er ist gerade aus der geschlossenen Psychiatrie entlassen worden.»

Cecilias Augen weiteten sich. «Wer war das denn?»
Olsson seufzte, bevor er antwortete. «Ein Psychopath und Mörder. Er heißt Kurt Malmberg und hat dreißig Jahre in der Geschlossenen gesessen.»
Anne Borin hatte während des ganzen Vorfalls keine Miene verzogen. Jetzt aber zuckte sie zusammen und riss die rot geränderten Augen auf. «Was haben Sie gesagt? Wer war das?»
Olsson merkte, dass er seine Worte besser hätte wählen müssen. Mord war nicht gerade das geeignete Thema für jemanden, der sich in Anne Borins Verfassung befand.
Er wollte seinen Lapsus eben korrigieren, als er sah, wie sie die Augen verdrehte. Einen Moment wirkte es so, als würde sie auf den Tisch fallen, aber Cecilia war schneller und fing sie auf.
«Anne, was ist denn los?»
Sie richtete ihre Freundin im Stuhl auf und tätschelte ihr energisch Stirn und Wangen. Die resolute Behandlung war sofort erfolgreich.
Anne Borin öffnete die Augen und schüttelte den Kopf. «Nichts, es ist nichts. Mir ist nur ein bisschen schwindlig geworden, aber es ist schon wieder vorbei.»
Sie löste sich aus Cecilias Griff. Ihr Gesicht war nicht länger bleich, sondern aschgrau, und sie sah aus, als ob es ihr viel schlechter ging, als sie zugab.
Olsson schämte sich für seine Rücksichtslosigkeit. Er machte eine linkische Bewegung, wusste aber nicht so recht, wie er seine Dummheit wieder ausbügeln sollte.
«Ich glaube, wir fahren jetzt am besten heim», sagte Cecilia mit einem besorgten Blick zu ihrer Freundin. «Kannst du uns bringen?»
Olsson nickte. Es war sicher besser, wenn Cecilia nicht mit ei-

ner Frau allein im Auto war, die jeden Moment zusammenbrechen konnte. «Aber was machst du dann mit deinem Auto?»
Sie dachte einen Moment nach. «Ich lasse es einfach hier stehen. Es ist ja schon nach zwei Uhr, und die Geschäfte haben geschlossen.»
Olsson ließ die beiden am Tisch zurück. Bis zu seinem kleinen Haus brauchte er nur wenige Minuten, aber er benötigte noch einmal so lange, um den Saab aus der engen Einfahrt hinauszumanövrieren.
Die Storgatan war bis zu der Ecke, an der sich das Restaurant befand, für den Verkehr freigegeben, aber um in die kleine Gasse zu gelangen, musste er zunächst in die andere Richtung den Fluss entlang fahren. Das war auch die Strecke, die er oft spazieren ging, mit dem Unterschied, dass er als Fußgänger bis zum Wasser hinunter laufen konnte und sich nicht beeilen musste.
Er sah Cecilias gelben Renault neben der Wurstbude, als er am Stortorget vorbeifuhr. Inzwischen hatte sich der Parkplatz fast geleert, denn wie Cecilia gesagt hatte, war es nach zwei Uhr, und Ängelholm war eine Stadt, die sich schlagartig leerte, wenn die Geschäfte zumachten.
Cecilia und Anne Borin kamen aus dem Restaurant. Olsson stieg aus dem Auto und öffnete die Tür für sie. Beide setzten sich wortlos auf den Rücksitz. Doch als sie bereits ein gutes Stück die Östergatan entlanggefahren waren, protestierte Cecilias Freundin.
«Es ist völlig unnötig, dass Sie uns bringen. Mir geht es gut.»
Olsson schaute in den Rückspiegel. Anne Borin war über so viel Fürsorge verlegen, aber sie sah noch genauso schlecht aus wie vorhin, und ihre Stimme klang wie dünnes Glas.

Cecilia hatte die Stirn in nachdenkliche Falten gelegt. Olsson wusste nicht, ob es Sorge war oder etwas anderes. Aber sie klang wie immer, als sie in Magnarp ankamen.
«Ich rufe dich später an.»

Er ließ die beiden vor der einstöckigen Villa aussteigen, die auf einem kleinen Hügel auf der anderen Seite des Hafens stand. Es sah nicht so aus, als ob jemand zu Hause wäre, und er wartete, bis Anne Borin die Haustür aufgeschlossen hatte. Das letzte, was er sah, war Cecilias Winken, dann wendete er und fuhr denselben Weg zurück, den er gekommen war.
Anne Borins Reaktion im Restaurant ging ihm nicht aus dem Kopf. Natürlich war es idiotisch von ihm gewesen, einen Mord zu erwähnen, wo sie gerade einen Todesfall miterlebt hatte, aber er fand trotzdem, dass sie extrem heftig reagiert hatte. Einen Augenblick war ihm so gewesen, als habe Kurt Malmbergs Name den Schock ausgelöst, aber das war wohl nur Einbildung.
Er fuhr am Wasserturm und am Kreisel bei Rebbelberga vorbei. Der Saab glitt schnell und geräuschlos dahin, was Olsson manchmal fast feminin vorkam. Vor einem Jahr hatte er seinen alten Volvo verkauft und beschlossen, von Diesel auf Benzin umzusteigen. Er lebte jetzt schließlich in der Stadt und musste nicht mehr wegen jeder Kleinigkeit das Auto benutzen. Auf dem Land war das natürlich ganz anders, vor allem, weil man den niedrig besteuerten Traktorendiesel tanken konnte, der praktisch auf jedem Bauernhof zu kriegen war. Aber darüber sprach natürlich keiner offen.
Er fuhr durch den Kreisel und dann den Hügel hinunter nach

Ängelholm. Als er zu seiner von der Storgatan abgehenden Hauseinfahrt kam, bremste er und sah sich um. Er fragte sich, ob Malmberg ihm vielleicht irgendwo auflauerte. Aber die Straße lag öde und verlassen da. Das einzige menschliche Wesen, das er sah, war ein fremder Mann, der in einem blauen Volvo auf jemanden zu warten schien und Zeitung las.

KAPITEL 3

Jemand zog schwere Stahlschienen durch den Himmel.
Olsson begriff, dass er wach war. Aber das Geräusch hörte nicht auf, es gehörte weder in seinen Traum noch zu einem Unwetter. Es kam von draußen und füllte das Zimmer auf eine ebenso unbestimmte Weise wie das unerwartete Sonnenlicht, das durch die Jalousien sickerte.
Olsson stieg aus dem Bett und ging zum Fenster. Er öffnete die Klappläden weit und sah zu dem klaren Himmel hinauf. Es dauerte eine Weile, bis er sich orientiert hatte, aber dann sah er sie. Zwei scharfe Silhouetten jagten über die Dächer von Vejbystrand, das Donnern folgte ihnen in einigem Abstand, als ob sie es an einer unsichtbaren Schnur hinter sich herzogen. Er sah das Schimmern der Nachbrennkammern, dann verschwanden die beiden Flugzeuge wie graue Schatten über dem Meer.
Olsson blieb noch einige Minuten am Fenster stehen, bis die nächste Staffel kam und denselben Weg nahm. Er hatte diesen Anblick in den letzten Jahren unzählige Male genossen. Es hatte mit der rundlichen J 29 aus den 60er Jahren begonnen, und heute waren es spitz zulaufende Monster, die an stilisierte Weihnachtsbäume erinnerten. Und es war wohl wieder Zeit für einen Wachwechsel. Er erinnerte sich, in der Lokalzeitung gelesen zu haben, dass die Staffel mit den neuen JAS-Flugzeugen ausgerüstet werden sollte.

Aber es lag nicht an den endlosen Flugmanövern der F 10, dass es ihm so vorkam, als sei er aus einem viel zu langen Gedankengang erwacht. Die Sonne ließ auf einem vor der Post parkenden Auto scharfe Muster entstehen, das graue Wetter der letzten Wochen war wie weggeblasen. Ein hoher, blauer Himmel wölbte sich über dem Ort.
Olsson blinzelte zu einer farbenfrohen Fahne hinauf, die an einem weißen Mast auf dem Weg zum Hafen wehte. Die goldenen und grünen Farben schimmerten in der Sonne – vielleicht war es eine afrikanische Flagge –, und sie flatterte eindeutig in Richtung Hafen. Und Ostwind bedeutete Hochdruck.
Er sah auf die Uhr und stellte überrascht fest, dass es schon nach zehn war. Egal, dies war der erste Tag nach seiner Flucht, und es gab schließlich niemanden, der auf ihn wartete.

Weitere Flugzeuge flogen über die Dächer, während er sein verspätetes Frühstück einnahm. Vejbystrand lag genau in der Einflugschneise, und Olsson vermutete, dass wohl die großen Herbstmanöver begonnen hatten, denn es war immerhin Sonntag. Er hatte den Gedanken noch nicht zu Ende gedacht, als seine gute Laune auf einen Schlag wie weggeblasen war. Es war während eines Herbstmanövers gewesen, als vor dreißig Jahren dieser schreckliche Mord geschehen war. Und offenbar sollte ihm die Sache noch immer keine Ruhe lassen. Olsson versuchte den Gedanken zu verdrängen, denn er wollte nicht, dass Kurt Malmberg ihm erneut einen ganzen Tag verdarb. Er verstand nicht, was der Mann wollte, aber es war sicher nichts Angenehmes. Und die Jahre hatten ihn nicht sympathischer gemacht.

Olsson ging in Cecilias kleine Küche und wusch das Geschirr ab. Er hatte heute Morgen eine neue Variante ausprobiert – grüner Pfeffer mit dünnen Streifen von Jalapeñofrüchten. Es hatte hervorragend geschmeckt, mal davon abgesehen, dass er die Jalapeños unterschätzt hatte und ihm noch immer Tränen in den Augen standen. Er goss sich ein großes Glas mit kaltem Wasser ein, das er in einem Zug hinunterstürzte.

Während er das Bett machte, entwarf er einen Plan, was er mit diesem Tag anfangen wollte. Wenn man seinen Beschluss, bei diesem schönen Wetter einen langen Spaziergang zu machen, einen Plan nennen konnte…

Er verzog das Gesicht. Nach seinem überhasteten Umzug damals vom Hallandsåsen nach Ängelholm hatte er sich angewöhnt, spazieren zu gehen, weil es ihm ein Bedürfnis war, in der Natur zu sein. Ihm war klar, dass das an und für sich eine hervorragende Art war, sich zu bewegen, vor allem half es ihm, seine Gedanken zu sortieren. Trotzdem dachte er bei dem Wort Spaziergang immer an alte Menschen mit Hut und Stock. Er hatte mehr als einmal überlegt, sich eine Jogging-Ausrüstung zu kaufen, nur um seine tatsächliche Betätigung zu verbergen.

Er inspizierte die kleine Wohnung. Wenn man von den Rasierutensilien und dem Pfefferarsenal in der Küche absah, waren keine Spuren von ihm zu sehen. Seine Reisetasche und seine Jacke waren in dem kartongroßen Flur verstaut.

Cecilias Existenz war dagegen umso spürbarer – von den unzähligen Fotografien, die fast eine ganze Wand bedeckten, bis zu dem Computer auf dem Schreibtisch und dem Duft ihres Shampoos in dem Kissen, auf dem er geschlafen hatte. Er hatte wieder das Gefühl, dass ihm die Zeit davon lief, aber diesmal hatte das nichts mit der Jahreszeit oder der Wetterlage zu tun.

Olsson schüttelte seinen Missmut ab und ging zum Telefon. Misstrauisch betrachtete er die vielen farbigen Tasten. Offenbar war das Gerät eine Kombination aus Telefon, Anrufbeantworter und Fax. Aber aus dem Hörer kam ein ganz normaler Ton, und er wählte die Nummer, die er von Cecilia bekommen hatte. Zu seiner Überraschung antwortete ihm eine Männerstimme.

«Gunnar Borin.»

Olsson überlegte einen Augenblick, ob er sich vorstellen sollte oder nicht, ließ es dann aber sein. «Ich möchte gerne mit Cecilia Cederberg sprechen», sagte er. «Ist sie da?»

Die Stimme des anderen klang reserviert. Oder etwa misstrauisch? «Einen Moment, ich sehe nach.»

Es dauerte etwas länger, aber dann war sie da.

«Ich wollte spazieren gehen», sagte er trotz seiner Abneigung dem Wort gegenüber. «Nach Magnarp.»

Sie hatte keine Einwände, dass er auf dem Weg kurz vorbei kam. Olsson zog sich rasch an, kontrollierte, dass die Tür ordentlich abgeschlossen war, und trat hinaus in den Sonnenschein.

Er bemerkte, dass sich hinter der Gardine im Nachbarhaus etwas bewegte. Spähende Augen, die ihm klar machten, dass er unter der Beobachtung einer älteren Dame stand, die aufpasste, was sich im Haus so tat. Diese Spionage ließ ihn erneut an Kurt Malmberg denken, aber er unterdrückte das aufkommende Gefühl der Unruhe.

Gut, Malmberg hatte behauptet, in Vejbystrand zu wohnen,

aber das Risiko, ihm in die Arme zu laufen, war doch klein. Jedenfalls dann, wenn Olsson ihn zuerst sah.
Er widerstand dem Impuls, in Richtung der sich bewegenden Gardine zu grüßen, und ging quer über das kleine Rasenstück zur Post. Von hier waren es nur wenige hundert Meter bis zu einem schwarzen Eisenzaun. Hinter diesem war früher ein Krankenhaus gewesen, das man – nach einer langen Phase des Verfalls – nun in eine private Klinik umgewandelt hatte. Das Privateste allerdings war, dass praktisch jeder diesen Weg benutzte.
Einige Gebäude sahen immer noch ziemlich heruntergekommen aus. Er wusste nicht, ob sie abgerissen oder renoviert werden sollten. Verwundert beobachtete er einige Jugendliche im Inneren der Ruinen. Sie beschäftigten sich offenbar mit etwas, das kein Tageslicht vertrug, denn sie zogen sich sofort zurück, als sie bemerkten, dass Olsson sie gesehen hatte.
Er musterte das weiße Gebäude, in dem sie verschwunden waren, denn für Versteckspiele waren die Jugendlichen eigentlich zu alt gewesen. Und nach all den Jahren des Vandalismus war dort sicher nichts mehr zu finden, das man hätte stehlen können.
Olsson zuckte mit den Schultern und ging weiter, schließlich hatte ihn das nicht zu interessieren. Er überlegte, ob er nach links abbiegen und durch den Wald gehen oder doch lieber den asphaltierten Weg hinunter zum Hafen wählen sollte. Er entschied sich für den Weg zum Hafen und gelangte in ein wahres Meer von Hagebuttensträuchern. Die ovalen Früchte leuchteten rot an den Zweigen. Der Herbst hatte noch nicht vollends von dem dichten Gebüsch Besitz

ergriffen. Gelbes Laub mischte sich mit grünen, immer noch frisch aussehenden Blättern. Der schmale Asphaltweg führte direkt durch die Sanddünen hinunter zu dem ebenen Strand, wo der vom Land kommende Ostwind die See glatt kämmte. Dann kam die Heide, eine zottige, graubraune Matte, in der sich hier und da niedrige Büsche erhoben. Ein kriegsgrauer Betonklotz hatte seine Sichtluken düster dem Meer zugewandt, ein Überbleibsel der Per-Albin-Linie, deren Befestigungssystem entlang der Küste Skånes die Invasion der Deutschen im Zweiten Weltkrieg verhindern sollte.

Olsson ging an dem verlassenen Bunker vorbei. Die Schutzfenster waren zerbrochen, und flüchtig fiel sein Blick auf ein feuchtes und dunkles Loch innerhalb der meterdicken Schutzwände. Der Kontrast zu dem herrlichen Herbstwetter hätte nicht größer sein können. Die klare Luft schien durchsichtig zu sein. Drüben auf Skälderviken sah man Kullaberg so deutlich, dass Olsson meinte, jede Spalte in dem mächtigen Urgebirge erkennen zu können.

Erst jetzt fiel ihm auf, dass sich rings um ihn herum etwas verändert hatte, aber er konnte es nicht benennen. Er ging einige hundert Meter weiter, bis ihm klar wurde, was es war: Der lang anhaltende Donner, der die ganze Zeit über den Himmel gerollt war, war verstummt. Offenbar war die Flugübung für heute beendet.

Genauso abrupt, wie es begonnen hatte, ging das Heideland in rund geschliffene Kiesel und undurchdringliche Schlehdornbüsche über. Er wandte der Aussicht den Rücken zu und ging zu dem breiten Weg hinauf, der an der Küste entlang führte. Eine Ansammlung mehr oder weniger malerischer Fe-

rienhäuser drängte sich zwischen den windgepeitschten Zwergkiefern auf der anderen Seite des Hügels.
Lang war der Weg nicht, die ganze Strecke zwischen Vejbystrand und den Villen in Magnarp betrug nicht mehr als einige Kilometer. Olsson fiel plötzlich ein, dass er Cecilia nicht nach Anne Borins Zustand gefragt hatte. Vielleicht kam er unpassend? Gestern jedenfalls war sie nicht gerade in Bestform gewesen. Er beruhigte sich damit, dass schließlich ihr Mann nach Hause gekommen war, und mehr als eine Person würde wohl nicht nötig sein, sich um sie zu kümmern.
Olsson stapfte die Steigung empor. Er merkte, dass er zu schwitzen begonnen hatte, aber in diesem Moment sah er das Haus, vor dem er Cecilia und Anne Borin gestern abgesetzt hatte. Auch im Sonnenschein wirkte es anonym und gesichtslos. Olsson verlangsamte das Tempo, und als er vor der unscheinbaren Haustür stand, hatte er seine Atmung wieder unter Kontrolle. Er wollte gerade klingeln, als die Tür aufging und ein eher klein gewachsener Mann im braun karierten Anzug erschien, der ihn einfach anstarrte. Es sah fast so aus, als hätte er hinter der Tür gewartet.
«Ich suche Cecilia Cederberg», sagte Olsson überrascht.
Der Mann starrte ihn weiter an und sagte kein Wort. Dann drehte er sich plötzlich um und verschwand im Innern des Hauses. Die Haustür ließ er offen.
Olsson blieb zweifelnd stehen. Er wusste nicht, ob die offene Tür eine Einladung zum Eintreten war oder nicht. Aber der Vorfall war sicher nicht dazu angetan, sich hier willkommen zu fühlen.
Einige Minuten vergingen, und Olsson hatte das unbehagliche Gefühl, dass jemand die Situation missverstanden hatte.

Gerade wollte er klingeln, als der Braunkarierte wieder erschien, genauso unerwartet wie beim ersten Mal.
«Sie ist drinnen», sagte er mit einem Nicken zur Diele hin. Wie ein ungeduldiger Türsteher griff er gleich nach der Klinke.
Es klang noch immer nicht so, als ob er willkommen sei, eher wie ein Kommando, und Olsson fragte sich, ob er mit diesem Charme wohl auch seine Medikamente verkaufte. Immer vorausgesetzt, dass der Braunkarierte Anne Borins Mann war.
Er ging hinein, fühlte den Blick des anderen im Nacken, aber keiner von ihnen sprach ein Wort. Die große Eingangshalle war mit Kartons und Papiertüten voll gestellt. In einer Kiste befanden sich offenbar Gummihandschuhe für Chirurgen, wie man der Abbildung auf der Außenseite entnehmen konnte. Auf einem anderen Karton las er das Wort Magensonde. Es musste sich um Warenproben und Informationsbroschüren handeln.
Durch eine offen stehende Tür sah er in ein Arbeitszimmer, das ebenso voll gestopft war, aber mit Büchern und Aktenordnern. Olsson erhaschte einen Blick auf einen PC, der auf einem mit Papieren übersäten Schreibtisch stand. Offenbar betrieb Anne Borin hier ihre Forschungen.
Die Eingangshalle machte eine kuriose Biegung. Das Wohnzimmer war größer, als er erwartet hatte, und auf dem schwellenden Sofa saß eine verwundert aussehende Cecilia.
«Du bist schon hier?»
Olsson wusste nicht, was er antworten sollte. Offenbar hatte ihr der seltsame Mann nicht gesagt, dass er bereits eine Weile vor der Tür gewartet hatte. Was in aller Welt hatte er in der Zeit nur getan?

Olsson warf einen Blick auf den Braunkarierten. Er stand in der Türöffnung und sah ihn misstrauisch an. Dann machte er auf einmal den Mund auf.
«Ich bin Gunnar Borin.»
Olsson brauchte einige Sekunden, bis ihm klar wurde, dass das seltsame Verhalten des Braunkarierten nichts weiter als Eifersucht war. Bei seiner Arbeit war er viel unterwegs, und das gleiche galt sicher auch für Anne Borin. Vielleicht hatte er, während Olsson vor der Tür wartete, seine Frau verhört? Olsson spürte, wie er rot wurde, bemühte sich aber, gleichmütig zu klingen. «Martin Olsson. Ich wollte Cecilia abholen.»
«Mich abholen? Ja, aber warum denn?»
Die Stimme vom Sofa klang überraschter, als er erwartet hatte. Auch Gunnar Borin registrierte das und starrte vom einen zum anderen.
«Für einen Spaziergang.» Er merkte, wie die Rötung seines Gesichts zunahm. Um seine Verlegenheit zu überwinden, setzt er sich zu Cecilia auf das Sofa. «Vielleicht hinunter zum Hafen?» Er klang flehender, als er gewollt hatte, und Cecilia sah immer noch sehr erstaunt aus. Dann zuckte sie mit den Schultern.
«In Ordnung. Aber ich muss zurück sein, bevor Gunnar fährt.» Sie sah zu dem Mann in der Türöffnung hinüber. Er stand noch immer reglos dort, nur die Augen wanderten vom einen zum anderen. «Schläft Anne immer noch?», fragte sie ihn.
Er nickte bloß, schlug dabei aber die Augen nieder, und Olsson hatte das Gefühl, dass er log. Was die Vermutung wegen seiner Wartezeit draußen vor der Tür nur bestätigte.

Beide erhoben sich vom Sofa, Gunnar Borin machte Platz und folgte ihnen wortlos durch die unaufgeräumte Halle. Er stand noch immer in der Tür und sah ihnen nach, als sie bereits ein Stück den Hang hinuntergegangen waren.

Olsson atmete hörbar aus. «Seltsamer Mensch. Wie so jemand überhaupt Kunden haben kann, verstehe ich nicht.»

Cecilia schüttelte den Kopf. «Anne steht durch den Selbstmord ihres Kollegen unter Schock. Gunnar möchte sie nur schonen und ihr jede Aufregung ersparen. So abweisend wie eben benimmt er sich sonst nie.»

«Als ich kam, habe ich nach dir gefragt, und er war mindestens fünf Minuten weg. Hat er mit dir gesprochen?»

Sie sah ihn verständnislos an, dann schüttelte sie erneut den Kopf. «Nein, er muss bei Anne gewesen sein. Aber die schlief doch, und warum hätte er mit ihr über dich reden sollen?»

Olsson zögerte, sagte es dann aber doch. «Ich hatte das Gefühl, er ist eifersüchtig.»

Cecilia blieb abrupt stehen. Sie sah aus, als ob sie gleich in Gelächter ausbrechen wollte. «Auf dich und Anne?»

Olsson war verlegen, was man ihm offenbar deutlich anmerkte, denn Cecilia schob die Hand unter seinen Arm und zog ihn zu sich heran. «So habe ich es nicht gemeint.»

Er fragte sich, was sie nicht so gemeint hatte, aber er traute sich nicht, sie zu fragen. Arm in Arm gingen sie zum Hafen weiter. Ihre Haare wehten im Wind, und er nahm den Duft wahr, den auch ihr Kissen verströmt hatte. Er wusste nicht, ob er froh oder traurig sein sollte.

Draußen auf dem Pier sagte er: «Ich werde alt. Ich komme mir vor, als ob ich immer zu spät bin.»

Sie sah ihn forschend an. «Was meinst du damit?»

Olsson wusste es selbst nicht genau. Er zuckte mit den Schultern und wechselte das Thema.
Sie betrachteten das grün schimmernde Wasser, dann drehten sie wieder um und gingen zur Villa zurück.
Cecilia zog am Türgriff, ohne sich mit der Klingel aufzuhalten. Es war nicht abgeschlossen, und ohne Zögern ging sie durch die dunkle Eingangshalle. Olsson folgte ihr, und als sie die seltsame Biegung am Ende der Halle erreichten, entdeckte er, dass Anne Borin wach war. Sie saß mit ihrem Mann auf dem Sofa und sah viel besser aus. Ihre Gesichtsfarbe hatte sich normalisiert, die Augen unter den hellen Brauen blickten klar.
Sie und ihr Mann waren verstummt. Offenbar war ihr Gespräch nicht für andere Ohren bestimmt.
«Entschuldigung», sagte Cecilia. «Es war offen, und ich dachte, dass du noch schläfst.»
Sie hatte das zu Anne gesagt, aber es war Gunnar Borin, der antwortete. Zu Olssons Verwunderung klang er auf einmal richtig freundlich. «Kein Problem, wir haben nur ein bisschen geplaudert.»
Anne Borin sah ihren Mann an und nickte bekräftigend. Dann wandte sie sich zu Olsson. «Danke, dass Sie uns gestern heimgefahren haben.»
Olsson machte eine abwehrende Geste, aber Gunnar Borin sprach weiter, seine Schroffheit war wie weggeblasen. «Anne hat es mir gerade erzählt. Das war wirklich sehr nett von Ihnen.»
Olsson nickte verlegen. Ihm fiel nichts ein, was er hätte sagen können, und so wurde es für einige Sekunden still. Eine Möwe schrie irgendwo draußen.

«Sie bleiben doch sicher zum Mittagessen?»
Es war Anne, die das Schweigen brach. Wahrscheinlich war es ihr gerade erst eingefallen, ihn einzuladen. Olsson sah die warnend gerunzelte Stirn ihres Mannes.
Cecilia offenbar auch, denn sie räusperte sich leise. Olsson bemühte sich, seine Antwort so klingen zu lassen, als habe er nichts von alledem gemerkt.
«Nein, danke ... ein andermal gerne.»
War es Erleichterung, dass Gunnar Borin ihn anlächelte? Er klang wie die Güte in Person. «Aber vielleicht kann ich Sie nach Vejbystrand mitnehmen? Sie wohnen doch in Cecilias Wohnung?» Er sah, dass Olsson zögerte, und fügte hinzu: «Ich muss sowieso dorthin und meinen Vater abholen.»
Olsson sah Cecilia an, aber die war ihm keine Hilfe. Sie schüttelte nur den Kopf.
«Ich bleibe hier und helfe Anne.»

Olsson blieb keine andere Wahl. Ein drittes Mal folgte er dem Mann im braun karierten Anzug durch die voll gestopfte Halle. Er tröstete sich damit, dass die Autofahrt auf jeden Fall nicht lange dauern würde.
Sie saßen kaum in dem weinroten Mondeo, als Borin schon auf das Unglück in der U-Bahn zu sprechen kam.
«Anne hat Ihnen sicher erzählt, was passiert ist?»
Er klang angespannt, und Olsson konnte nicht ausmachen, ob das daran lag, dass sie beide allein waren, oder ob es noch einen anderen Grund gab. Er dachte nach und schüttelte den Kopf, das meiste hatte er ja in der Zeitung gelesen.
«Nein, eigentlich nicht.»
«Aber irgendwas wird sie doch erzählt haben.»

Olsson ließ sich Zeit mit seiner Antwort. Er dachte an die verweinte Frau am Kaffeetisch, aber er konnte sich nicht erinnern, ob sie überhaupt irgendetwas gesagt hatte. «Nein, wirklich nicht.»

Gunnar Borin schwieg, während sie an den Häusern vorbeifuhren, die an der Küste standen. Erst als sie in die Straße einbogen, die zum Sanatorium führte, nahm er den Faden wieder auf. «Sie hat das Unglück also überhaupt nicht erwähnt? Das ist komisch, zu mir hat sie auch fast nichts gesagt.»

Olsson begriff, dass sich Gunnar Borin lediglich Sorgen um seine Frau machte, und schämte sich, dass er darauf nicht früher gekommen war. Trotzdem wurde ihm der Mann einfach nicht sympathisch.

Kurz darauf kamen sie im Dorf an. Das eiförmige Dach der Bibliothek schimmerte in der Sonne, als sie vorbeifuhren, dann tauchte das Tor zu dem alten Sanatorium auf. Gunnar Borin hielt an.

«Ist es in Ordnung, wenn ich Sie hier absetze?» Er wartete gar nicht auf eine Antwort, sondern fuhr fort: «Wir haben meinen Vater hierher gebracht, als die neue Privatklinik eröffnete. Er leidet unter Altersdemenz, und wir sind einfach nicht mehr damit zurechtgekommen. Außerdem sind wir ja beide viel unterwegs.»

Das war der längste Satz, den Olsson bisher von ihm gehört hatte. Er fragte sich, was die plötzliche Offenherzigkeit ausgelöst hatte, aber er ließ es bei einem Dank fürs Mitnehmen bewenden. Die Fahrt hatte knapp fünf Minuten gedauert, aber sie war ihm dreimal so lange vorgekommen.

Der Mondeo fuhr auf das Gelände des Sanatoriums, und Olsson sah sich unschlüssig um. Unzweifelhaft war bald Mittagszeit, er hatte zwar spät gefrühstückt, aber sein Magen war doch an feste Essenszeiten gewöhnt. Ihm fiel ein, dass es ganz in der Nähe der Bibliothek eine Pizzeria gab. Er sah sich nach dem Durchgang um, als er jemand in den Ruinen bemerkte, in denen er vorhin die Jugendlichen beobachtet hatte.

Auch jetzt waren es wieder junge Männer, allerdings nicht dieselben, und sie benahmen sich sehr sonderbar. Zwei duckten sich plötzlich, als er näher kam, der dritte verschwand hinter einer geborstenen Ziegelwand.

Er zögerte kurz, aber dann nahm seine Neugier überhand. Außerdem war es die Richtung, in der auch die Pizzeria lag. Er ging zu den weiß verputzten Wänden hinüber und erhaschte einen Blick auf eine rote Segeltuchjacke, die in diesem Moment hinter einer dicken Steinmauer in der Nähe des verfallenen Hauses verschwand.

Die Mauer war ungefähr einen Meter hoch, aber sie lag auf einer Anhöhe und umschloss einen kleinen Hügel. Die Birken hatten ihr Laub wie Streusel über den ungeschnittenen Rasen verstreut. Die eigentümlich abgeschiedene Gegend glich einer verlassenen Insel – umgeben von Asphalt und abbruchreifen Häusern.

Olsson wusste nicht, wozu das Ganze ursprünglich gedient hatte, aber dann kam ihm eine schwache Erinnerung. Er blickte durch eine Öffnung in der Mauer und sah den sonderbaren Weg, der wie ein Schützengraben direkt durch den Hügel stieß. Er betrat ihn, denn hier war auch die Segeltuchjacke verschwunden.

Das braune Laub raschelte unter seinen Füßen. Es war in Haufen entlang der kurzen Treppe zusammengeweht, die zur Spitze des Hügels hinaufführte. Dann machte der Weg eine scharfe Biegung, und er stand vor einem zerborstenen, grauen Türsturz aus Zement, der direkt in den Hügel hineinführte. Aber einen Eingang gab es nicht. Eine dicke Holzplatte versperrte die Öffnung. Offenbar stand sie schon sehr lange hier, denn sie war moosbewachsen.

Dies war das Leichenhaus des Sanatoriums. Früher hatte es gleichzeitig als Pathologie gedient. Nun war es nur noch ein mit Beton ausgekleideter, verlassener Keller. Aber hier hinein hatte der junge Mann mit der Segeltuchjacke kaum verschwinden können. Er musste geradeaus weitergegangen sein oder den Hügel umrundet haben. Die Frage war nur, was dieses Versteckspiel eigentlich sollte.

Olsson ging einige Schritte weiter und sah um die Ecke des alten Leichenhauses. Der Quergang war mit Buschwerk zugewachsen, und die beiden Fensterluken waren ebenso mit Brettern verrammelt wie der Eingang. Er zuckte mit den Schultern und wollte das Ganze gerade auf sich beruhen lassen, als ihm bewusst wurde, dass mit der Türplatte etwas nicht stimmte.

Er ging zurück zu dem Türsturz und sah sich die moosbewachsene Platte genauer an. Genau, da war es: An der einen Kante befand sich ein schmaler Riss, der heller leuchtete als die verwitterte Oberfläche. Olsson drückte vorsichtig gegen die Platte und merkte, dass sie nachgab. Er brauchte einige Minuten, um den Schließmechanismus zu verstehen, dann aber konnte er die schwere Holzplatte mühelos beiseite schieben. Er spähte in die Dunkelheit. Ein Mensch war dort unten jedenfalls nicht zu sehen, das hatte er auch nicht erwartet. Aber im Halbdunkel schimmerten einige weiße Plastikkanister. Und dahinter standen zahlreiche gefüllte Glasflaschen.

Olsson blieb stehen, nun wusste er, warum der junge Mann mit der Segeltuchjacke Verstecken gespielt hatte. Er hatte ein Depot für illegal gebrannten Alkohol entdeckt, nur – was sollte er jetzt machen?

Ihm war klar, dass er seinen Fund eigentlich der Polizei melden müsste, aber er zögerte, ohne recht zu wissen, warum. Er war schließlich nicht länger Polizist und wollte auch nicht mehr als solcher auftreten.

Olsson wusste nur zu gut, dass Bjärebygden eine Gegend war, in der es von Schwarzbrennereien geradezu wimmelte. Sie machten Maische und destillierten praktisch in jedem Haus, vor allem auf der abgelegeneren Seite. Das hatte bei den Leuten einen Beigeschmack von Romantik, und einen Schwarzbrenner zu verpfeifen war ein nicht verzeihlicher Bruch der ungeschriebenen Gesetze.

Er war sich nicht sicher, ob er bereit war, sich außerhalb der lokalen Gesetze zu stellen, oder wie man das nun nennen wollte – egal, wie fehlgeleitet und falsch diese auch waren.

Während seiner Zeit als Polizist war ihm deutlich bewusst gewesen, dass er ein Außenseiter war. Auf eine gewisse Weise stellte er eine öffentliche Person dar, jedenfalls in dem Sinn, dass ihn alle in Ängelholm und Umgebung gekannt hatten und umgekehrt. Aber es gab eine unsichtbare Grenze dazwischen, alle zu kennen und sich privat mit ihnen zu treffen. Das sichtbarste Ergebnis seines Berufslebens war, dass er nur sehr wenige echte Freunde hatte.

Olsson beschloss abzuwarten. Er konnte ja ein Auge auf die Aktivitäten rund um den Keller haben. Vielleicht waren es nur ein paar Jugendliche, denen es einen Kick gab, sich zu

betrinken. Sich illegal Alkohol zu beschaffen war wohl nicht so schlimm. Es gab jedenfalls schlimmeres.
Bevor er seine Überlegungen zu Ende gebracht hatte, bewegte sich etwas hinter seinem Rücken. Er war so in Gedanken versunken gewesen, dass er gar nicht gemerkt hatte, dass ihm jemand gefolgt war.
Er zuckte zusammen und drehte sich um. Vor ihm stand Gunnar Borin und blickte Olsson und den aufgebrochenen Leichenkeller so leer an, als sähe er nichts. «Mein Vater ist verschwunden», sagte er müde. «Können Sie mir helfen, ihn zu suchen?»

KAPITEL 4

«Verschwunden?», wiederholte Olsson mechanisch.

Er war mit dem Versteck für schwarz gebrannten Alkohol sozusagen auf frischer Tat ertappt worden und wusste nicht, wie er sich jetzt verhalten sollte. Sein erster Impuls war, die Holzplatte einfach wieder vor die Tür zu schieben, und nervös begann er mit dem schwerfälligen Ding herumzuhantieren.

Er war sich nicht sicher, ob Gunnar Borin gesehen hatte, was im Leichenkeller versteckt war, oder nicht. Es war dunkel gewesen, vielleicht hatte er die Plastikkanister ja nicht bemerkt. Er schaute allerdings interessiert auf den Türgriff, als Olsson den primitiven Eingang verschloss.

Doch glücklicherweise schien Borin in Gedanken mit etwas anderem beschäftigt zu sein, denn er wartete ohne Kommentar, bis Olsson fertig war. Erst dann zog er resigniert die braun karierten Schultern hoch. «Das Personal weiß nicht, wo er ist.»

Seine Stimme klang eher müde als verzweifelt, und Olsson fragte aus einer Eingebung heraus: «Ist er denn schon öfters aus dem Krankenhaus verschwunden?»

Beinahe hätte er Heim gesagt, aber er hielt im letzten Moment inne, denn das Wort klang so abschätzig. Wie eine Endstation, was es vielleicht auch war.

Der Braunkarierte ließ sich mit der Antwort Zeit. «Er macht seine Spaziergänge», sagte er ausweichend.

«Und dann?»
«Er kommt nicht immer zurück.»
Olsson blickte ihn fragend an, und Borin machte ein verlegenes Gesicht. Vielleicht war ihm das Thema unangenehm.
«Es ist schon passiert, dass er vergessen hat, wo er war.»
Olsson nickte. Er wusste, dass Altersdemenz eine launische Krankheit war. Klare Perioden wechselten sich völlig unvorhersehbar mit verwirrten ab.
«Wo sollen wir suchen?», fragte er.
Gunnar Borin sah ihn dankbar an. Dann nickte er in Richtung des grau zementierten Türsturzes. «Da war er wohl nicht drin?»
Olsson schüttelte den Kopf. «Es war von außen verschlossen, als ich kam. Ich war bloß neugierig und habe hineingesehen.»
Borin akzeptierte diese Antwort, und Olsson wurde klar, dass er den Alkohol nicht gesehen hatte. Er fühlte sich bedeutend besser. Zwar hatte er nichts damit zu tun, aber er wollte weder in Verdacht geraten noch lang und breit Dinge erklären müssen.
«Wir sollten in verschiedenen Richtungen suchen», schlug er vor. «Wie sieht Ihr Vater denn aus?»
Borin musste nicht lange nachdenken. «Wie ich, aber weißhaarig. Er heißt Edward.»
Kurz und bestimmt, dachte Olsson. Er hatte etwas in Borins Tonfall bemerkt und ahnte, dass Vater und Sohn sich sehr nahe standen. «Wissen Sie, was er anhatte?»
«Das Personal sagte mir, dass er seinen Mantel vergessen hat.»
«Er ist also nur mit einem Hemd bekleidet?», fragte Olsson erstaunt. Es war immerhin Oktober, und die Temperatur betrug nur noch wenige Grad über null, trotz der Sonne.

«Er verwechselt manchmal die Jahreszeiten.»
Olsson nickte erneut. Sie gingen den zementierten Weg weiter und gelangten so an die Rückseite des Leichenhauses. Hier lag ein großer Parkplatz, hinter dem sich eine Ansammlung niedriger, gelber Ziegelgebäude befand, die zum Servicezentrum Victoriagården gehörten.
«Sie sind sicher, dass er nicht hier ist?»
Olsson bewegte den Kopf in die Richtung, aus der sie gerade gekommen waren. Gunnar Borin zog die Schultern hoch, seine Stimme klang erschöpft.
«Sicher bin ich mir nicht.»
«Dann gehen Sie dort entlang, und wir treffen uns anschließend wieder hier.»
Borin gehorchte ohne ein Wort. Olsson sah die untersetzte Gestalt den Weg hinunter zu den weißen Krankenhausgebäuden gehen und dann am Waldrand verschwinden.

Die resignierte Haltung passte nicht zu Borins Körperbau. Er hatte etwas von einem Ringer an sich, und Olsson hatte das Gefühl, dass er mit irgendetwas hinter dem Berg hielt. Vielleicht lag das an der Sorge um seinen Vater, aber Olsson hatte diesen Eindruck schon in Magnarp gehabt.
Er ging in die entgegengesetzte Richtung. An einem kleinen Damm blieb er stehen und sah einige Augenblicke auf die dunkle Wasseroberfläche hinunter. Zwei Enten schwammen erwartungsvoll auf ihn zu, aber Olsson ließ erst gar keine falsche Hoffnung aufkommen und setzte seinen Weg hinunter zum Strand fort.
Er kannte Gunnar Borins Vater nicht, aber er hatte auch keinen Grund anzunehmen, dass dieser den Damm hinunterge-

stiegen war. Wäre er ertrunken, so hätte seine Leiche im Übrigen hier angeschwemmt werden müssen.
Olsson gelangte in den Wald und ging den Weg weiter, der in einem weiten Bogen zurück zur Klinik führte. Die Bäume hatten ihr Laub bis auf wenige Ausnahmen noch nicht verloren. Eigentlich war es eine hoffnungslose Angelegenheit, den alten Mann zu suchen. Wenn Edward Borin den Weg verlassen hatte, dann würden sie ihn kaum finden.
Olsson hatte seinen Hunger fast vergessen, aber nun machte er sich wieder bemerkbar. Er ging schneller. Eigentlich müsste er Gunnar Borin jetzt gleich wieder treffen, aber niemand war zu sehen.
Erst als er die Häuser im Umkreis des Sanatoriums erreichte, sah er den braun karierten Anzug, der wie Herbstlaub oben auf der Hügelspitze leuchtete, ganz in der Nähe des Eingangs zum Leichenkeller. Verblüfft ging Olsson den zementierten Weg hinauf. War Borin hierher zurückgekehrt, statt im Wald zu suchen? Dann fiel ihm ein, dass er den Keller vielleicht nur unbemerkt hatte öffnen wollen.
Er überlegte, ob er ihn darauf ansprechen sollte, ließ es dann aber bleiben. Wahrscheinlich war es besser, wenn er sein Interesse nicht zu deutlich zeigte.
«Welche Strecke sind Sie gegangen?», fragte er stattdessen, als er die Treppe fast oben war.
Gunnar Borin sah ihn erstaunt an. «Ich bin hinunter zum Strand», murmelte er und seufzte, ehe er fortfuhr: «Sie haben ihn wohl auch nicht gefunden?»
Es klang mehr wie eine Feststellung, und Olsson bestätigte sie mit einem Kopfschütteln.
Sie gingen zum Parkplatz zurück, von wo sie gestartet waren.

Beide standen schweigend da und warteten darauf, dass der andere etwas sagte. Dann bemerkten sie, wie ihnen jemand von der Bibliothek aus zuwinkte.
Eine Frau kam ihnen mit bestimmtem Schritt entgegen, sie trug die weiße Schwesterntracht und darüber eine Strickjacke. Als sie nur noch wenige Meter von ihnen entfernt war, sagte sie: «Wir haben Ihren Vater gefunden. Er sitzt jetzt drinnen im Speisesaal.»
«Im Speisesaal? Was macht er denn dort?»
«Er kam von der Post. Wir haben ihn mitgenommen und ihm einen heißen Kaffee gemacht, er war nämlich ganz durchgefroren.» Sie schüttelte den Kopf, und es war schwer zu sagen, ob dies nun dem Alten galt oder dem Jungen, der nicht besser auf ihn aufpasste.
Gemeinsam gingen sie auf die gelben Gebäude zu. Olsson folgte aus reiner Neugier.
Er wusste nicht, was er eigentlich erwartete. Zu seiner Überraschung sah er, dass Borins Beschreibung seines Vaters absolut zutreffend gewesen war. Olsson hatte das Gefühl, ihn zu kennen, aber es war wohl nur die Ähnlichkeit, die dies bewirkte.
Edward Borin hatte dieselbe Ringergestalt wie sein Sohn, und unter dem weißen Schopf blickte man in klare, willensstarke Gesichtszüge. Die Augen aber waren verwirrt und voller Angst.
«Bist du das, Gunnar?», fragte er.
Die Stimme war dunkel und kräftig, und erst als Gunnar Borin antwortete, verstand Olsson, dass die Frage ernst gemeint war.
«Ja sicher, ich bin es.»

Der Alte sah Olsson unsicher an. Offenbar verwirrte ihn seine Anwesenheit, denn er begann unruhig mit der vor ihm stehenden Kaffeetasse zu spielen. Die Hände erinnerten an die eines Mechanikers, sie waren kräftig und geschmeidig.

«Ich weiß nicht, warum ich hier bin», sagte er.

In dieser einfachen Bemerkung lag große Verlassenheit, doch Gunnar Borin antwortete knapp und sachlich: «Du hast einen Spaziergang gemacht.»

Der Alte schüttelte ungeduldig den Kopf. «Ja, das weiß ich doch. Ich hatte etwas auf der Post zu erledigen. Ich weiß aber nicht, ob ich dort war oder nicht.» Dann hob er plötzlich die Tasse und schlug sie mit so viel Wucht auf den Tisch, dass sie in lauter Stücke zerbrach. «Das ist doch beschissen!»

Olsson zuckte ob des unerwarteten Ausbruchs zusammen. Eine Krankenschwester eilte herbei.

Aber Gunnar Borin winkte nur ab, offensichtlich wusste er, dass sein Vater in seinen Ohnmachtsgefühlen manchmal die Beherrschung verlor. «Ich weiß», antwortete er. «Aber du musst dir deshalb keine Sorgen machen.»

Es schien so, als hätten die Worte den beabsichtigten Effekt. Vielleicht hatte der Ausbruch auch nur seine Wirkung getan, jedenfalls sah Edward Borin nun bedeutend ruhiger aus.

Er wandte sich zu Olsson, vielleicht verwechselte er ihn mit jemand anderem. «Es tut mir Leid», sagte er. «Aber manchmal kriege ich die Sachen einfach nicht mehr zusammen. Sie verschwinden einfach.» Er verstummte und machte eine linkische Bewegung, als ob er um Hilfe flehte.

Olsson wusste nicht, was er darauf erwidern sollte, und be-

gnügte sich mit einem Nicken. Aber Gunnar Borin kam ihm zu Hilfe.
«Wir müssen jetzt los», sagte er und sah auf die Uhr. «Haben Sie es sich mit dem Essen noch einmal überlegt?»
Olsson schüttelte den Kopf. «Nein danke, ich bleibe noch ein bisschen hier.»
Er meinte damit eigentlich Vejbystrand, aber Gunnar Borin verstand ihn offenbar falsch.
«Sie wollen also hier essen?»
Olsson kam nicht dazu, zu protestieren. Es spielte ja auch keine Rolle, was Gunnar Borin glaubte. Wenn sie ehrlich waren, lag wohl keinem von ihnen viel daran, länger als nötig zusammen zu sein.
Gunnar Borin wirkte, als sei er mit seinen Gedanken schon weit fort. Er legte seinem Vater den Arm um die Schultern und führte ihn zum Ausgang. Sie waren schon ein gutes Stück gegangen, als ihm noch etwas einfiel. «Danke für die Hilfe», rief er Olsson zu.
Aber die Worte kamen mechanisch, und er erwartete offenbar keine Antwort. Olsson blieb stehen und sah sie durch die sich automatisch öffnende Tür verschwinden. Ihre Ähnlichkeit war nicht zu übersehen, sie gingen sogar im Gleichschritt, wie zwei Artisten in einem Varieté.
Olsson beschloss, ein paar Minuten zu warten, bis die beiden weg waren. Er betrachtete den Speisesaal, der offenbar zum Servicebereich der Klinik gehörte, denn einige der Gäste saßen im Rollstuhl, und das Personal trug weiße Krankenhauskleidung. Olsson überlegte, was Gunnar Borin damit gemeint hatte, als er ihn gefragt hatte, ob er hier essen wolle, als eine Kellnerin auf ihn zukam und dasselbe wissen wollte.

Man sah ihm seine Überraschung offenbar an, denn sie lachte. «Mit dem Essen ist alles in Ordnung. Und im Übrigen kann hier jeder essen!»
Überrumpelt wie er war, ließ er sich überreden. Bevor er richtig wusste, wie ihm geschah, stand er mit einem Essenstablett da. Er ging zu einem freien Tisch am Fenster und setzte sich. Düster blickte er hinaus und fragte sich, wie er wohl auf Passanten wirkte. Wenn er es richtig bedachte, war es vielleicht nicht so falsch, sich schon mal daran zu gewöhnen, seine Mahlzeiten in einem Heim einzunehmen.
Er seufzte und widmete sich dann den Rouladen auf seinem Teller. Die Pfefferdose verbesserte sowohl das Fleisch als auch seine Stimmung ein wenig, aber nicht so sehr, um Gunnar Borin und dessen Vater aus seinen Gedanken zu vertreiben.
Schwermütig schaute Olsson aus dem Fenster. Gegenüber standen drei gelb gestrichene Villen zu eng auf einem zu kleinen Grundstück und erinnerten ihn an ein überfülltes Feld in einem Monopolyspiel. Oben auf dem Hügel sah er den braunen Glockenturm aus Holz, der zu Vejbystrands unansehnlicher Kirche gehörte. Davor stand ein blauer Volvo, den er schon gesehen zu haben glaubte.
Olsson betrachtete ihn eine Zeit lang nachdenklich. Dann trank er seinen Kaffee aus und trug das Tablett zurück. Als er hinauskam, war der Volvo verschwunden.
Er überlegte, ob er den Umweg über den Hafen nehmen sollte, aber dann fand er, dass er heute genug gelaufen sei. Stattdessen ging er in die Bibliothek und lieh sich zwei Bücher aus, was gelang, obwohl er seinen Leihausweis in Ängelholm vergessen hatte.

Dann ging er auf direktem Weg nach Hause. Vor der Haustür stand eine weißhaarige Dame und zupfte Blätter von einem Busch ab. Olsson war klar, dass sie es war, die sein Kommen und Gehen hinter ihren Gardinen beobachtete. Er fragte sich gerade, ob er sie grüßen sollte, als sie ihm zuvorkam. Sie musste auf ihn gewartet haben.
«Ich habe Sie hier schon gesehen», kam sie gleich zur Sache. «Haben Sie die Wohnung gemietet?»
Olsson wusste nicht, was er antworten sollte. Er nickte und fragte sich, ob sie ihn jetzt einer genaueren Befragung unterziehen würde. Sie redete weiter, ohne von seiner Unschlüssigkeit Notiz zu nehmen.
«Ich will nur wissen, ob ich das Richtige gesagt habe.»
«Das Richtige gesagt?»
Sie sah ihn forschend an. «Hier war ein Mann und hat nach Ihnen gefragt.»
«Nach mir gefragt?»
Er musste so verwundert aussehen, wie er tatsächlich war, denn sie änderte ihren Tonfall.
«Ich habe ihm gesagt, dass ein jüngerer Mann hier wohnt. Das war doch richtig, oder?»
Olsson wurde klar, dass sie von ihm sprach. Sie war wohl um die achtzig, vielleicht aber auch neunzig Jahre alt. Aus ihrer Perspektive betrachtet, war er tatsächlich ein «jüngerer Mann». «Hat er seinen Namen genannt?»
Sie schüttelte den Kopf. «Nein, leider nicht. Es war ein sehr großer Mann.» Sie dachte einen Moment nach, als ob sie etwas abwägen würde. Dann beugte sie sich vor, kniff die Augen zusammen und sagte verschwörerisch: «Irgendwas an ihm war komisch.»

Sie wartete wieder einige Sekunden, bevor sie weitersprach. «Er hat nicht geklingelt. Er hat nur gefragt, ob Sie hier wohnen, und dann ging er wieder weg.»

Sie sah ihn bedeutungsvoll an, dann war sie wohl der Meinung, alles gesagt zu haben, und wandte sich wieder ihren Büschen zu. «Keinen kümmert es, ob hier was wächst oder nicht», murmelte sie und schüttelte verärgert den Kopf.

Er sah, wie sie ein paar Zweige abbrach und unter den Balkon neben der Haustür warf. Sie schien alles Interesse an ihm verloren zu haben, also nickte er nur und ging die Treppe hinauf. Er war sich nicht einmal sicher, ob sie sein Weggehen überhaupt bemerkte.

Die kleine Wohnung sah genauso aus, wie er sie verlassen hatte. Er zog die Schuhe aus und ging hinüber zum Bett. Der Duft von Cecilias Shampoo hing noch immer im Kissen. Er legte sich auf den Rücken und sah nachdenklich durch das Fenster zum blauen Herbsthimmel hinauf. Wieder überkam ihn dieses Gefühl, dass die Tage immer kürzer wurden und ihm die Zeit aus den Händen rann, und es kostete ihn Kraft, an etwas anderes zu denken.

Die Frau hatte gesagt, dass der Mann, der ihn gesucht hatte, groß gewesen sei. Das musste nicht viel heißen. Sie selbst war kaum größer als einsfünfzig, und die meisten mittelgroßen Menschen waren aus ihrer Sicht groß. Kurt Malmberg wäre ihr bestimmt so erschienen.

Außer Malmberg fiel Olsson niemand ein, der nach ihm suchen könnte und dann wieder ging, ohne ihn getroffen zu haben. Als ob es ihm reichen würde, zu wissen, wo er sich aufhielt.

Kurt Malmberg war es gewohnt zu warten, dachte Olsson

düster. Die Frage war bloß, worauf er wartete. Und wie er den Weg zu Cecilias Wohnung gefunden hatte.
Er lag einige Minuten nachdenklich auf dem Bett, dann stand er auf und legte die Sicherheitskette an der Wohnungstür vor. Er wusste, dass das lächerlich war, aber er sagte sich, dass es ihm ein Gefühl von Abgeschiedenheit gab. Als ob die dünne Metallkette auf magische Weise verhindern konnte, dass jemand in die kleine Wohnung blickte. Oder als ob sie Kurt Malmberg davon abhalten konnte, ihm nach dem Leben zu trachten.
Seine irrationale Handlung half ihm jedenfalls dabei, sich zu entspannen. Er hatte seine Denkerhaltung auf dem Bett kaum eingenommen, da schlief er auch schon ein. Als er aufwachte, war es bereits ziemlich dunkel im Zimmer, und er wusste erst nicht, wo er war.
Er ging hinaus in die Miniküche und kochte sich eine große Tasse von Cecilias starkem, schwarzem Kaffee. Mit den beiden Leihbüchern in der einen und dem Kaffee in der anderen Hand ging er zu dem einzigen Sessel in der Wohnung. Zufrieden ließ er sich hineinsinken, ohne etwas zu verschütten, merkte dann aber zu seiner Verärgerung, dass er die Brille vergessen hatte. Und schlimmer noch, er konnte sie nirgends finden. Er war sich aber sicher, dass er sie aus seiner Wohnung mitgebracht hatte.
Verzweifelt öffnete er zum Schluss ein Brillenetui, das Cecilia gehörte. Es lag auf dem großen Eichentisch, und zu seinem Erstaunen sah er, dass er seine eigene Brille in Händen hielt. Etwas zu verlegen war eine Sache, aber seine Brille ordentlich im Etui eines anderen zu verstauen, war etwas ganz anderes. Olsson ließ sich verblüfft wieder in den Sessel fallen. Seine Zufriedenheit war wie weggeblasen, und der Kaffee war kalt.

Morgen werde ich sechzig, dachte er. Und ich fange bereits an, senil zu werden.
Er seufzte laut, und es dauerte lange, bis er sich endlich den Büchern widmen konnte, die er mitgebracht hatte.

Die Wohnung war von einem bleichen Vormittagslicht erfüllt. Missmutig sah Olsson hinaus in den grauen Nebel, der vom Hafen kam. Von der Sonne am gestrigen Sonntag war nichts geblieben, nur eine weißliche Scheibe, die hin und wieder durch die feuchten Nebelschleier schimmerte. Im Hinblick auf die Bedeutung dieses Tages war das Wetter aber vielleicht ganz passend.
Die Flugmanöver hatten wieder eingesetzt, und der lang gezogene Donner wirkte im Nebel beinahe gespenstisch. Olsson störte das nicht, im Gegenteil, so bekam die triste Aussicht etwas Dramatisches. Aber als es an der Tür klingelte, zuckte er doch zusammen. Er wollte schon öffnen, als er in der Diele stehen blieb. Er wünschte keinen Besuch, er war ja hier, um allem zu entkommen. Dann dachte er an die Unterhaltung mit der alten Dame, und seine Neugier errang die Oberhand. Kurt Malmberg hin oder her, er wollte wissen, wer da was von ihm wollte und warum.
«Wer ist da?», rief er und merkte im gleichen Moment, dass er sich wie ein verängstigter alter Mann benahm. Vielleicht färbte die Nachbarschaft ja auf ihn ab?
«Ich bin's.»
«Cecilia?»
Er beeilte sich aufzumachen und merkte zu spät, dass er die Kette vergessen hatte. Die Tür prallte mit Wucht zurück, und er sah die Verwunderung in Cecilias Gesicht.

«Warum hast du dich denn eingeschlossen?»
Verlegen hantierte er an der Kette herum. Um ihre Aufmerksamkeit abzulenken, wechselte er das Thema. «Wie bist du hergekommen?»
Der Trick funktionierte, Cecilia sah nicht länger das Türschloss, sondern ihn an. «Na, mit dem Auto natürlich.»
Die Antwort war eindeutig, doch er fragte trotzdem nach. «Aber das stand doch in Ängelholm.»
«Ich bin mit dem Bus hingefahren. Anne geht es besser, und deshalb dachte ich, es wäre gut für sie, wenn sie mal ein bisschen alleine ist.»
Sie stand immer noch auf der Türschwelle, und Olsson fragte sie, ob sie nicht hereinkommen wolle.
«Nein, im Gegenteil, ich wollte dich mit hinausnehmen.»
«Hinaus?»
«Ich will dir etwas zeigen.»
Er protestierte nicht. Er hatte eines der beiden Bücher bereits gelesen, und das graue Wetter war nicht gerade aufregend. Erst als sie in Cecilias gelbem Renault saßen, fragte er sie, wohin sie denn führen.
«Du wirst schon sehen!»
Ihre Antwort war ihm nicht ganz geheuer. Vielleicht war es ja sein heute erreichtes Alter, das ihn so unflexibel machte. Cecilia bog nach links in Richtung der alten Lerviker Schule ab und fuhr an der kleinen Strumpffabrik vorbei, die an der Abzweigung nach Ranarp stand.
Dann begriff Olsson auf einmal. «Das ist doch der Weg nach Torekov.»
Sie antwortete nicht. Der dichte Nebel hatte die Landschaft in Watte gehüllt, nicht einmal auf den Höhen vor Segeltorp

reichte die Sicht weiter als einige Meter. Es war, als führe man durch einen endlos langen grauen Tunnel, und Olsson merkte, wie ihm von der ungewohnt weichen Federung des alten französischen Autos etwas übel wurde.
Bei Mäsinge klarte es ein wenig auf, und die gewaltige Mühle schimmerte im Nebel. Obwohl es fast windstill war, bewegten sich die großen Flügel und ließen Olsson an ein lebendiges Wesen denken.
Die Hauptstraße in Torekov hätte aus einem *film noir* stammen können. Asphalt und Pflastersteine glitzerten nass, und die niedrigen Fassaden duckten sich im Nebel. Ein Fußgänger hastete mit eingezogenem Kopf und aufgestelltem Kragen vorbei.
Cecilia hielt vor dem Hotel Kattegat, das sich nun mondän gab und ein t aus dem Namen gestrichen hatte. Sie zog Olsson zu der Treppe.
«Herzlichen Glückwunsch zum Geburtstag, Herr Kommissar!»
Plötzlich umgab ihn der Duft, den er in Vejbystrand genossen hatte. Ein feuchter Kuss brannte auf seinen Wangen.
Seine verdutzte Miene ließ sie auflachen. Er kam gar nicht zu Wort. «Ja, meinst du denn, ich lese keine Zeitungen? Ich bin doch Journalistin!»
Er begriff nur langsam, aber dann dämmerte ihm doch, worum sich der ganze Ausflug drehte. «Gehen wir da rein?»
Er war seit dem Umbau nicht mehr in dem Restaurant gewesen. Drinnen schaute er vergeblich nach links, denn das alte trauliche Lokal, in dem er sein Bauernfrühstück gerne in Tabasco ertränkt hatte, war unwiderruflich verschwunden. Stattdessen gab es nun eine hell erleuchtete Theke, von der

aus man direkt in die Küche blicken und den Köchen bei der Arbeit zusehen konnte. In Gourmettempeln hielt man es heutzutage offenbar für wichtig, Gästen diese Unterhaltung zu bieten.

Das große Restaurant war allerdings noch das alte. Es war frisch gestrichen, aber der alte Kachelofen mit seinen in die Glasur eingebrannten, kreuzweise zusammengebundenen Weizengarben stand noch da.

«Hier sind wir», sagte Cecilia und deutete auf einen Tisch.

Und richtig, auf dem Tisch, der an einem der Fenster stand und den Blick auf die alte Kirchenruine frei gab, stand ein Reservierungsschild mit ihrem Namen.

Sie hatte die Entführung offenbar sehr gut vorbereitet. Sie saßen noch nicht richtig, als schon ein Kellner kam und sich an den Gedecken zu schaffen machte. Auch die Bestellung war offenbar schon vorher aufgegeben worden, denn er wechselte lediglich einen Blick mit ihr und verschwand genauso lautlos, wie er gekommen war.

Zu Olssons Verwunderung kam der Koch selbst mit den Speisen an ihren Tisch und hielt einen kleinen Vortrag über die darin enthaltenen Zutaten. Er hörte diesen Lobpreisungen skeptisch zu, besonders als er feststellte, dass der Hauptgang aus rohem Fisch und Soße bestand.

Als sie mit ihrem eigenartigen Essen endlich allein waren, beugte sich Cecilia zu ihm herüber. «Sei vorsichtig, das ist sehr scharf.»

Er hatte die Hoffnung auf Tabasco aufgegeben, der für die eleganten Gäste des Lokals wohl zu vulgär war. Misstrauisch deutete er auf etwas Hellgrünes, das auf einem Teller lag. Es sah weich und harmlos aus, und er blickte sie fragend an. Sie

kannte doch seine Essgewohnheiten zur Genüge. «Hast du scharf gesagt?»
Sie nickte. Dann lächelte sie, als er ein Stück Fisch ausgiebig mit der grünen Paste bestrich, von der der Koch erklärt hatte, man solle sie mit der schwarzen Soße mischen. Als Olsson den Bissen in den Mund schob, griff er in einem Reflex nach der Karaffe mit dem Eiswasser, mit dem er den Brand bekämpfen wollte.
Olsson kaute und schluckte. Dann leerte er sein Glas auf einmal. Die Explosion an seinem Gaumen ließ ihn wie einen gestrandeten Fisch nach Luft schnappen.
Er wandte sich überwältigt zum Fenster und wartete, dass die Tränenflut aufhören würde. Den Geräuschen nach zu urteilen, tat Cecilia ihr Bestes, um nicht laut loszulachen, war damit allerdings nicht sehr erfolgreich.
Er überlegte sich gerade eine passende Antwort, als er den blauen Volvo erblickte. Er parkte nur wenige Meter entfernt. Ein Mann ging von einem Kiosk mit einer Zeitung unterm Arm auf den Wagen zu. Es gab keinen Zweifel, es war dasselbe Auto.
Er saß so lange gedankenverloren da, dass Cecilia es missverstand. Sie beugte sich über den Tisch und legte ihre Hand auf seine.
«Entschuldige, es war nicht so gemeint.»
Aber er schüttelte nur den Kopf. «Kein Problem. Ich habe gerade an etwas anderes gedacht.»
Sie hörte den Ernst in seiner Stimme und folgte seinem Blick. Der Mann hatte sich wieder in den Volvo gesetzt und die Zeitung aufgeschlagen. Alles sah vollkommen normal aus, und Cecilia schaute Olsson verwundert an.

Er bemerkte ihren Blick und nahm Zuflucht zu seinem Essen. Er war sicher, dass sein Misstrauen angebracht war. Was er aber nicht wusste, war, was sich hinter dieser Beschattung verbarg, und vorher wollte er auch nichts sagen. Nicht einmal zu Cecilia.

«Wie, sagtest du, heißt das hier?», fragte er stattdessen und deutete auf die grüne Paste.

«Wasabi. Japanischer Meerrettich.»

Zum zweiten Mal am heutigen Tag gelang ihm ein Ablenkungsmanöver. Cecilia vergaß den Volvo und widmete sich begeistert dem rohem Fisch und dem Meerrettich. Olsson bemühte sich, so gut er konnte, sein Geburtstagsessen entsprechend zu würdigen, und hoffte, dass sie seine Not nicht bemerkte.

Während des Kaffees sah sie ihm in die Augen. «Es scheint fast, als würde dir das Älterwerden Kummer machen.»

Ihre Beobachtung traf ihn unvorbereitet, und seine Antwort war entsprechend. «Wie kommst du denn darauf?»

Er merkte selbst, wie hohl das klang. Wenn es stimmte, was man so sagte, müsste seine Zunge jetzt eigentlich rabenschwarz werden.

«Es war etwas, das du gestern gesagt hast.»

«Man sagt so viel.»

Er wand sich innerlich, denn er wusste nur zu gut, dass sie sich auf einem Minenfeld bewegten. Aber Cecilia nahm keine Rücksicht.

«Wofür, glaubst du, ist es zu spät?»

Er machte einen lahmen Versuch, dem Gespräch eine andere Wendung zu geben, doch sie hielt seinen Blick fest.

«Ist dir eigentlich klar, dass du ein sehr attraktiver Mann bist?»

Er wusste nicht, ob sie eine Antwort erwartete oder nicht. Der Kellner löste das Problem, indem er wie ein rettender Engel auftauchte und die Rechnung präsentierte. Cecilia schnappte sie sich, bevor Olsson einen Blick darauf werfen konnte. Auch ihre Kreditkarte gab ihm keinen Hinweis, aber nach der Miene des Kellners zu urteilen, musste der Betrag astronomisch sein.

Und genau wie er es sich gedacht hatte, war der blaue Volvo verschwunden, als sie auf die Treppe hinaustraten.

Der Nebel war noch immer grau und undurchdringlich. Sie fuhren schweigend, genau wie auf der Hinfahrt. Vielleicht war es Einbildung, aber Olsson meinte eine Spannung zwischen ihnen zu spüren, die es früher nicht gegeben hatte.

Bei Ängelsbäck sagte Cecilia: «Ich habe Anne versprochen, gegen drei Uhr zurück zu sein. Aber vielleicht können wir uns heute Abend sehen?»

Er hatte so lange geschwiegen, dass er sich räuspern musste, bevor er antwortete. «Wenn du um sieben kommst, lade ich dich zum Kaffee ein.»

«Zu meinem Kaffee, versteht sich», sagte sie spitz.

Er grinste, bis sie die nächste Kurve so scharf nahm, dass ihm das Lachen im Hals stecken blieb.

Diesmal standen keine alten Damen da und warteten auf ihn, nicht einmal hinter den Gardinen rührte sich etwas. Er ging in die kleine Wohnung und griff nach dem zweiten Buch aus der Bibliothek, aber er konnte sich nicht aufs Lesen konzentrieren. Er wusste nicht, was ihn am meisten beunruhigte: Kurt Malmberg, der blaue Volvo oder das, was Cecilia gesagt hatte. Als er merkte, dass er dieselbe Seite dreimal gelesen hatte, gab

er auf und zog seine Laufschuhe an. Er hatte mit Zufriedenheit in der Morgenzeitung gelesen, dass Spazierengehen jetzt als Bewegungsform anerkannt wurde. Vielleicht konnte er seine Vorliebe dafür ja in Zukunft offen zeigen.
Er nahm den Weg hinunter zum Hafen und fühlte sich, als käme er in eine graue Filmlandschaft. Zwei Fischerboote schaukelten ängstlich am Kai, der Nebel drückte wie eine Wand vom Meer herein und drohte sie zu verschlingen. Ein Mann und ein Hund verschwanden geistergleich unten am Strand.
Olsson beschloss, den gleichen Weg wie sie zu gehen. Er folgte der Wasserlinie am flachen Strand entlang, bis plötzlich eine holprige Sandbank vor ihm aus dem Nebel auftauchte und ihn zwang, über rund geschliffene, feuchte Steine zu klettern. Er schreckte einen Schwarm Seevögel auf, die mit knatterndem Flügelschlag hinaus aufs Meer flogen. Schließlich machte er kehrt und ging über die Sanddünen bis zu den niedrigen Wacholdersträuchern auf der Heide zurück. Dort blieb er stehen und lauschte dem Meer, das rauschte, ohne dass er es sehen konnte.
Er wusste nicht recht, was er mit Cecilias Worten anfangen sollte. Und er konnte weder ihren Duft noch ihren Kuss vergessen.

Olsson hatte keine Ahnung, wohin ihn seine Gedanken entführt hatten und wie lange er schon hier stand, aber plötzlich merkte er, dass sich ein fremdes Geräusch in das des Meeres gemischt hatte.
Er lauschte, und er hatte sich nicht geirrt. Jemand rief, und es klang, als riefe er um Hilfe.

Er sah sich um, bevor er eilig in die Richtung lief, aus der die Stimme kam. Jemand winkte dort auf der Landzunge. Als er näher kam, sah er, dass es der Mann mit seinem Hund war, der rief und mit den Armen fuchtelte. Er stand am Eingang des Betonbunkers, an dem Olsson am Vortag vorbeigegangen war, und der Hund bellte und lief unruhig um ihn herum. Er schien aber in keiner Notlage zu sein.
Olsson verlangsamte die Schritte, aber der Mann hörte nicht auf, mit den Armen zu wedeln. Er ließ sie erst sinken, als Olsson nur noch wenige Meter entfernt war. Olsson wollte ihn gerade fragen, was denn eigentlich los sei, als der Mann sich zu seiner Verwunderung umdrehte und sich erbrach.
Er war kreidebleich, als er sich ihm wieder zuwandte. Olsson dachte zunächst, er sei krank, aber der Mann deutete auf den Eingang des Bunkers.
«Da drin!», war alles, was er herausbrachte.
Der Hund sprang aufgeregt zwischen seinem Herrchen und dem Bunker hin und her, das Kläffen war in eine Art Heulen übergegangen. Verwirrt ging Olsson zu der kompakten Befestigung und schaute hinein. Es sah genauso aus wie am Tag zuvor.
Plötzlich drängte sich der Hund an ihm vorbei und verschwand in der Dunkelheit. Ohne nachzudenken, folgte Olsson ihm und kam in die Vorkammer, die zu einem größeren Raum führte.
Die Zeit schien an ihm vorbeizurasen. Er fühlte sich plötzlich dreißig Jahre zurückversetzt und starrte auf ein kleines weißes Antlitz zwischen Zweigen und Laub.
Und das Mädchen war tot, so tot wie damals.

KAPITEL 5

Sie lag auf dem Rücken, die gebrochenen Augen starrten nach oben. In dem vor Feuchtigkeit triefenden Betondach über ihr leuchtete die Kreidezeichnung eines Penis. Das Letzte, was sie im Leben gesehen hat, dachte Olsson verwirrt.

Er merkte, wie sich alles um ihn herum drehte. Er hatte so etwas schon einmal erlebt. Damals hatte er ein Stoßgebet gesprochen und gewünscht, dass ihm das nie wieder passieren möge. Das unnatürlich weiße Gesicht des Mädchens strahlte eine Hilflosigkeit aus, die ihn wie ein Schlag mit dem Vorschlaghammer traf. Auch damals war es ihm so gegangen, und er hatte dieses Gefühl in all den Jahren nie loswerden können.

Sie war höchstens vierzehn und mit ihrer Bluse und dem kurzen Rock viel zu dünn gekleidet. Olsson sah, dass sie keinen Slip trug, und kämpfte gegen den Wunsch an, sie zu bedecken. Er wusste, es war unter Umständen von entscheidender Bedeutung, dass nichts angerührt wurde, bevor die Polizei kam. Dass es sich um ein Verbrechen handelte, war klar. Aber er war beschämt und verzweifelt darüber, dass das Mädchen so daliegen musste.

Er holte tief Luft, denn er wusste, dass er sich zusammennehmen musste. Das Mädchen lag halb in einer Wasserpfütze, der raue Boden war ansonsten mit Zweigen und braunen Blättern bedeckt. Olsson setzte vorsichtig einen Fuß in das

Wasser und beugte sich aus dem knapp einen Quadratmeter großen Vorhof hinaus, um in den angrenzenden Raum zu blicken. Dieser war ein unregelmäßiges Fünfeck, in das das graue Licht aus kleinen Schießluken in den dicken Wänden hineinrieselte. Auf einem der kräftigen Betonregale, die – wie er annahm – als Lafetten für die Maschinengewehre gedient hatten, lagen zwei zusammengepresste Bierdosen, sonst fiel ihm nichts weiter auf.

Er zog sich wieder zurück und ging hinaus zu dem Mann mit seinem Hund. Dieser hatte wieder Farbe im Gesicht, das Erbrechen vorhin war wohl eine Reaktion auf den Schock gewesen. Er hatte den Hund an die Leine genommen und warf unruhige Blicke auf den Eingang des Bunkers. Es sah nicht so aus, als ob er nochmals hineingehen würde.

«Ist sie tot?»

Er stellte die Frage, als ob er die Worte scheute, aber Olsson nickte bestätigend. «Wir müssen die Polizei rufen», sagte er. «Und einer von uns muss hier bleiben.»

Der Mann machte einen unfreiwilligen Schritt von dem grauen Betonblock weg, aber dann schien ihm etwas einzufallen. «Ich habe mein Handy dabei.» Er wühlte in seinen Taschen und holte ein blaues Mobiltelefon hervor. Er sah erleichtert aus, als er Olsson den Apparat entgegenstreckte. «Kennen Sie die Nummer?»

Olsson schüttelte den Kopf. Er wusste sie zwar, aber er hatte in seinem ganzen Leben noch nie ein Handy benutzt und hatte keine Ahnung, wie es ging. «Rufen Sie die Notrufnummer an.»

Der Mann nickte und tippte die Zahlen ein. Olsson war erleichtert, dass er seine Unkenntnis nicht demonstrieren musste, und schwieg. Er hörte, wie der andere sich als Ingenieur

Lindgren vorstellte. Es war eine ziemliche Weile her, seit er jemanden seinen Titel statt des Vornamens hatte benutzen hören, aber vielleicht hing das damit zusammen, dass der Mann mit der Polizei sprach.

Er beendete das Gespräch und schaute Olsson mit dem Handy in der Hand an. «Sie kommen in etwa zehn Minuten», meinte er. «Bestimmt haben sie einen Streifenwagen hier in der Nähe.»

Auf einmal wurde er redselig. Er zog an der Leine und nötigte den Hund, sich hinzusetzen. Olsson hatte den Eindruck, als ob er sich für das bevorstehende Verhör vorbereiten wollte.

«Der Hund war nicht angeleint und rannte in den Bunker, er hat sicher irgendwas gewittert. Er kam nicht mehr heraus, so viel ich auch nach ihm rief, und so bin ich ihm schließlich hinterher. Und da lag sie.»

«Haben Sie etwas angefasst?»

Er starrte Olsson mit weit aufgerissenen Augen an. «Nein, aber Ringo hat sie beschnuppert. Ich musste ihn von ihr wegziehen.»

Die Erinnerung schien ihm unangenehm zu sein, vielleicht war es aber auch nur die Angst, was er der Polizei sagen sollte. Er verstummte und sah seinen Hund an.

Aus zehn Minuten wurden zwanzig. Der dichte Nebel verlieh der Situation etwas Unwirkliches. Der Betonbunker mit seinem entsetzlichen Inhalt brütete schweigend im Nebel, und die beiden Männer standen da, die Blicke nach innen gewandt, und hatten sich nichts zu sagen.

Olsson versuchte, nicht an das Mädchen zu denken. Aber die Bilder drängten sich ihm auf: die gebrochenen Augen in dem wehrlosen Gesicht, das helle Haar, das in dem schmutzigen Wasser auf dem Boden lag, der Rock, den er hatte in Ordnung bringen wollen. Die Bilder vermischten sich mit denen eines anderen Mädchenkörpers, der zwischen Zweigen und Lehm gelegen hatte. Kurt Malmbergs grinsendes Gesicht während der Verhöre glitt an ihm vorüber, und er spürte dieselbe ohnmächtige Wut wie damals.

Er machte in der feuchten Nebelluft ein paar tiefe Atemzüge und sah auf die Uhr. Dreißig Minuten!

«Ich glaube, Sie müssen noch einmal anrufen.»

Der Mann zuckte zusammen, offenbar war er ganz in Gedanken gewesen. Er zückte sein blaues Handy und zog die Antenne heraus.

«Probieren Sie bitte eine andere Nummer.»

Olsson diktierte, und der Mann tippte die Zahlen ein. Dann wartete er, bis das Gespräch durchgestellt wurde. Olsson streckte die Hand nach dem Telefon aus.

«Diesmal werde ich mit ihnen reden.»

Der Mann gab ihm bereitwillig das Handy. Olsson hörte eine Stimme, die ihm mitteilte, dass er mit dem Polizeirevier Nordwest sprach. Da er die Nummer des wachhabenden Polizisten angegeben hatte, kam er gleich zur Sache.

«Wolltet ihr nicht ein Auto nach Magnarp schicken?»

Er hörte, wie der Polizist am anderen Ende etwas in den Computer eingab. Dann kam die Stimme wieder. «Wir haben ein Auto hingeschickt. Vor einer Viertelstunde war es in Mammarp bei Klippan. Falscher Alarm wegen Eindringens in militärisches Gebiet.»

Olsson spürte, dass er sich kaum noch beherrschen konnte. Die letzte Reorganisation der Polizei hatte es mit sich gebracht, dass die alten Polizeireviere in größeren aufgegangen waren und dass nun alle Aktivitäten in Ängelholm von Helsingborg aus koordiniert wurden. Nach einer bestimmten Uhrzeit gab es nicht mal mehr eine Notbesetzung im Ängelholmer Polizeirevier. Missverständnisse wie dieses hier waren, wie er wusste, das sichtbarste Ergebnis der am grünen Tisch ausgearbeiteten Reform. Er bemühte sich, seine Stimme normal klingen zu lassen.

«Wir warten immer noch in Magnarp, und zwar kurz vor Ängelholm», sagte er mit Betonung auf den beiden Ortsnamen. «Am besten sagt ihr auch gleich der Kripo Bescheid. Hier liegt ein totes Mädchen, und alles deutet auf ein Sexualverbrechen hin. Aber schickt uns wenigstens schon mal eine Streife.»

Diesmal dauerte es wirklich nur zehn Minuten, bis das Blaulicht oben auf dem Weg zu sehen war. Zwei Polizisten bahnten sich ihren Weg durch die Wacholderbüsche, und zu seiner Erleichterung erkannte Olsson einen seiner ehemaligen Kollegen. Das würde ihm viele unnötige Erklärungen ersparen.

«Bist du das, Martin?», sagte der Polizist verwundert. «Was hast du denn hier zu suchen?»

«Da drin liegt ein totes Mädchen», antwortete Olsson und deutete auf den Bunker.

Der Polizist wurde sofort ernst. Er schaute Olsson und seinen Kollegen an. Dann ging er mit bestimmten Schritten auf den Eingang des Bunkers zu. Durch die plötzliche Bewegung begann der Hund wieder zu bellen, und der Ingenieur, der alles schweigend beobachtet hatte, zog peinlich berührt an der Leine, um ihn zum Schweigen zu bringen.

Es dauerte nur ein paar Sekunden, dann kam der Polizist mit düsterer Miene wieder heraus.

«Geh zum Wagen und ruf die Kripo», befahl er seinem Kollegen. «Und sag ihnen, dass wir hier zwei Zeugen haben, die vernommen werden müssen.»
Olsson seufzte, denn er wusste, was das hieß. Und vor allem wusste er, wie lange das alles dauern würde.

Es war dunkel geworden, bis er endlich an die Reihe kam. Der Ingenieur und er hatten dem technischen Personal genau zeigen müssen, wohin sie gegangen waren, wo sie gestanden und was sie angefasst hatten, bevor sie den Tatort verlassen durften.
Olsson hatte vergeblich nach Larsson Ausschau gehalten, dem kleinen Kriminaltechniker mit dem Spitzbart, aber wahrscheinlich hatte er woanders zu tun. Oder auch er gehörte zu den Kollegen, die man bei der Reorganisation wegrationalisiert hatte.
Erfahrung und Können bedeuteten wenig, wenn die Sparzwerge erst einmal in Fahrt waren. Ein Neuling mit geringer Berufserfahrung kostete weniger, und alle Ambitionen galten nur noch den Kosten, nicht länger der Qualität der geleisteten Arbeit. Manchmal fürchtete Olsson, dass ganz Schweden noch zum Opfer von fehlgeleiteter Sparwut und Dilettantismus werden würde.
Das Blaulicht hatte natürlich Neugierige angelockt. Ihr Gaffen machte dem Ingenieur sichtlich zu schaffen, und Olsson fühlte sich unbehaglich, als sie endlich im Polizeiwagen davonfuhren. In so einer Situation war er noch nie ohne Polizeiuniform gewesen. Plötzlich verstand er, wie man sich fühlt, wenn man als Verdächtiger in einem Verbrechen gilt.

Im Polizeirevier hatten sie ihn und Lindgren in verschiedenen Räumen untergebracht. Er wusste, dass das die übliche Routine war, da sie sich nicht gegenseitig beeinflussen sollten, aber er hatte bemerkt, wie der Ingenieur zusammengezuckt war, als man sie getrennt hatte. Er hatte ausgesehen, als habe man ihm seine Sicherheit geraubt.

Dann war die Zeit dahingekrochen. Olsson wusste, dass erst eine Sonderkommission gebildet werden musste und dass der Leiter der Soko zunächst den Fundort der Leiche sehen wollte, bevor er mit den Zeugen sprach. Erleichtert atmete er auf, als endlich ein junger Polizeianwärter mit gestutztem Bart erschien und ihn zum Verhör bat. Sicher, er war von zu Hause geflüchtet, weil er den Gratulanten entgehen wollte, aber so hatte sich Olsson seinen Geburtstag auch nicht vorgestellt.

Sie gingen durch die Flure, und Olsson bemerkte mit wachsendem Erstaunen, dass praktisch jedes zweite Zimmer leer war. Als sie an den Arrestzellen vorbeikamen, warf er einen Blick hinein und sah, dass alle Türen offen standen.

Der Anwärter, der mitbekommen hatte, dass Olsson Polizist gewesen war, beobachtete ihn.

«Die benutzen wir nicht mehr», sagte er. «Wir schicken alle Untersuchungsgefangenen nach Helsingborg.»

Er klang entschuldigend, bemühte sich, die Polizeiterminologie anzuwenden. Olsson fragte sich, ob ihm wohl jemand eingeflüstert hatte, dass er es mit einem einflussreichen ehemaligen Polizeichef zu tun hatte. Neulinge an der Nase herumzuführen war vermutlich noch genauso beliebt wie früher.

Sie gingen ins oberste Stockwerk, wo die Kripo zu Hause war. Olsson schielte zu dem Zimmer, in dem sein ehemaliger

Chef residiert hatte. Die verschlossene Tür gab nichts preis, aber er wusste, dass er mittlerweile nach Helsingborg versetzt worden war, wie fast alle anderen offenbar auch.
Zu seiner Verwunderung klopfte der junge Mann an diese Tür. Und noch überraschender war es, die altbekannte Stimme zu hören.
«Kommen Sie rein!»
Der Polizeianwärter war offenbar tief beeindruckt, es mit zwei so hohen Tieren zu tun zu haben. Er schluckte und wischte seine Hände an der Hose ab, bevor er die Tür öffnete. Olsson erwartete fast, dass er nun einen Diener machen würde, aber er verschwand so schnell und diskret, wie er gekommen war, kaum dass Olsson über die Schwelle getreten war.
Er begriff, dass hier die Zentrale der Soko eingerichtet worden war, aber seltsamerweise sah das Zimmer noch genauso aus wie früher, sogar das Lächeln hinter dem Schreibtisch war dasselbe.
«Ich habe gehört, dass du sie gefunden hast?»
Folke Brodin, früher Polizeimeister in Ängelholm, nun Chef des Polizeireviers Nordwest, war für zwei Dinge bekannt. Er hatte die *Brodin-Doktrin* entwickelt, eine Strategie, die besagte, dass man der Presse nach einem Verbrechen so schnell wie möglich, am besten innerhalb von 24 Stunden, einen Verdächtigen präsentieren musste, auch wenn er sich nachher als unschuldig herausstellen sollte. Und dann hatte er die Angewohnheit, ständig alle anzulächeln, egal, ob er guter Laune war oder kurz vor einem seiner berüchtigten Wutausbrüche stand.
Olsson, der Brodins Eigenheiten nur zu gut kannte, dachte genau nach, bevor er antwortete.

«Nun ja, eigentlich war es Lindgrens Hund.»
Die Augen in dem lächelnden Gesicht blieben unverwandt auf ihn gerichtet.
«Der Ingenieur?»
Olsson nickte, beeilte sich aber hinzuzufügen: «Der Hund lief ihm weg und in den Bunker hinein. Er winkte und rief nach mir, nachdem er sie gefunden hatte, er war ziemlich geschockt.»
Brodin summte kurz ein Lied vor sich hin und blätterte in einem Stapel Papier, der vor ihm auf dem Tisch lag. Offenbar war das ein neuer Bericht vom Tatort, denn Brodin stellte systematisch nochmals all die Fragen, die Olsson schon am Bunker beantwortet hatte. Bei den technischen Einzelheiten hielt er sich besonders lange auf, kreuzte hier etwas an und unterstrich dort etwas, während sie sich durch das Material arbeiteten. Manchmal korrigierte er eine Angabe oder schrieb einen erklärenden Kommentar dazu.
Olsson antwortete geduldig. Er kannte die Routine und wusste, dass es sich lohnen konnte, sich durch eine Zeugenaussage mehr als einmal durchzuarbeiten. Es tauchte fast immer etwas auf, das man beim ersten Mal übersehen hatte.
Als sie endlich fertig waren, legte Brodin die Papiere zur Seite und brachte das Gespräch noch einmal auf den Mann mit dem Hund. Er verschränkte die Hände im Nacken und lächelte Olsson auffordernd zu.
«Wo genau hast du ihn das erste Mal gesehen?»
Olsson sah ihn verwundert an. Das klang ja, als ob Brodin seinen Verdächtigen schon gefunden hätte.
«Ich glaube, beim Hafen. Ich habe sie dort laufen sehen. Ich war spazieren, und sie gingen die ganze Zeit vor mir.»

Brodin blickte hinauf zur Decke. Er sah aus, als ob er etwas abwägen würde. Dann beugte er sich plötzlich nach vorn und betrachtete Olsson mit seinen stechend blauen Augen.
«Hat Lindgren gesehen, dass du hinter ihm gegangen bist?»
Olsson wusste, auf was er hinaus wollte, und schüttelte energisch den Kopf. «Das glaube ich nicht, schließlich war es sehr neblig. Und ich habe nicht beobachtet, dass er sich auch nur einmal umgedreht hätte.»
So schnell wollte Brodin seinen Gedanken jedoch nicht aufgeben. «Aber sicher bist du nicht?»
Olsson schüttelte erneut den Kopf. Er wusste einfach, dass es sich hier nicht um einen arrangierten Fund handelte. «Lindgren ist unschuldig. Er erbrach sich, weil er unter Schock stand, nachdem er sie gesehen hatte.»
Brodin schien einzulenken. Er nickte jedenfalls, murmelte aber vor sich hin: «Wir werden ihn auf jeden Fall überprüfen.»
Olsson fragte sich, ob er wohl auch überprüft worden war. Sie hatten ihn jedenfalls lange genug warten lassen.
Vielleicht konnte Brodin seine Gedanken lesen, denn sein Lächeln wurde plötzlich breiter und seine Stimme freundlicher. «Entschuldige, dass es so lange gedauert hat.»
Dann wandte er sich wieder seinen Papieren zu. Olsson wusste, das war Brodins Zeichen dafür, dass eine Unterredung beendet war, aber er musste ihn trotzdem noch etwas fragen.
«Ist sie vergewaltigt worden?»
Brodin sah ihn an. Das Lächeln wurde dünner, während er Olsson forschend betrachtete. Vielleicht hatte er ja Verständnis für die Frage. «Jemand hat auf jeden Fall Sex mit ihr gehabt, bevor sie starb. Aber vor der Obduktion können wir nicht mehr dazu sagen.»

Das war mehr, als er hätte erzählen müssen, und Olsson wusste die Geste zu schätzen, auch wenn ihn die Auskunft noch mehr bedrückte, als er es sowieso schon war. Er überlegte einen Moment, ob er ihm von Malmberg und seinem Kontaktversuch erzählen sollte, ließ es dann aber bleiben.
Olsson wollte eben gehen, als Brodin ihn mit einer Handbewegung stoppte. Er sah ihn interessiert an. «Hast du mit so einer Sache nicht schon einmal zu tun gehabt?»
Olsson nickte. Er wusste nicht, was er sagen sollte.
«Das hilft einem dabei auch nicht, oder?»
Olsson überlegte, ob das eine Frage oder die Bekundung seines Einverständnisses war, doch er wusste keine Antwort. Brodin wandte sich wieder den Unterlagen auf seinem Schreibtisch zu, und diesmal sah er nicht mehr davon hoch.

Schon auf der Treppe ärgerte sich Olsson, dass er nichts über Malmberg gesagt hatte. Und als er aus dem Polizeigebäude hinaustrat, schoss ihm ein furchtbarer Gedanke durch den Kopf. War der Mord an dem Mädchen vielleicht eine Botschaft für ihn? Etwas, das Kurt Malmberg ihm sagen wollte? Hätte er besser zuhören sollen?
Er lief an den beiden Zapfsäulen vorbei, die auf jeder Seite der Östergatan standen, und den kleinen Hügel hinunter, der zum Fluss führte. Der Gedanke war so überwältigend, dass er kaum registrierte, wohin er ging, und als er in die Storgatan einbog, merkte er, dass ihm das Atmen schwer fiel.
Olsson musste sich anstrengen, damit seine Phantasie nicht mit ihm durchging. Er beruhigte sich wenigstens so weit, dass er seine Gedanken wieder ordnen konnte.
Er fragte sich, woher seine Voreingenommenheit eigentlich

kam. Es wies ja praktisch nichts darauf hin, dass Kurt Malmberg etwas mit dem toten Mädchen zu tun hatte, außer, dass er einmal ein ähnliches Verbrechen begangen hatte. Olsson wusste nur zu gut, dass es keineswegs so war, dass Verbrecher automatisch ihre Taten wiederholen. Aber er konnte nicht leugnen, dass Kurt Malmberg ihm gedroht hatte, wenn auch nur versteckt und unbestimmt.

Und was sollte nun geschehen? Nach allem, was passiert war, scheute Olsson vor einem Kontakt mit dem widerwärtigen Menschen zurück. Vielleicht hatte er im Innersten auch einfach Angst, nicht zu wissen, was er sagen sollte. Oder was er tun sollte.

Olsson ging die schmale Hauptstraße entlang, ganz in Gedanken versunken und ohne einen Blick für die Umgebung zu haben. Es war ihm gerade gelungen, das Gefühl loszuwerden, der Tod des Mädchens könne sein Fehler sein, als er an seinem gelb gestrichenen Haus ankam. Als er durch die Tür trat, fiel ihm ein, dass er ja eigentlich gar nicht zu Hause sein wollte, noch war sein Geburtstag schließlich nicht vorbei.

Hastig zog er die Hand von dem Lichtschalter im Flur zurück und ging ins das dunkle Wohnzimmer. Er hob den Telefonhörer ab, dann fiel ihm ein, dass er die Nummer nicht wusste. Ohne nachzudenken, nahm er den Apparat mit der extralangen Schnur und das Telefonbuch mit in das fensterlose Bad und schloss die Tür hinter sich.

Diesmal war es Anne Borin, die antwortete. Sie klang irgendwie anders, und Olsson vermutete, dass sie sich von ihrem Schock erholt hatte. Als er aber gesagt hatte, wer er war, änderte sich ihr Ton, er fand, dass sie auf einmal angespannt wirkte. Oder war sie einfach nur wachsam?

Cecilia dagegen klang wie immer.
«Bist du fertig bei der Polizei?»
Ihm verschlug es fast den Atem. «Woher weißt du das?»
«Das ganze Dorf weiß es. Sie sagen, dass du sie gefunden hast. Es muss schrecklich gewesen sein.»
Sie klang aufrichtig bekümmert. Er selbst hatte das Gefühl, sich zu wiederholen, als er antwortete: «Es war ein Mann mit seinem Hund, der sie gefunden hat.»
Sie musste spüren, dass er nicht darüber reden wollte, denn sie wechselte schnell das Thema.
«Kommst du raus zur Wohnung?»
Er dachte einen Augenblick nach. Das Auto stand auf dem Parkplatz vor der Post in Vejbystrand, aber er hatte keine Lust, hier im Dunkeln zu sitzen und sich vor eventuellen Gratulanten zu verstecken. Oder, noch schlimmer, vor Neugierigen, die ebenfalls von dem makabren Fund im Bunker gehört hatten.
«Ja, aber es wird ein bisschen dauern. Ich nehme den Bus.»
«Ich kann dich gerne abholen, wenn du willst.»
«Das brauchst du nicht.»
«Sicher?»
Er überzeugte sie und versprach, sich zu melden, wenn er angekommen war. Er hatte den Hörer eben aufgelegt, als das Telefon zu klingeln begann. Es hallte laut zwischen den Kachelwänden und der Badewanne wider. Ohne zu zögern, ließ er den schrillenden Apparat stehen, folgte der Schnur nach draußen und durch die dunkle Wohnung und nahm seine Jacke. Einige Sekunden stand er so da und dachte nach. Es war ihm ziemlich gleichgültig, ob es ein neugieriger Journalist war oder jemand, der ihm nur gratulieren wollte. Oder etwa

Kurt Malmberg. Er wollte mit niemandem reden, schon gar nicht mit dem Letztgenannten. Und eigentlich hatte er auch keine Lust, Cecilia zu treffen. Vielleicht sollte er trotz allem doch lieber hier bleiben?
Es klingelte an der Tür. Er blickte durchs Fenster und sah ein Auto mit dem Schriftzug der Lokalzeitung draußen stehen. Er ließ es klingeln. Dann bemerkte er jemanden, der die Augen mit der Hand beschattete und die Nase gegen die Scheibe drückte. Olsson blieb völlig unbeweglich stehen. Nach einer Zeit, die ihm länger vorkam als die wenigen Sekunden, die es tatsächlich dauerte, verschwand die Nase vom Fenster und dann auch das Auto von der Straße.

Auf Anhieb fielen Olsson die Abfahrtszeiten des Busses nicht ein, aber er wusste, dass der Fahrplan auf seinem Schreibtisch lag. Er hatte die Übersicht als Lesezeichen benutzt, bevor er nach Vejbystrand geflohen war. Vorsichtig ging er durch das dunkle Zimmer zum Schreibtisch. Er wusste genau, dass er den Fahrplan links auf das große schwarze Notizbuch gelegt hatte.
Wie ein Blinder tastete er den Schreibtisch ab. Das Notizbuch war leicht zu finden, aber er konnte auf der glatten Oberfläche keinen Fahrplan erspüren. Er suchte rund um das Notizbuch alles ab, aber mit demselben Resultat. Dann kam er darauf, dass der Fahrplan, der nicht größer als ein Kontoauszug war, vielleicht auf den Boden gefallen sein konnte. Seufzend tastete sich Olsson in den Flur und kam mit einer kleinen Taschenlampe zurück, einer von der Sorte, die in der Werbung Polizeilampe genannt wird. Aber auch mit dem dünnen Lichtstrahl fand er den Fahrplan nicht, weder auf noch unter

dem Schreibtisch. Ohne eigentlich einen Grund dafür zu haben, hob er das Notizbuch hoch. Zu seiner großen Überraschung leuchtete ihm das Logo des Verkehrsverbundes auf dem Fahrplan entgegen. Wäre da nicht dieses fotografische Gedächtnisbild von dem weißen Fahrplan auf dem schwarzen Notizbuch gewesen, hätte ihn die Sache nicht weiter beunruhigt. Einen Moment lang hielt er den Vorfall für ein weiteres Zeichen beginnender Senilität, aber dann erinnerte er sich an die Brille in Vejbystrand. Auch diese war ordentlich aufgeräumt gewesen, nur eben am falschen Platz.

Erneut ließ er den Lichtstrahl über den Schreibtisch gleiten. Dann betrachtete er die Stifte in ihrem länglichen Behältnis. Sie lagen ein bisschen zu ordentlich da.

Die Wut kam fast gleichzeitig mit der Erkenntnis. Er holte das Telefon herüber und wählte die Nummer von Folke Brodins Dienstzimmer. Wie er sich gedacht hatte, war dieser noch immer im Büro.

«Martin Olsson hier», sagte er und sprach weiter, ohne abzuwarten. «Warum lässt du mich überwachen?»

Auf der anderen Seite blieb es stumm. Die Sekunden tickten vorbei.

«Was?»

Die Verwunderung klang so echt, dass Olsson ihm beinahe glaubte.

«Du hast schon richtig gehört.»

«Du wirst überwacht? Bist du ganz sicher?»

Olsson war in Fahrt, seine Wut sorgte für einen hohen Adrenalinspiegel. «Ich habe sie dreimal gesehen. Und sie waren in meiner Wohnung, hier und auch in Vejbystrand. Es sieht aus, als ob sie nach etwas gesucht hätten.»

Wieder blieb es still. Vielleicht dachte Brodin nach, vielleicht auch nicht.

Als seine Stimme wiederkam, hatte sie einen versteckten Beiklang. «Es gibt ein Gerücht über irgendwelche Dokumente, die verschwunden sind. Du hast sie wohl nicht gesehen?»

Olsson konnte sich Brodins säuerliches Lächeln nur zu gut vorstellen. Er fragte zurück: «Was sollen das für Dokumente sein?»

«Tja, das musst du wohl deine ungebetenen Gäste fragen.»

Dann klickte es. Olsson blieb in der Dunkelheit stehen, den stummen Telefonhörer in der Hand und tiefe Sorgenfalten auf der Stirn.

KAPITEL 6

Im Bus versuchte Olsson, Klarheit in seinem Kopf zu schaffen. Er kannte die Polizeiarbeit in- und auswendig und wusste, es war gewollt, dass er sie bemerkte. Diese Methode wandte man an, wenn man jemandem vermitteln wollte, dass er observiert wurde, oder wenn man ihn warnen wollte, bloß keine Dummheit zu machen.

Diesmal allerdings hatte er nicht den leisesten Schimmer, was das Ganze eigentlich sollte. Er konnte es sich einfach nicht erklären.

Als der Bus an der Heide bei Magnarp vorbeifuhr, sah er, dass die Polizei dort noch immer arbeitete und den makabren Fundort durchkämmte. Der graue Bunker war in Scheinwerferlicht getaucht, und Taschenlampen schimmerten wie Glühwürmchen zwischen den Wacholderbüschen.

Mit Unbehagen wandte er sich ab. Es war ein langer Geburtstag gewesen. Er überlegte, ob er nicht doch Cecilia anrufen und das Treffen auf den nächsten Tag verschieben sollte. Es war spät geworden, und er war nicht recht in Stimmung, nach allem, was geschehen war.

An der Post stieg er aus. Wie immer galoppierten die beiden massigen Bronzepferde auf ihrem Sockel. Zu seinem Erstaunen sah er eine Ansammlung von Leuten, die vor dem niedrigen, barackenähnlichen Gebäude, in dem die Post und der Zeitungskiosk untergebracht waren, über etwas diskutierten.

Es war beinahe neun Uhr abends, und es kam nicht gerade häufig vor, dass man um diese Uhrzeit auf solche Menschenansammlungen traf. Im Übrigen auch zu anderen Tageszeiten nicht.

Als er an ihnen vorbeiging, hörte er jemand seinen Namen sagen. Er drehte sich um, und ein dünner Mann mit Baseballmütze rief ihm zu: «Sie sind doch Polizist. Hat er schon ein Geständnis abgelegt?»

Olsson blieb stehen. Er war kein Polizist mehr, und sein erster Impuls war, dies dem Mann auch mitzuteilen. Aber ihm war klar, dass das nichts bringen würde, Polizist war kein Beruf, sondern etwas, das man eben war. Einmal Polizist, immer Polizist, sagte man doch. Aber was meinte der Mann damit, ob jemand ein Geständnis abgelegt habe?

«Wer denn?», fragte er zurück.

Der Mann mit der Baseballkappe starrte ihn misstrauisch an. Er schien die Antwort auf diese Frage für selbstverständlich zu halten und fragte sich offenbar, ob Olsson sich über ihn lustig machen wollte. «Dieser Mörder da. Die Polizei war schließlich bei ihm und hat ihn festgenommen.»

Es dauerte einen Moment, dann verstand Olsson. «Meinen Sie Kurt Malmberg?»

«Na, wen denn sonst? Er hat so was ja schon einmal getan.»

Olsson wusste nicht, was er erwidern sollte.

Ein älterer Mann mit blauer Jacke und Holzpantinen schüttelte den Kopf. «Das ist so schrecklich. Ich erinnere mich noch genau an die Geschichte mit Bomans Mädchen.»

Es sah aus, als ob er noch etwas sagen wollte, aber der andere ließ es nicht dazu kommen, sondern ergriff wieder das Wort.

«Wie können die so einen bloß laufen lassen? Man sollte ihn erschießen!»
Keiner sagte etwas, aber Olsson sah an den schweigsamen Gesichtern, dass alle das gleiche dachten. Eigentlich konnte er es ihnen nicht verübeln, seine eigene Reaktion war ja im Grunde nicht anders gewesen.
Er machte eine unbestimmte Bewegung mit dem Kopf und ging weiter, auf das graue Gebäude zu. Seit kurzem gab es dort Türcodes, und er musste einen Moment nachdenken, bis ihm die Zahlenkombination einfiel.
Folke Brodin hatte also seinen Verdächtigen. Vielleicht war das Ganze nur ein Resultat der *Doktrin,* aber Olsson fühlte sich irgendwie erleichtert, denn so musste er wenigstens nicht mehr über Malmberg nachdenken.

Die Wohnung sah so aus, wie er sie verlassen hatte, aber er machte sich nicht die Mühe, das genauer zu überprüfen. Da sie einmal da gewesen waren, würden sie wahrscheinlich nicht nochmals kommen. Er ging in die kleine Küche und setzte den italienischen Kaffee auf. Während die gurgelnde Maschine ihre Arbeit verrichtete, rief er Cecilia an.
Sie wirkte nicht allzu traurig darüber, dass er den Abend lieber alleine verbringen wollte, was ihn – obwohl das nun wirklich unlogisch war – irgendwie enttäuschte. Er wusste nicht, was er eigentlich erwartet hatte, bemühte sich aber, so wie immer zu klingen.
«Dann morgen? Bei mir zu Hause?»
«Das klingt gut. Immerhin lädst du mich dann wenigstens nicht zu meinem eigenen Kaffee ein.»
Er meinte, etwas wie Vorfreude bei ihr herauszuhören. Viel-

leicht war es ja nur Einbildung, aber seine Laune besserte sich beträchtlich.
Er beschloss, nicht lange um den heißen Brei herumzureden, sondern zu erwähnen, was seit seiner letzten Unterredung mit Brodin an ihm nagte.
«Hast du mal mit der Säpo zu tun gehabt?»
«Entschuldige?»
«Beruflich, meine ich. Hast du über sie geschrieben?»
Sie wirkte, vorsichtig gesagt, verwundert über den abrupten Themenwechsel. Und er merkte, dass sie nachdenken musste.
«Ja, das habe ich sicher mal. Warum fragst du?»
«Erinnerst du dich an den blauen Volvo in Torekov?»
«Der vor dem Fenster stand?»
«Das waren sie. Dieses Auto verfolgt mich schon seit Tagen. Sie waren hier in der Wohnung und in meinem Haus in Ängelholm, als ich nicht da war.»
«Die waren in meiner Wohnung?»
Er hörte, dass sie sich aufregte, und beeilte sich zu erklären: «Ich kann es nicht beweisen, aber ich bin mir ziemlich sicher. Zurzeit hast du nichts mit der Säpo am Laufen, oder? Ich meine, zum Beispiel über Morten Salmén oder so.»
«Nein, das ist nicht mein Bereich.»
«Und du hast hier auch kein Material darüber rumliegen?»
«Nur ein paar Artikel aus der Zeitung.»
Er spürte ihre wachsende Irritation, aber er musste ihr auch die letzte Frage stellen. «Ist dir irgendetwas Ungewöhnliches aufgefallen? Etwa, dass dich jemand überwacht?»
«Nichts.»
Er ließ es damit bewenden. Es gab keinen Grund, anzunehmen, dass sie die Unwahrheit sagte. Und wenn es die Taktik

der Säpo war, sich zu zeigen und ihn zu ängstigen, dann würden sie bei ihr das Gleiche tun. Offenbar waren sie tatsächlich nur an ihm interessiert.
Es gelang ihm, ihren Ärger über das Eindringen in ihre Wohnung zu dämpfen, jedenfalls so weit, dass sie ihm versprach, deswegen keine weiteren Schritte zu unternehmen.
«Ich brauche Zeit, um nachzudenken», sagte sie abschließend.
«Du hast bis morgen Zeit.»
Cecilia legte auf. Er ging in die Küche, holte den schwarzen Kaffee und setzte sich in den Sessel, aber nicht ohne vorher vier Zuckerwürfel und Milch in die Tasse gegeben zu haben. Wenn sich die Säpo nicht für Cecilia interessierte, konnte man auch Anne Borin ausschließen. Der Gedanke lag ja nahe, dass die Vorkommnisse mit ihren Forschungen und dem Säpo-Archiv zusammenhingen. Das erste Mal, dass er den blauen Volvo gesehen hatte, war nach seinem ersten Treffen mit ihr und Cecilia im Café in Ängelholm gewesen.
Was hatte Brodin nur damit gemeint, dass Dokumente verschwunden seien? Wenn Anne irgendetwas entwendet hätte, dann hätte die Säpo sie doch zur Rede gestellt. Und wenn die Säpo sie im Verdacht hätte, etwas weitergeleitet zu haben, hätten sie sich Cecilia doch vorgeknöpft. Was sie aber nicht getan hatten.
Olsson seufzte und trank einen großen Schluck Kaffee. Seine Gedanken drehten sich im Kreis, und er fand einfach keine Logik in den Ereignissen.
Dann fiel ihm ein, dass er an dem Tag, als er das blaue Auto zum ersten Mal wahrgenommen hatte, auch Kurt Malmberg getroffen hatte.

Doch warum, um alles in der Welt, sollte sich die Säpo für ihn interessieren, einen entlassenen Psychopathen, der ihn in einem Café angesprochen hatte?
Wie er es auch drehte und wendete, Olsson kam nur zu einem Schluss. Vielleicht sollte er sich doch einmal darum kümmern, was Malmberg eigentlich von ihm gewollt hatte. Das Problem war bloß, dass Malmberg eingebuchtet worden war. Und es war gut vorstellbar, dass er einen zweiten Mord an einem Mädchen begangen hatte.

Der Gedanke ließ ihm keine Ruhe. Vielleicht war es aber auch nur der starke Kaffee, trotz des Zuckers und der Milch. Olsson sah auf die Uhr und warf sich im Bett herum. Er hatte sich zeitig schlafen gelegt, aber es hatte nichts genützt. Von Schlaf konnte keine Rede sein.
Es war beinahe Mitternacht, sein Geburtstag war fast vorbei, und wenn da nicht die Vergangenheit gewesen wäre, die sich – einem Albtraum gleich – als Reprise bemerkbar machte, so wäre vielleicht alles wieder ganz normal gewesen.
Ganz normal. Ihm wurde plötzlich klar, dass er sein siebtes Lebensjahrzehnt begonnen hatte, und das machte ihm Angst. Vielleicht gab es nun nur noch die schiefe Ebene hin zum unausweichlichen Altwerden.
Er dachte an Gunnar Borins Vater. Irgendetwas an ihm war ihm bekannt vorgekommen, aber er wusste einfach nicht, was es war. Vielleicht erinnerte er ihn nur an ein Gesicht, das er irgendwann einmal im Dorf oder Supermarkt gesehen hatte. Was er nicht vergessen konnte, war die Verlassenheit in den verwirrten Augen, als alle Bezüge verschwanden und er nicht mehr wusste, wer bei ihm war und wo er sich befand.

Die Erkenntnis, dass auch ihm dies geschehen konnte und dass dieser Tag näher und näher kam, traf ihn wie ein Schlag. War es das, was ihm in Zukunft passieren konnte, was er bei dem alten Mann wieder zu erkennen glaubte? Wie lange würde es wohl noch dauern? Fünfzehn Jahre?

Er zog eine Grimasse. Sich selbst zu bemitleiden war, soweit er wusste, ein unfehlbares Zeichen des Alterns. Er schwang die Beine über die Bettkante und beschloss, aufzustehen. Er zog sich an, machte das Bett, sammelte seine Sachen zusammen und ging hinaus zu seinem Auto. Der graue Nebel war lichter geworden. Vom Meer kam ein kalter, böiger Wind, und er zitterte in der Kälte, obwohl es nur wenige Meter hinüber zum Parkplatz waren.

Olsson fragte sich, ob die Polizei wohl immer noch die Heide und den Bunker absuchte. Sicherheitshalber fuhr er den anderen, weiter landeinwärts liegenden Weg, weit weg von der Küste und dem Anblick der entsetzlichen Grabkammer.

Das Auto brauchte einige Zeit, bis es warm wurde. Er fror, als er aus dem Dorf hinausfuhr, und erst, als er am Viadukt der neuen Westküstenbahn vorbeifuhr und sich der Kirche von Barkåkra näherte, arbeitete die Heizung richtig.

Das Wort Grabkammer erinnerte ihn daran, dass er das Alkoholversteck im Leichenhaus des Sanatoriums völlig vergessen hatte. Er hatte ja eigentlich ein Auge darauf haben wollen. Vielleicht hätte er das Versteck erwähnen sollen, als er bei der Polizei war?

Er schwor sich erneut, die Sache nicht zu vergessen, schob aber den Beschluss darüber auf, ob er nun Rapport machen sollte oder nicht. Überrascht stellte er fest, dass er das Vokabular der Untersuchungsbeamten benutzte.

Olsson wusste, dass seine ehemaligen Kollegen oftmals einfach wegsahen, wenn es um illegal gebrannten Schnaps ging, jedenfalls so lange es sich um Hobbybrennereien handelte. Er hatte jedoch das deutliche Gefühl, dass es hier nicht nur darum ging, billigen Sprit für Bekannte zu brennen.
Am Eingang des Militärgeländes F 10 fuhr er langsamer, hier waren nur 50 Stundenkilometer erlaubt, obwohl die Straße völlig leer war. Auch Menschen waren nicht zu sehen, weder an den Zapfsäulen noch an der Einfahrt zum Militärflugplatz. Die Fenster der Wachstube in dem gelben, vierkantigen Turm sah er von hier aus natürlich nicht.
Auf der leicht abfallenden Straße nach Skälderviken gab er wieder Gas. Eine Katze sauste wie ein schwarzer Schatten vorbei, ihre grünen Augen leuchteten, bevor sie in der Dunkelheit verschwand. Dann war die Straße wieder so verlassen wie zuvor. Der Saab fuhr weich und leise, und Olsson vermisste das vertraute Knattern seines alten Diesels. Er hatte es immer gemocht, nachts zu fahren, manchmal war er einfach so losgefahren, wenn er nicht schlafen konnte.
Er versuchte an sein aufgeschobenes Treffen mit Cecilia zu denken, aber er wusste nicht, ob er sich darauf freuen sollte oder eher Angst davor hatte. Vielleicht waren es nicht nur die Geschehnisse des Tages, sondern auch sein eigener Zweifel, die ihn dazu gebracht hatten, bis morgen zu warten. Er hatte eigentlich geglaubt, längst jede Hoffnung begraben zu haben, aber sie hatte es geschafft, ihn erneut zu verunsichern.
Das Gefühl war ebenso bekannt wie banal, und er spürte, dass all seine Lebensjahre nicht die geringste Hilfe waren. Eigentlich war es sogar genau umgekehrt.
Beinahe hätte er den Kreisel am Wasserturm verpasst. In al-

lerletzter Minute bremste er, erwischte die enge Durchfahrt und fuhr hinüber nach Rebbelberga.

Schon als er auf die Storgatan einbog, sah er, dass am Türgriff seines Hauses etwas hing. Olsson manövrierte den Saab durch die enge Einfahrt, ging zum Eingang zurück und nahm das große, tütenartige Paket vom Türgriff. Er schloss auf und trug es in die Küche, bevor er das Seidenpapier aufriss und einen riesigen Blumenstrauß samt Glückwunschkarte hervorholte.

Schuldbewusst las er die Karte, dann sah er sich nach etwas um, das als Vase dienen konnte. Er fand nichts und füllte schließlich das Waschbecken mit Wasser halb voll.

Er lehnte die Blumen gegen den Wasserhahn und schwor sich, erstens eine Vase zu kaufen und zweitens anzurufen und sich zu bedanken. Dann zog er sich aus und ging zum zweiten Mal in dieser Nacht zu Bett.

Im Niemandsland zwischen Traum und Wachheit konnte er Kurt Malmberg nicht daran hindern, in sein Bewusstsein zu dringen. Und er spürte dieselbe Qual wie damals im Verhörzimmer, als alles viel zu lange gedauert hatte und plötzlich die Äderchen in Malmbergs aufgerissenen Augen geplatzt waren.

KAPITEL 7

Mit dem Wind war es auch kälter geworden. Der niedrige Luftdruck hatte kalte Luft vom Eismeer im Nordwesten mit sich gebracht, und die Ängelholmer gingen die Storgatan vornübergebeugt entlang. Mit zusammengekniffenen Augen und hochgeschlagenem Mantelkragen stemmten sie sich dem Wind entgegen. Die ersten Herbststürme kündigten sich unwiderruflich an.

Olsson kam von draußen und hatte gerade die Haustür aufgeschlossen, als eine plötzliche Böe ihm den Schlüssel beinahe aus der Hand schlug. Er schaffte es gerade noch, den Schlüssel in der Hand und das Gleichgewicht zu halten, dann rettete er sich in den Flur. Genau in diesem Moment hörte er das Telefon klingeln.

Er ließ die Einkaufstasche mit den Lebensmitteln fallen, wo er stand, und erreichte den Hörer mit dem letzten Läuten. Das Manöver an der Haustür und die Hatz nach dem Telefon ließen ihn seinen Namen schnaufen, und er hörte die Missbilligung in Cecilias Stimme.

«Dort bist du jetzt also zu finden. Bist du gerannt?»

Er holte tief Luft, bevor er antwortete. «Ich konnte nicht schlafen, dein Kaffee war wohl zu stark.»

«Ja, so geht's, wenn man alles auf einmal haben will», stichelte sie. Dann wurde sie ernst. «Anne möchte, dass ich heute Nacht bei ihr bleibe. Sie kriegt Besuch, und Gunnar ist fort. Sie wollte wissen, ob du auch kommen möchtest.»

Olsson dachte an seine gerade gekauften frischen Entrecôtes. Andererseits – er hatte ja eine Gefriertruhe.

«Nur wenn wir einen Ersatztermin finden.»

«Jederzeit.»

«Morgen?», fragte er und dachte, dass er ihre Antwort schon einmal gehört hatte.

Sie hatte nichts einzuwenden, und er legte mit dem Gefühl auf, sich etwas Aufschub verschafft zu haben, er wusste allerdings nicht genau, von was.

Er ging mit seinen Einkäufen in die Küche. Die Blumen lehnten noch immer verlassen am Wasserhahn, und beschämt erneuerte er seinen Entschluss, endlich eine Vase zu kaufen. Er stopfte die beiden Fleischstücke zwecks späterer Verwendung in die Gefriertruhe und packte Eier, Milch und Zwiebeln aus. Dann machte er das Radio an.

Während er zuhörte, bereitete er ein Zwiebelomelett zu und briet ein paar Würstchen. Er horchte auf, als die Säpo erwähnt wurde, aber in den dreißig Sekunden, die man der Sache widmete, erfuhr er nichts Neues. Es hatte wieder einmal Streit gegeben, welche Akten aus dem Archiv freigegeben werden sollten und welche geheim bleiben mussten. Zwei Wissenschaftler drohten damit, das so genannte «Wahrheitsprojekt» zu verlassen. Aber das geschah so oft, dass es kaum noch Aufsehen erregte.

Mitten im Wetterbericht klingelte das Telefon erneut. Diesmal wartete er, bis er gehört hatte, dass der niedrige Luftdruck zunehmen und der kalte Nordwestwind weiter blasen würde.

Als er den Hörer endlich abnahm, hätte er ihn am liebsten einfach wieder aufgelegt.
«Kurt Malmberg hier. Wir müssen wirklich miteinander reden.»
Er klang einschmeichelnd und zugleich drängend. Olsson erinnerte sich an seinen Entschluss. Es war so etwas wie ein Zugeständnis, ihn zu fragen, und er musste sich anstrengen, um neutral zu wirken.
«Was genau willst du von mir?»
«Das sage ich dir, wenn wir uns treffen.»
Olsson holte tief Luft, blieb aber ruhig. «Sag jetzt, was du zu sagen hast.»
«Du musst schon herkommen.»
«Zur Polizei?»
«Sie haben mich laufen lassen. Ich bin wieder zu Hause, aber du musst dich beeilen.»
Mehr war nicht aus ihm herauszukriegen. Er beschrieb, wo genau er wohnte, und Olsson fragte sich, ob er sich tatsächlich darauf einlassen und hinfahren sollte. Irgendwie schien es ihm einer Einladung gleichzukommen, den Kontakt fortzusetzen. Vielleicht würde er ihn ja nie mehr los.
Er setzte sich an seinen Schreibtisch und betrachtete sorgfältig den Busfahrplan, der verlegt oder, wahrscheinlicher, von jemand anderem versteckt worden war. Jetzt, im Tageslicht, kam ihm die ganze Geschichte etwas unglaubwürdig vor, und er fragte sich ernsthaft, ob er sich nicht doch alles eingebildet hatte.
Aber die Stifte lagen noch immer ganz anders da, als er sie hingelegt hatte, und ein gewöhnlicher Einbruch lag nicht vor. Jemand war im Haus gewesen, und jemand hatte ihn in

einem blauen Volvo überwacht. Außer der Säpo fiel ihm niemand ein, der so arbeitete.
Dann aber schoss ihm ein anderer Gedanke in den Kopf. Die Überwachung und der Einbruch mussten ja nicht notwendigerweise etwas miteinander zu tun haben. Es konnte sich um zwei völlig unabhängige Ereignisse handeln. Die Frage war bloß, wer ein Interesse daran haben konnte, bei ihm herumzuschnüffeln.
Im selben Moment verstand er, dass es eigentlich nur eine Antwort auf diese Frage gab.
Er war wohl gezwungen, sich anzuhören, was Kurt Malmberg von ihm wollte, wie unangenehm auch immer das war. Und sei es nur, um ihn wegen des mysteriösen Einbruchs in die Enge zu treiben.
Der Saab war schnell, und Olssons Wut verschwand mit dem Tritt aufs Gaspedal. Die lange, sanft geschwungene Kurve zwischen dem Kreisel und dem Wasserturm verlangte nach einem langsameren Tempo, doch er besann sich erst beim 50-km-Geschwindigkeitsschild vor dem F 10-Gelände. Es brachte nichts, wenn er zu schnell fuhr und die Beherrschung verlor. Er beruhigte sich wieder und stellte den Tempomat auf 70 Stundenkilometer, bis er zur Abzweigung an der Barkåkra-Kirche kam.
Am Hafen in Magnarp ließ das Meer die Muskeln spielen. Schwer heranrollende Wellen schwappten über den Kai und schickten Kaskaden schäumender Gischt in die Luft. Der Wind blies heftig und kämpfte mit einem blauen Fischerboot. Um den roten Kiosk, der immer noch geöffnet war, obwohl bei diesem Wetter kaum ein Kunde kommen würde, stürmte es Unheil verkündend.

Olsson hielt sich an Malmbergs umständliche Wegbeschreibung. Er kam in eine Gegend, in der kleine Ferienhäuser und das ein oder andere Einfamilienhaus zwischen niedrigen Kiefernbüschen standen. Er merkte, dass er irgendwo jenseits der Heide sein musste, aber alle bekannten Wegmarken waren verschwunden, und so wusste er nicht genau, wo er sich befand.

Schon von weitem erkannte er Malmbergs Hütte: Ein niedriges, halb verfallenes Holzhaus hockte einsam auf einem zotteligen Grundstück, wo die Natur dabei war, die letzten Überbleibsel jeglicher Urbarmachung zu besiegen. Die groben Planken der Hausfassade waren einmal rot gestrichen gewesen, und von der weißen Farbe an der Tür waren lediglich herabhängende Streifen übrig, die nur notdürftig verbargen, dass das Holz darunter morsch wurde. Eine Fernsehantenne hing schief an dem niedrigen Giebel, vielleicht hatte sie aber auch nur der Wind geknickt.

Olsson fuhr bis zu dem löcherigen Zaun und parkte das Auto. Als er ausstieg, bemerkte er eine hastige Bewegung hinter einem der beiden Fenster neben der Tür. Dann sah er die Rücken von zwei Personen, die geduckt von einem Gebäude fortliefen, das einem Vorrats- oder Holzschuppen glich.

Verwundert ging er über den Rasen, der inzwischen mehr an die Heide unten am Meer erinnerte. Als er die Steintreppe erreichte, blieb er stehen und zögerte einen Augenblick, bevor er klopfte.

Kurt Malmberg öffnete sofort, er musste den Weg beobachtet und so seine Ankunft bemerkt haben. Er sagte nichts, reichte ihm aber die Hand und schloss die Tür, nachdem Olsson eingetreten war.

«Ich hatte vor kurzem ganz andere Besucher.»
Er klang seltsam, und Olsson folgte seinem Blick durch eines der Fenster auf der Rückseite des Hauses.
Mitten in der Scheibe klaffte ein gezacktes Loch, und auf dem Boden lagen ein großer Stein und die Scherben. Olsson fragte sich, ob das wohl die beiden Männer gewesen waren, die sich davongemacht hatten, als er gekommen war. Vielleicht hatte er sie ja verjagt.
«Die glauben, ich habe etwas mit dem Mädchen im Bunker zu tun.»
Malmbergs Stimme und sein Gesicht waren vollkommen ausdruckslos, als ob ihn die Sache eigentlich nichts anginge, aber Olsson ließ sich nicht täuschen. Er hatte schon früher mit Malmberg gesprochen.
«Hast du das nicht?»
Malmberg zeigte sein schiefes Lächeln. «Diesmal nicht.»
Olsson spürte, wie die Wut in ihm hoch kochte, und musste sich anstrengen, damit er normal klang.
«Warst du in meiner Wohnung?»
Kurt Malmberg sah ihn überrascht an. Diese Frage hatte er nicht erwartet, aber er lächelte immer noch. «Du warst doch gar nicht zu Hause und hast mich nicht reingelassen.»
«Das ist keine Antwort auf meine Frage.»
Olsson merkte, dass ihm die Situation entglitt. Alles erinnerte ihn an das Verhör vor dreißig Jahren, und er sah den Schimmer eines Triumphes in den vorstehenden Augen des anderen.
«Du bist kein Polizist mehr, vergiss das nicht.»
Olsson riss sich zusammen. Damals war er allein mit Malmberg im Zimmer gewesen, als er die Kontrolle über sich ver-

loren hatte. Malmberg hatte denselben Ausdruck wie jetzt in den Augen gehabt, obwohl ihn nur wenige Momente von seinem letzten Atemzug getrennt hatten, ein Ausdruck nicht nur des Triumphes, sondern auch des Wissens, wie es war, wenn man starb. Als ob er beweisen wollte, wie schnell man zum Mörder wurde.
Vielleicht hatte Olsson deshalb losgelassen, als die feinen Äderchen in Malmbergs Augen geplatzt waren, aber sicher war er sich nicht. Ein Kollege war im selben Moment hereingekommen. Die Sache war unter den Teppich gekehrt worden, und seltsamerweise hatte Kurt Malmberg nie Beschwerde eingelegt.
Es kostete ihn viel Kraft, seine Stimme ruhig klingen zu lassen. «Warum wolltest du mit mir reden?»
Zu seiner Überraschung sah Olsson, dass es klappte. Kurt Malmberg blickte ihn enttäuscht an, sicher deshalb, weil er sich verkalkuliert hatte und Olsson sich nicht provozieren ließ.
«Damals ist nicht alles gesagt worden.»
Malmberg lächelte nicht mehr, und Olsson merkte, dass er auf etwas anderes abzielte.
«Was meinst du?»
«Ich werde es dir erzählen, wir haben ja trotz allem einiges gemeinsam.»
Das dreiste Lächeln kehrte auf dem beinahe durchscheinenden Gesicht zurück, aber jetzt war es verschwendete Energie. Olsson war immun dagegen.
«Ich warte.»
«Erst musst du mir einen Gefallen tun.»
«Und was soll das für ein Gefallen sein?»

«Bitte deine Kollegen bei der Polizei um Personenschutz für mich.»
Er nickte hinüber zu der zerschlagenen Fensterscheibe. Als wollte er seine Worte unterstreichen, kam in diesem Moment ein böiger Windzug und riss ein weiteres Stück Glas aus dem Fensterrahmen. Mit einem Klirren fiel es auf den Boden.
Olsson schüttelte den Kopf. «Das musst du schon selbst tun.»
Malmbergs Gesicht gab nichts preis, er hatte wieder diesen seltsam verhärmten Ausdruck, den er auch bei Olssons Ankunft gehabt hatte. «Na, vielleicht mache ich das», antwortete er nonchalant.
Dann versank er in Gedanken. Sein Blick verlor sich irgendwo hinter dem zerstörten Glas.
«Jemand will mich nicht draußen haben.»
Die Bemerkung kam unerwartet. Olsson wusste nicht, ob er sich auf die Steinewerfer bezog oder auf etwas anderes, aber Malmberg sprach weiter, ohne seine Antwort abzuwarten.
«Die Ärzte haben mich neunmal rausgeschrieben, und jedes Mal hat sie einer gestoppt.» Er sah Olsson an. «Ich werde dir sagen, warum. Aber erst, wenn ich Personenschutz bekomme.»
Er schwieg demonstrativ. Olsson war klar, dass er nichts mehr aus ihm herausbekommen würde, und beschloss, dass er ebenso gut gehen konnte. Er drehte sich um und bemerkte erst in diesem Moment, wie es in dem kleinen Zimmer aussah.
Die hintere Wand war mit Bildern aus dem Zweiten Weltkrieg tapeziert, und auf zwei breiten Regalen, die vom Boden bis zum Dach reichten, standen zahlreiche Modelle von Kampfflugzeugen aus dieser Zeit. Es waren mindestens hun-

dert, und einige hatten mit ihren Flügeln die Größe von Schwänen.
Kurt Malmberg folgte seinem Blick und lächelte sein schiefes Lächeln. «Das ist mein Hobby. Das nächste Mal zeige ich dir die Modelle.»
Olsson antwortete nicht. Er ging hinaus und setzte sich in sein Auto, ohne sich noch einmal umzudrehen. Er ärgerte sich, dass er hergekommen war. Noch immer hatte er keine vernünftige Antwort, stattdessen hatte er Malmbergs Wunsch erfüllt, mit ihm Kontakt aufzunehmen. Es war unmöglich, den Mann zu verstehen, aber es hätte ihn nicht gewundert, wenn das Malmbergs Vorstellung von sozialem Kontakt war. Olsson ließ den Wagen an und fuhr, ohne weiter nachzudenken, einen kleinen Hügel hinunter. Zu seiner Überraschung gelangte er direkt auf die Heide, dorthin, wo die Polizei das Gelände um den Bunker abgesperrt hatte und wo man das tote Mädchen gefunden hatte. Der Bunker lag höchstens fünfhundert Meter von Malmbergs Hütte entfernt. Er wusste nicht, ob das etwas zu bedeuten hatte.

Irgendwie war nach diesem missglückten Besuch bei Kurt Malmberg die Luft raus. Planlos fuhr Olsson ins Dorf und hielt aus alter Gewohnheit auf dem Parkplatz bei Cecilias Wohnung. Er blieb im Auto sitzen und versuchte nachzudenken, aber das Einzige, worauf er kam, war, dass er keine Lust hatte, zurück nach Ängelholm zu fahren. In ein paar Stunden müsste er ja ohnehin hinaus zu Anne Borin.
Plötzlich fiel ihm ein, dass er noch immer Cecilias Schlüssel hatte. Warum sollte er also auf dem Parkplatz hocken bleiben und vor sich hinstarren?

Der Wind zerrte an seinen Kleidern, als er den kurzen Weg zu dem grauen Haus ging. Ohne zu zögern, steckte er den Schlüssel ins Schloss, klingelte vorsichtshalber aber auch an ihrer Tür, bevor er ihn umdrehte.

Die Wohnung sah wie immer aus, etwas anderes hatte er auch nicht erwartet. Er überlegte einige Sekunden, dann ging er hinüber zum Telefon. Sicherheitshalber wählte er die Nummer ihres Handys, und bereits nach dem dritten Klingeln antwortete sie. Sie klang verwirrt.

«Ja?»

«Ich bin's, Martin.»

«Was machst du in meiner Wohnung?»

Er war baff, wie konnte sie bloß wissen, wo er war? Die Erklärung ließ nicht auf sich warten.

«Ich sehe auf dem Display, von wo du anrufst.»

Olsson wurde plötzlich verlegen und spürte, dass man das merkte. «Ich wollte nur fragen, ob ich hier bleiben kann, bis wir uns bei Anne treffen. Ich hatte ohnehin in der Gegend zu tun und habe keine Lust, hin- und herzufahren.»

Sie lachte. «Stell dich nicht so an, klar kannst du bleiben. Wir sehen uns dann.»

Sie legte auf. Olsson wusste nicht, ob er erleichtert war oder nicht, er merkte, dass er rot geworden war, und freute sich, dass sich Bildtelefone noch nicht weit verbreitet hatten. Er setzte sich in den Sessel und stellte fest, dass die beiden Bücher, die er aus der Bibliothek geliehen hatte, immer noch hier herumlagen. Bei seinem nächtlichen Rückzug hatte er sie vollkommen vergessen.

Düster blickte er aus dem Fenster. Der Wind war stärker geworden und drückte gegen die Scheiben, die sich zu biegen schienen. Aber viel anderes gab es nicht zu tun, und er fand, Versäumnisse mit Bibliotheksexemplaren mussten nicht auch noch dazukommen. Er nahm die zwei Bücher und ging hinaus in die Kälte. Der Wind schmeckte nach Salz und riss ihm die Bücher fast aus der Hand. Er folgte dem Beispiel der anderen Passanten und ging vornübergebeugt mit zusammengekniffenen Augen, bis er den Böen schließlich den Rücken zuwenden konnte. Vor der Bibliothek war es windgeschützt, und er sah zu seiner Überraschung, dass das Foyer voller Leute war.

Der unregelmäßige kleine Raum war eigentlich nicht mehr als eine Verbreiterung, wo zwei Flure im Servicezentrum zusammentrafen, und er begegnete vielen neugierigen Blicken, als er sich seinen Weg zum Eingang der eigentlichen Bibliothek bahnte. Er erkannte den dünnen Mann mit der Baseballkappe und auch einige der anderen wieder, die am Abend vorher vor dem Kiosk auf dem Marktplatz gestanden hatten. Den Rest hatte er noch nie gesehen, aber alle wirkten sichtlich erregt.

Die Tür zur Bibliothek wurde von einer wütenden Bibliothekarin verteidigt. Sie hatte beide Arme ausgebreitet und hielt sich am Türrahmen fest, als ob sie ihren Ort der Kultur gegen Eindringlinge verteidigen wollte. Auf ihren Wangen leuchteten zwei rote Flecken.

Dann sah sie Olsson und seine Bücher. Sie musterte ihn von oben bis unten, bevor sie ihn hineinließ. «Entschuldigung, aber die da will ich nicht hier drin haben.» Sie blitzte die Gruppe an, es waren wohl fünfzehn, zwanzig Menschen, und ihre Stimme zitterte vor lauter Empörung. Olsson sah sie fragend an, und sie sagte so laut, dass es alle hören konnten:

«Wenn die eine Bürgerwehr gründen wollen, sollen sie das gefälligst woanders machen.»
Dann verschränkte sie die Arme und stellte sich wieder vor die Tür, und Olsson merkte an ihrem heftigen Atem, dass ihr Adrenalinspiegel ziemlich hoch war.
Verwundert legte er seine Bücher auf den Tisch und ging wieder hinaus in den Vorraum, aber er kam nicht weit. Der Mann mit der Baseballkappe stellte sich ihm in den Weg.
«Wir wissen, dass Sie bei ihm gewesen sind. Warum unterstützt ihr jemanden wie den?» Er starrte Olsson unverschämt an und wartete auf eine Antwort.
Olsson blickte in seine Augen und gab sich Mühe, so ruhig wie möglich zu klingen. «Wer ist wir?»
«Verdammt, die Polizei. Warum habt ihr ihn laufen lassen?»
Olsson bemerkte, dass die Herumstehenden verstummt waren und ihnen zuhörten. Er vermutete, dass sich die Steinewerfer unter ihnen befanden. Auch wenn es hoffnungslos war, stellte er doch richtig: «Ich bin kein Polizist mehr.»
«Und was, verdammt noch mal, haben Sie dann bei ihm zu suchen gehabt?»
Olsson fand, dass das hier niemanden etwas anging, aber sagte sich, dass etwas Diplomatie wohl nicht schaden konnte. Einen Versuch war es jedenfalls wert.
«Ich hatte eine Frage an ihn.»
«Und warum haben Sie die nicht auf der Polizeistation gestellt? Statt ihn laufen zu lassen?»
Olsson war klar, dass es sinnlos war, weiter zu diskutieren. Er beschloss, lieber selbst eine Frage zu stellen, auch wenn er die Antwort bereits kannte. «Was wollen Sie eigentlich?»

«Er soll weg. Die Polizei soll ihn da einsperren, wo er die ganze Zeit war, wir wollen nicht, dass er hier wohnt!»
Niemand sonst sagte etwas, aber Olsson hörte an ihrem Schweigen, dass sie derselben Meinung waren. Er machte einen Schritt zur Seite, und der Mann mit der Baseballkappe ließ ihn vorbei. Aber bevor er die Tür erreichte, stellte sich ihm ein kräftig gebauter, rothaariger Mann in den Weg.
«Ich bin ihr Vater», sagte er. «War er es?»
Olsson sah ihn an. Er wusste nicht warum, aber er hatte den Eindruck, dass der Mann nicht wirklich zu den anderen gehörte. Er wirkte eher wie jemand, der seinen eigenen Weg ging. Olsson beschloss, so ehrlich zu antworten, wie er konnte.
«Ich weiß es nicht.»
Der Mann nickte schweigend. Olsson wusste nicht, was er mit seiner Antwort anfing, er wollte nichts als weg und ließ die Sache daher auf sich beruhen.
Voller Unmut trat er wieder hinaus in den kalten Wind. Ein älterer, fast kahler Mann stand vor dem Haupteingang, sah seinen Gesichtsausdruck und grinste ihm zu.
«Es wird noch schlechter», meinte er und schüttelte amüsiert den Kopf.
Olsson wusste nicht, ob er das Wetter meinte oder die Versammlung da drinnen. Er wusste auch nicht, was er antworten sollte, und so begnügte er sich damit, den Kopf noch tiefer zwischen die Schultern zu ziehen und so schnell wie möglich zu dem grauen Haus neben der Post zurückzugehen.
Er empfand die Rückkehr in die Wärme wie eine Befreiung, vor allem von dem unbehaglichen Mob in der Bibliothek. Was

ihn am meisten gestört hatte, war, dass auch Frauen in der Gruppe gewesen waren. Aber vielleicht hatte er einfach nur altmodische Meinungen und Vorurteile über diese Dinge.
Er wusste eigentlich, dass es bloßes Gerede war, wenn sich solche Gruppen über irgendetwas erregten. In neun von zehn Fällen handelte es sich nur um leere Drohungen und ein bisschen Aufregung, die schnell vergessen waren. Aber man konnte nicht mehr sicher sein. Nicht mehr, nachdem ein Mann aus einem Dorf im südlichen Skåne unter großem Getöse der Medien aus seinem Haus gejagt worden war – die Menge hatte es im Stil der Mafia einfach angezündet.
Olsson seufzte und setzte sich wieder in den Sessel. Mehr und mehr kam er zu der Überzeugung, dass er seinem Schicksal oder jedenfalls den Rationalisierungsexperten dafür danken sollte, dass er nicht mehr bei der Polizei war. Die Frage war nur – was sollte er mit dem Rest seines Lebens anfangen? Genauer gesagt, mit dem Treffen, das er morgen mit Cecilia vereinbart hatte?
Er blieb gedankenverloren sitzen und betrachtete den Wind, der draußen an den Bäumen zerrte und das letzte Laub herunterzuwehen versuchte. Wie der alte Mann gesagt hatte, nahm der Wind zu, es rüttelte und knackte in den Fensterrahmen von den Böen, die nun immer häufiger aufeinander folgten.
Olsson wusste nicht, wie lange er so gesessen hatte. Vielleicht war er eingeschlafen. Plötzlich bemerkte er, dass es dunkel geworden war und dass er wohl längst auf dem Weg zu Anne Borin hätte sein müssen. Er sprang auf und formulierte schon in Gedanken eine Entschuldigung, als er zu seiner Erleichterung feststellte, dass es noch nicht so spät war, wie er zu-

nächst angenommen hatte. Er beruhigte sich, spritzte sich etwas kaltes Wasser in sein Gesicht und kämpfte sich dann durch den Wind zu seinem Saab.

Der andere Gast war bereits da. Er saß auf dem Sofa und unterhielt sich angeregt mit Cecilia, als Anne Borin ihn Olsson vorstellte. Oder vielleicht war es auch umgekehrt.

«Mein Kollege. Bo Carlberg.»

Bo Carlberg zeigte das, was man gemeinhin ein entwaffnendes Lächeln nannte, als er die Hand ausstreckte.

«Nennen Sie mich Bosse.»

Olsson mochte ihn sofort nicht. Er war viel zu jung, sah viel zu gut aus und vor allem: Er redete viel zu viel mit Cecilia.

Anne Borin dagegen war ein ganz anderer Mensch als das verweinte, apathische Wesen, das er auf dem Ängelholmer Marktplatz getroffen hatte. Sie sah irgendwie verändert aus, vielleicht hatte sie etwas mit ihrer Frisur gemacht – sie strahlte eine Energie aus, die er zuvor nicht an ihr wahrgenommen hatte. Verstärkt wurde dieser Eindruck dadurch, dass sie innerlich offenbar etwas erregte. Ihre Hände und ihr Mund flatterten wie nervöse Schmetterlinge.

Olsson fragte sich, ob es die Gesellschaft des Abends war, die sie so exaltiert wirken ließ. Dann aber wurde ihm klar, dass sie auf etwas wartete. Sie warf dauernd Blicke auf die Uhr und wurde immer nervöser, je mehr Zeit verging.

Mitten beim Abendessen klingelte das Telefon. Anne Borin sprang auf und verschwand mit einer Entschuldigung, die niemand verstand. Sie nahm das Gespräch im selben Raum an, und Olsson hörte, wie sie Cecilias, Bo Carlbergs und seinen Namen nannte. Mehr konnte er ihren einsilbigen Ant-

worten nicht entnehmen, außer dass der Anrufer offenbar sehr neugierig war.
Sie wirkte ruhiger, als sie zum Tisch zurückkam. Und ihre Stimme klang weniger forciert. «Viele Grüße von Gunnar, er hat aus dem Park Hotel in Göteborg angerufen.»
Sie sagte das, als ob es eine besondere Bedeutung hätte, aber vielleicht war auch das nur ein Zeichen ihrer Nervosität. Olsson vermutete, dass ihr Mann sie gerade wieder verhört hatte. Aber in Cecilias Gegenwart sagte er nichts über eifersüchtige Männer.
Diese war noch immer ganz hingerissen von Bo Carlberg, offenbar interessierte sie sich sehr für seine Forschungsarbeit. Das war es jedenfalls, was Olsson sich einzureden versuchte. Zwischen Nachtisch und Kaffee gelang es ihm dazwischenzufunken, und tatsächlich ließ der Süßholzraspler Cecilia für einige Sekunden aus den Augen.
«Warum meine Kollegen die Kommission verlassen?»
Er sah ehrlich verwundert aus. Olsson fragte sich, ob er plötzlich festgestellt hatte, dass auch noch andere am Tisch saßen, oder ob ihm die Antwort auf diese Frage so selbstverständlich vorkam.
Bo Carlberg ließ sich Zeit mit seiner Antwort, als ob er Anlauf nehmen wollte. Er schielte zu Cecilia hinüber, und in seiner Stimme lag etwas Überhebliches, das Olsson nur noch mehr verärgerte. «Ich weiß nicht, ob Sie den Unterschied zwischen dem Sicherheitsdienst und einer Untersuchungskommission kennen …»
«Ich war Polizist.»
Cecilia blickte auf. Sie wunderte sich wohl über seinen schroffen Ton, und Olsson wurde verlegen. Ihm war klar,

dass er seine Zunge besser im Zaum halten musste. Bo Carlberg sprach weiter, als ob nichts geschehen wäre.

«Bei der ganzen Angelegenheit geht es ja um Material des Inneren.»

Olsson nickte. Es lag praktisch auf der Hand, dass es die Spionage der Säpo bei den eigenen Mitbürgern war, die die Debatte über das heimliche «Meinungsarchiv» in Gang gebracht hatte. Doch er behielt seinen Kommentar sicherheitshalber für sich.

Bo Carlberg sah zufrieden aus, weil Olsson ihm zuhörte, und dozierte weiter: «Das Problem ist, dass man nur schwer sagen kann, was sich auf Schwedens innere Angelegenheiten und was sich auf das Verhältnis zu anderen Staaten bezieht.»

Olsson begriff nicht, was daran so schwer sein sollte, aber er machte weiter eine gute Miene.

«Das Material des Außenministeriums ist ja nach wie vor geheim. Wenn eine überwachte Person Kontakte ins Ausland gehabt hat, darf kein Außenstehender es sehen, bevor nicht klar ist, in welche Kategorie es gehört.»

Carlberg schwieg. War er fertig, oder legte er nur eine Kunstpause ein? Olsson wartete nicht ab, bis er sich entschieden hatte.

«Ja und?»

«Die Säpo bestimmt allein, was wir sehen und was wir nicht sehen dürfen. Und wir glauben, dass sie uns bestimmte Dokumente vorenthält».

Er lächelte sein charmantes Lächeln und sah Cecilia erwartungsvoll an, als ob er ein Lob für seinen Vortrag erwartete. Olsson ärgerte sich, dass er ihn gefragt hatte, und goss automatisch sein Weinglas voll. Er sah aus den Augenwinkeln, dass Cecilia den Stutzer anlächelte, und fragte sich, warum er überhaupt hergekommen war.

«Das ist der Grund, warum manche unter Protest abgesprungen sind», fasste Bo Carlberg zusammen

Sein Tonfall veranlasste Olsson wider besseres Wissen zu einer Bemerkung. «Sie aber nicht?»

Es war hoffnungslos. Die kritische Nachfrage perlte von Carlberg ab wie Wasser von einer Gans. «Nein, ich nicht», sagte er nur und prostete ihm lächelnd zu.

Olsson trank mit, aber eigentlich nur, um sich für einen Moment hinter dem Glas verstecken zu können. Es würde ein langer Abend werden.

Bo Carlberg widmete sich erneut Cecilia, und Olsson wandte sich resigniert Anne Borin zu. Sie war während des kurzen Wortwechsels still gewesen, aber erst jetzt fiel ihm ihre abwesende Miene auf. Sie sah aus, als habe sie plötzlich allen Schwung verloren, und wirkte apathisch – so wie an dem Tag, als er ihr zum ersten Mal begegnet war.

Auf einen besseren Abend hoffend, hob er das Glas und prostete ihr zu. Sie blinzelte, als ob sie aus einem düsteren Tagtraum erwachte.

«Verzeihung, ich war in Gedanken.»

Sonderbar, wie schnell sie sich umstellte. Es war fast wie ein Wechsel von *stand-by* auf *on*, ohne Zwischenstufe zu ihrem nervösen Geflatter.

«Ich werde auch abspringen», sagte sie überraschend.

Olsson wusste nicht, was er antworten sollte. Zum zweiten Mal ärgerte er sich, dass er sich an dem Gespräch beteiligt hatte. Aber sie redete weiter, als ob es kein Halten gäbe.

«Aus diesem Grund ist Bosse hier, er wird mein Forschungsmaterial übernehmen.»
Ihr Lächeln wirkte genauso gezwungen wie ihre Stimme, und Olsson sah, wie sie sich bemühte, ihre Maske beizubehalten. Er hatte keine Ahnung, wie es in der Welt der Forscher zuging, aber er hatte von Neid und Intrigen gehört, die bemerkenswerte Dimensionen annehmen konnten. Was er nicht begriff, war, warum sie in diesem Fall einen Konkurrenten zum Abendessen einlud, aber vielleicht war das Teil des Spiels? Oder vielleicht hatte sie auch alles falsch verstanden und die Unterhaltung hätte sie an das entsetzliche Unglück mit ihrem anderen Kollegen erinnert?
Er tat sein Bestes, um seinen Missgriff gutzumachen, aber er sah mit wachsendem Unbehagen, dass sich Bo Carlberg und Cecilia miteinander wohl fühlten. Es gelang ihm, Fragen zu dem Mädchenmord, der das ganze Dorf in Aufruhr versetzt hatte, zu umgehen. Sowohl Anne Borin als auch ihr Gast schauten ihn mit großen Augen an, als sie realisierten, dass er dabei gewesen war, als man das Mädchen gefunden hatte, aber es schien nicht mehr als normale Neugier zu sein.
Bo Carlberg brach als erster auf, er musste das letzte Flugzeug von Ängelholm nach Stockholm erreichen. Olsson hörte, wie er sich an der Tür von Cecilia verabschiedete.
«Wir sehen uns nächste Woche.»
Erst als das Taxi schon weggefahren war, wurde Olsson klar, dass er mehr getrunken hatte, als gut für ihn war. Er war nicht betrunken, hatte aber zu viele Promille, um noch nach Ängelholm zu fahren. Auf der anderen Seite hätte er eine Taxifahrt mit dem Charmeur Carlberg auch nicht ausgehalten.
Bekümmert blickte er in sein Portemonnaie – der Hundert-

kronenschein würde wohl kaum für die Fahrt in die Stadt reichen. Cecilia löste das Problem.
«Du hast dich doch sowieso an meine Wohnung gewöhnt. Ich kann ja hier bei Anne bleiben.»

Die Kälte nahm ihm schließlich die Entscheidung ab. Sie hatte etwas nachgelassen und biss nicht mehr so arg wie zuvor, aber es war noch immer kalt und ungemütlich genug. So setzte er sich hinters Steuer und redete sich ein, dass es ja schließlich nur um einige Minuten langsamen Fahrens ging. Er hatte vor, den Weg durch das verschlafene Ferienhausviertel zu nehmen, hier gab es weder Verkehr noch Polizeikontrollen.
Viele, viele Male hatte er die auffallend langsam fahrenden Autos, die vom Land zurückkamen, spät nachts an Wochenenden beobachtet. Nun war er eines davon. Er war sich nicht sicher, ob er das Gefühl mochte.
Er war erst ein kurzes Stück gefahren, als er anhielt. Vor ihm lag Kurt Malmbergs Hütte. Ihm war nicht klar gewesen, dass sie so nahe bei dem Haus der Borins lag. Alles war dunkel, im Vorbeifahren sah er nicht ein einziges Licht.
Er gelangte auf den Sanatorievägen, ohne auch nur einer Katze zu begegnen. Als er an der Bibliothek vorbeifuhr und zur Post einbog, atmete er erleichtert auf. Aber erst, als der Saab ordentlich vor dem grauen Haus geparkt war, fühlte er sich wirklich sicher. Er schwor sich, dass das nie wieder vorkommen würde.
Der Wind zerrte an ihm wie eine Mahnung, und dankbar schloss er die Tür zu Cecilias Wohnung auf. Aber als er hinter sich abgeschlossen hatte, kehrte seine düstere Stimmung zu-

rück. Er setzte sich in den Sessel, in dem er über seine Zukunft nachgedacht hatte. Was hatte er sich eigentlich eingebildet?
Olsson stand auf, ging hinüber zum Bett und legte sich angezogen hin. Das Kissen duftete noch immer nach Cecilias Shampoo. Er lag lange mit geschlossenen Augen da, ohne wirklich zu schlafen.
Ein lautes Telefonklingeln riss ihn plötzlich aus seiner Schwermut. Es zerschnitt die Stille wie ein Flugalarm.
Olsson stand auf und griff nach dem Hörer. Er konnte Cecilias Flüstern kaum verstehen.
«Martin, du musst sofort kommen. Es ist jemand in meinem Zimmer.»

KAPITEL 8

Es dauerte eine Weile, bis die Worte einen Sinn ergaben. Dann erst begriff Olsson, was sie gemeint hatte.

«In deinem Zimmer?»

Aber er sprach in einen stummen Hörer.

«Hallo?» Er versuchte es nochmals, aber sie hatte schon aufgelegt.

Vielleicht war er nicht wach genug. Es dauerte einige Sekunden, bis er sich in Raum und Zeit orientiert hatte. Er sah auf die Uhr – war beinahe halb zwei. Er dankte seinem Schicksal, oder doch sich selbst, dass er sich nicht ausgezogen, sondern in voller Montur aufs Bett gelegt hatte. Nur seine Schuhe musste er wieder anziehen.

Diesmal waren ihm die Nachbarn egal, als er die Tür hinter sich ins Schloss warf und die Treppen hinunterhastete. Er bemerkte nicht einmal den Wind, als er über das kleine Rasenstück zu seinem Saab rannte.

Zwei Sekunden fummelte er mit den Autoschlüsseln herum, dann endlich ließ er den Motor an. Doch er war zu ungeduldig und würgte den Wagen ab. Der Motor hustete, aber das Auto sprang nicht an, und er musste es aufs Neue probieren. Diesmal klappte es. Er gab Gas und legte einen Kavaliersstart hin. Aus den Augenwinkeln sah er, wie in einem der Fenster Licht anging, als er mit quietschenden Reifen endlich losfuhr. Er hatte achthundert Meter lang Zeit, sich zu entscheiden, welchen Weg er nehmen wollte. An der Abzweigung bog er schließlich in die Straße ein, die er vorhin gerade gekommen war. Diese Strecke war kürzer, doch die vielen Kurven irritierten ihn. Er war noch nicht einmal einen halben Kilometer gefahren, als ihm klar wurde, dass er nicht die geringste Ahnung hatte, wo er sich befand. Der Weg war zu eng zum Wenden, aber vielleicht ging es ja hinter der nächsten Ecke. Er war schon ganz verzweifelt, als plötzlich das Schild für einen Wendeplatz aufleuchtete. Er drehte und stellte fest, dass er schweißnasse Hände hatte.

Als er zu der Abzweigung zurückkam, nahm er eine der beiden anderen Möglichkeiten und stellte bald zu seinem Entsetzen fest, dass der schmale Weg in die falsche Richtung führte. Plötzlich fuhr er einen Hügel hinunter, und im milden Mondlicht lag das Meer vor ihm.

Er hatte keine Ahnung, wie viel Zeit er verloren hatte, bis er endlich auf die Heide gelangte, wo er von Anfang an hingewollt hatte. Wenigstens wusste er jetzt, wie er von hier aus fahren musste. Er raste mit 110 Stundenkilometern auf einer Strecke dahin, wo 70 erlaubt waren, und bremste erst, als er die Kurve erreichte, die zum Haus der Borins führte. Er fuhr direkt vor die Tür, ohne sich darum zu kümmern, ob man sein Kommen hören konnte. Vielleicht war das sogar von Vorteil, falls der Einbrecher noch da war. Wenn er Glück hatte, würde ihn das verjagen, und wenn nicht, spielte es auch keine Rolle.

Das Haus lag unheilvoll dunkel und schweigend da. Seine Unruhe wegen Cecilia wuchs. Wenn alles in Ordnung wäre, würde doch sicher irgendwo Licht brennen …

Die Haustür war ordentlich verschlossen. Er überlegte, ob er ganz einfach klingeln sollte, ließ es aber lieber bleiben. Dann fiel ihm ein, dass es auf der anderen Seite eine Terrassentür gab, die in den Garten führte.
Er ging um das dunkle Haus herum. Der Wind riss an den niedrigen Büschen, und vom Meer her kam ein stürmisches Brausen, das jedes andere Geräusch erstickte. Er konnte unmöglich hören, ob sich drinnen ein Mensch bewegte oder nicht. Der schwache Mondschein gab ihm nur wenig Licht. Plötzlich stolperte er über eine Treppe und fiel der Länge nach hin. Als er sich wieder aufgerappelt hatte, tastete er sich mit den Füßen vor und gelangte hinauf zu der gemauerten Terrasse.
Olsson wurde plötzlich klar, wie verwundbar er war, und er ärgerte sich, dass er nicht daran gedacht hatte, irgendeine Waffe mitzunehmen. Er konnte wohl kaum zurückgehen und im Auto nach etwas suchen, und im Übrigen wusste er, dass sich dort kaum etwas Brauchbares finden würde. Er zog sein Taschenmesser aus der Hosentasche. Viel war das nicht, aber er schloss die Hand fest darum und klappte die Klinge aus. Dann ging er bis zur Terrassentür. Die Scheibe sah schwarz aus.
Vorsichtig beugte er sich vor und versuchte hindurchzusehen. Innen war es genauso dunkel, und er beschattete die Augen mit den Händen.
Plötzlich explodierte ein weißes Licht in seinem Gesicht. Das kam so unerwartet, dass es wie eine Nadel in die Pupillen stach und noch im Genick zu spüren war. Instinktiv zuckte er zurück und hob die Hände schützend vor die Augen. Mit einem Klappern fiel das Taschenmesser auf den gefliesten Terrassenboden.

Irgendwo hinter dem blendenden Licht hörte er eine vertraute Stimme. «Martin? Gott sei Dank, du bist das.»
Olsson blinzelte verwirrt in Richtung der Halogenlampe. Er nahm Cecilia undeutlich als Schatten wahr, und auch als sie den Lichtkegel von ihm abwandte, brauchte er eine Weile, bis das rotgrüne Bild auf seiner Netzhaut endlich verschwand und er sie richtig sehen konnte.
Das erste, was ihm auffiel, war ihre aufgeplatzte Lippe und das getrocknete Blut an der Nase. Sie wirkte ziemlich blass, allerdings wohl mehr aus Angst als wegen der Verletzung.
«Ist dir etwas passiert?», war alles, was er herausbekam.
«Ich habe einen Schlag bekommen, dann rannte er weg.»
Sie hörte sich unnatürlich aufgedreht an, und ihm wurde klar, dass sie noch immer sehr angespannt war. Er sah, dass sie die Taschenlampe in der einen und eine Sprayflasche wie für gewöhnliche Farbe in der anderen Hand hielt.
Sie trat zur Seite, und er ging hinein. Die Halogenlampe warf ein kaltes, blauweißes Licht über das gesamte Zimmer, und plötzlich sah er Anne Borins erschrecktes Gesicht. Sie stand hinter dem großen Sofa, als ob sie bei den weichen Polstern Schutz suchen wollte. In dem harten Licht sah sie krank aus. Sonderbarerweise war sie es und nicht Cecilia, die als Erste sprach.
«Haben Sie draußen jemanden gesehen?»
Sie blickte ihn mit aufgerissenen Augen an, als ob sie atemlos auf die Antwort wartete und zugleich Angst davor hatte. Olsson schüttelte den Kopf und stellte dann beinahe dieselbe Frage.
«Habt ihr gesehen, wer es war?»
Anne Borin schien sich zu entspannen, jedenfalls so weit, um Cecilia antworten zu lassen.
«Ich habe kein Licht angemacht.»

«Und als er weg war, hatten wir Angst, er könnte uns sehen, deshalb haben wir es dunkel gelassen. Wir dachten, er käme zurück.»
Anne redete wie während des Abendessens. Sie schien nur noch nervöser zu sein, was aber unter den Umständen nicht weiter verwunderlich war.
«Habt ihr die Polizei verständigt?»
Beide schüttelten den Kopf.
«Wir haben doch dich», meinte Cecilia.
Aber der Scherz klang hohl, und Olsson sah ihr an, dass sie stärker mitgenommen war, als sie zugeben wollte.
«Bist du verletzt?», fragte er sie.
«Nur ein bisschen Nasenbluten, nichts Schlimmes.»
«Was ist genau passiert?»
Endlich schaltete sie die Deckenbeleuchtung ein und knipste das beißend helle Halogenlicht aus. Olsson sah, dass die Taschenlampe einem Suchscheinwerfer glich, wie man ihn oft in Autos hatte oder wie Rettungsleute ihn verwendeten. Er reichte einige hundert Meter weit, und er wunderte sich nicht über seine Reaktion, als er ihn auf so kurze Distanz direkt in die Augen bekommen hatte.
«Ich bin aufgewacht, weil ich auf die Toilette musste. War wohl der Wein.» Sie versuchte ein Lächeln, aber mit der geschwollenen Lippe wurde es nur eine Grimasse. «Ich habe kein Licht angemacht, auch nicht auf der Toilette. Ich sehe nachts ganz gut.»
«Wo liegt die Toilette?»
«Einfach nur über den Gang. Als ich zurückkam, merkte ich, dass jemand in meinem Zimmer war. Ich sah einen Schatten, der sich über mein Bett beugte.»

Olsson blickte sie fragend an. «Woher wusstest du, dass es nicht Anne war?»
Sie runzelte die Stirn. Das schien eine Möglichkeit zu sein, die sie nicht in Erwägung gezogen hatte. «Daran habe ich gar nicht gedacht.»
Sie verstummte, und Anne Borin, die die ganze Zeit geschwiegen hatte, ergänzte: «Ich schlafe oben.»
Sie schien das als Erklärung zu meinen, und vielleicht war es das ja auch. Jedenfalls half es Cecilia, den Faden wieder aufzunehmen.
«Ich ging zum Telefon in Annes Arbeitszimmer. Das liegt direkt nebenan.»
Olsson nickte. Er erinnerte sich an den überladenen Schreibtisch, den er durch die offene Tür erspäht hatte, als er das erste Mal im Haus gewesen war.
«Und was passierte dann?»
«Er muss mich gehört haben. Er war auf einmal da, und dann kam nur noch der Hieb.» Sie zeigte auf ihre aufgeplatzte Lippe. «Und dann war er weg.»
Sie zuckte mit den Schultern, und Anne Borin sprach weiter. «Ich hörte etwas knallen, das muss wohl die Haustür gewesen sein. Ich ging hinunter, um nachzusehen. Es war zu dunkel, um etwas zu erkennen, aber als ich das Licht anmachte, sah ich Cecilia auf dem Boden liegen. Ich dachte, sie sei im Dunkeln hingefallen. Bis ich das Blut sah …»
Sie verstummte, als ob sie plötzlich an etwas anderes denken müsste. Vielleicht an das Unglück in der U-Bahn. Auch Morten Salmén war gefallen, allerdings mit schlimmeren Folgen. Anne Borin sah krank aus, und Olsson wusste nicht recht, was er sagen sollte. Sie kam ihm zuvor.

«Ich finde, ich sollte Gunnar anrufen. Wie viel Uhr ist es?»
Es war kurz nach zwei, aber das schien sie nicht weiter zu stören. Sie verschwand im ersten Stock.
Olsson wandte sich wieder an Cecilia: «Wo genau hat er an deinem Bett gestanden?»
Sie gingen in das kleine Schlafzimmer, und sie zeigte ihm die Stelle. Olsson musterte den Boden, ohne jedoch etwas zu entdecken. Ein braunes, verwelktes Blatt lag vor der Tür, aber das konnte auch der Wind hineingeweht haben.
Er stellte sich neben das Bett. «Mach das Licht aus.»
Cecilia gehorchte. Obwohl es fast völlig dunkel war, sah er klar und deutlich, dass niemand im Bett lag.
«Er hat jedenfalls nicht nach dir gesucht.»
«Das ist doch schon mal was!»
Er hörte den Sarkasmus in ihrer Stimme und sah auf.
Sie betastete ihre geschwollene Lippe. «Ich frage mich, wie das morgen aussieht.»
Olsson antwortete nicht, denn ihm war gerade etwas eingefallen. «Und wenn er sich in der Tür geirrt hat?»
Anne Borins Arbeitszimmer lag direkt neben dem kleinen Schlafzimmer, und vermutlich bewahrte sie ihre Forschungsunterlagen dort auf. Die Säpo-Papiere hatte sie sicher Bo Carlberg gegeben, aber das konnte der Einbrecher ja nicht wissen.
«Sah es aus, als ob er nach etwas suchte?»
Cecilia schüttelte den Kopf. «Ich weiß nicht. Eigentlich nicht.»
Sie schwiegen und dachten über diese Antwort nach. Cecilia spielte an ihrer Lippe herum. Dann kam Anne zurück.
«Ich habe Gunnar geweckt. Er meint, wir sollen bis morgen

warten und überprüfen, ob etwas gestohlen wurde, bevor wir die Polizei anrufen. Aber er bat mich, Sie zu fragen, ob Sie heute Nacht nicht hier bleiben könnten. Er sagte, Sie hätten ihm geholfen, Edward zu suchen.»
Olsson sah Cecilia an, aber sie reagierte nicht. Er wäre lieber nach Hause gefahren, in sein eigenes Bett nach Ängelholm, aber bevor er antworten konnte, sagte Anne Borin: «Ich kann Ihnen ein Bett auf dem Sofa zurechtmachen.»
Sie klang, als ob die Sache bereits entschieden sei, und Olsson gab auf. Die Nacht hatte ohnehin nicht mehr viele Stunden.

Der Wind war abgeflaut, und der niedrige Luftdruck hatte das graue Wetter mit nach Osten genommen. Olsson trat aus Killbergs Buchhandlung hinaus in das gleißende Sonnenlicht auf der Storgatan. Die Bäume und Sträucher der kleinen Grünpflanzung, die die Ängelholmer eigensinnig Stadtpark nannten, hatten über Nacht ihr ganzes Laub verloren und streckten ihm ihre nackten Äste entgegen. Olsson ignorierte alle Bedenken und ließ sich bequem auf einer der Bänke nieder, die immer noch draußen standen, obwohl es nicht mehr lange bis zum November war.
Er hatte noch nicht viele Seiten gelesen, als er merkte, dass er sich verschätzt hatte. Die Sonne schaffte es nicht einmal, seine Finger zu wärmen. Es war in der Tat kein Wetter zum Draußensitzen, wie einladend auch immer die Bänke aus der Entfernung ausgesehen hatten.
Auf Anne Borins Sofa hatte er immerhin einige Stunden Schlaf gefunden. Nach dem Frühstück war er mit Cecilia in ihre Wohnung nach Vejbystrand gefahren, um seine Sachen zu holen, die er dort gelassen hatte. Anne ihrerseits hatte

ziemlich schnell festgestellt, dass aus ihrem Arbeitszimmer nichts entwendet worden war. Der nächtliche Einbrecher hatte offenbar nichts gefunden, und im Schlafzimmer hatte er gar nicht erst den Versuch unternommen, etwas zu stehlen. Gunnar Borin wollte es selbst unternehmen, die Polizei zu verständigen.

Cecilia hatte einiges auf der Post und im Supermarkt zu erledigen gehabt. An beiden Orten hörten sie, wie sich aufgebrachte Ortsansässige über Kurt Malmberg unterhielten. Es schien fast, als ob alle bereits über das Treffen vor der Bibliothek Bescheid wüssten, und Olsson wunderte sich einmal mehr darüber, wie schnell sich Neuigkeiten im Dorf verbreiteten. Er sah die wissenden Blicke, mit denen man ihn bedachte. Der Mann mit der Baseballkappe hatte offenbar hervorragende Informationskanäle oder, noch wahrscheinlicher, war selbst ein effektiver Informant.

Auf welcher Seite die Leute standen, darüber gab es keinen Zweifel. Nach den lautstarken Kommentaren zu urteilen, waren ungefähr hundert Prozent der Bevölkerung fest von Malmbergs Schuld an dem Mädchenmord überzeugt. Und wenn er entgegen aller Wahrscheinlichkeit doch nicht der Mörder war, so sollte er auf jeden Fall wieder in die Psychiatrie eingewiesen oder, besser noch, an die Wand gestellt und erschossen werden.

Was die Polizei betraf, so sei es ja mal wieder typisch, dass sie Kriminelle mit Glacéhandschuhen anfasste, während gewöhnliche Menschen sofort dran waren, wenn sie nur ein bisschen zu schnell fuhren. Weshalb es niemanden wundern könne, dass das Volk die Dinge nun selbst in die Hand nahm. Im Supermarkt hatte Olsson die Nase von dem

Spießrutenlauf gestrichen voll. Er sprach zwei Jugendliche an, die um die zwanzig Jahre alt waren, und fragte sie, was sie denn eigentlich wollten. Die Antwort war beunruhigender, als er erwartet hatte. Einer der beiden starrte Olsson nur wichtigtuerisch an und erklärte ihm, es hätten sich schon einige der Sache angenommen. Mehr wollte er nicht sagen, aber Olsson vermutete, dass die Bibliothekarin Recht gehabt hatte, als sie von einer Bürgerwehr sprach, die offenbar gebildet werden sollte. Eher ein Lynchmob, dachte er düster, als er sein Buch zuschlug und sich von der eiskalten Parkbank erhob.

Es ging ihn nichts an, auch wenn er sich irgendwie noch immer als Polizist fühlte. Er wohnte ja nicht einmal in Vejbystrand. Trotzdem wurde er das Unbehagen nicht los, das er gegenüber anonymen Steinewerfern und Leuten empfand, die sich hinter Vorurteilen oder im schlimmsten Fall sogar unter weißen Kapuzenumhängen versteckten. Vielleicht hatte Kurt Malmberg eine solche Behandlung ja verdient, aber trotzdem …

Olsson ging die Storgatan zurück. Die Sonne schien jetzt kräftiger, aber noch einmal ließ er sich nicht täuschen. Er wusste es jetzt – die Freiluftsaison war endgültig vorüber. Und außerdem war es höchste Zeit fürs Mittagessen.

Er überlegte, ob *Farbror Torsten* vielleicht das Richtige wäre, ging dann aber doch vorbei. Der letzte Besuch war ihm noch in allzu frischer Erinnerung. Schließlich bestand das Risiko, dort erneut Kurt Malmberg zu begegnen, und darauf hatte er nun wirklich keine Lust.

So stellte er als erstes den Backofen an, nachdem er sein gelbes Haus betreten hatte. Dann holte er ein Fertiggericht aus der Tiefkühltruhe und die fürs Aufpeppen notwendigen Zutaten aus seinem Gewürzregal. Als das Essen im Backofen war, ging er rastlos durch die Wohnung und schwor sich zum hundertsten Mal, dass er sich endlich eine Mikrowelle kaufen würde. Auf der Verpackung des Fertiggerichts hatte er gelesen, dass die Zubereitungszeit dann statt einer Dreiviertelstunde nur noch wenige Minuten dauern würde.

Er stellte sich an das Fenster und sah in den Garten hinaus. Das schöne Wetter war aus dieser Perspektive wesentlich angenehmer als auf der Parkbank, aber er hatte trotzdem schlechte Laune. Er wurde die Gedanken an den nächtlichen Überfall auf Cecilia einfach nicht los. Zunächst war er davon ausgegangen, dass sich die Säpo schließlich doch für Anne Borin zu interessieren begonnen hatte. Aber je mehr er darüber nachdachte, desto weniger war er davon überzeugt. Nicht weil er sich Illusionen über die Skrupel der Säpo-Leute machte, es waren rein praktische Gründe.

Der Zeitpunkt war falsch. Auch verdeckte Ermittler waren Beamte und hatten geregelte Arbeitszeiten. Nächtliche Einbrüche bedeuteten Überstunden, und er wusste nur zu gut, dass diese nach Möglichkeit vermieden wurden. Außerdem passte es nicht zur Säpo, einzubrechen, wenn die Leute zu Hause waren, auch dann nicht, wenn sie schliefen. Das Risiko, entdeckt zu werden, war einfach zu groß. Man konnte über die Säpo denken, was man wollte, es waren auf jeden Fall Profis.

Die Frage war nur: Wer konnte es sonst gewesen sein? Und was war der Grund? Das Verhalten des Einbrechers wies nicht gerade auf einen gewöhnlichen Dieb hin, sondern eher auf jemanden, der gezielt nach etwas suchte. Außer Anne

Brodins geheimen Papieren fiel Olsson nicht ein, was es gewesen sein könnte.
Wenn es die Säpo gewesen war, die Anne Borins Arbeitsunterlagen an sich bringen wollte, hätte sie überhaupt keinen Einbruch inszenieren müssen. Sie hätte am helllichten Tag kommen und die Papiere mit Fug und Recht einfach beschlagnahmen können. Schließlich ging es in den Unterlagen um die Aktionen der Säpo selbst.
Was den Angriff auf Cecilia anging, so war Olsson überzeugt, dass es nur der verzweifelte Versuch gewesen war, davonzukommen, ohne gesehen zu werden. Oder vielleicht auch, ohne erkannt zu werden. Olsson seufzte. Er wusste nicht, was die letzte Möglichkeit alles bedeutete. Einen Augenblick überlegte er, ob vielleicht Gunnar Borins Eifersucht mit ihm durchgegangen war. Vielleicht hatte Anne einen heimlichen Liebhaber, der sie aufsuchte, wenn ihr Mann nicht da war?
Bo Carlbergs Gesicht zog vor seinem inneren Auge vorbei, und er fragte sich, ob mitten in der Nacht tatsächlich Flüge von Ängelholm nach Stockholm gingen. Dann aber rief er sich zur Vernunft, weil ihm die Absurdität dieses Gedankens bewusst wurde. Die Wahrheit war doch wohl, dass sich Bo Carlberg in Cecilia verliebt hatte. Und sie vielleicht in ihn, dachte er düster.

Um auf andere Gedanken zu kommen, machte er das Radio an. Es war schon zu spät für das «Mittags-Echo», also suchte er den Lokalsender, der gleich die Nachrichten bringen würde. Während der Werbejingles holte er sein Fertiggericht aus dem Rohr. Das Timing war diesmal geradezu perfekt. Als Erstes brachten die Nachrichten zu seiner Überraschung etwas über das tote Mädchen. Aber nicht genug damit. Er blieb mit dem Teller in der Hand wie vom Donner gerührt stehen, als er die Zusammenfassung des Reporters hörte:

«Die Polizei verfolgt die Theorie vom sexuellen Missbrauch nicht weiter, da die Untersuchungen ergeben haben, dass das Mädchen an Alkoholvergiftung gestorben ist. Nach Aussagen von Folke Brodin, der die Ermittlungen leitet, hatte sie große Mengen Methanol getrunken, der oft auch Holzspiritus genannt wird. Die Polizei schließt nicht aus, dass es sich um Schmuggelware handelt, und warnt davor, dass noch mehr giftiger Alkohol im Umlauf sein könnte.»

Olsson ließ sich schwer auf einen Stuhl fallen, ohne dem Bericht weiter zuzuhören. Er starrte sein Essen an, doch der Appetit war ihm vergangen. Er hatte das Alkoholversteck entdeckt und nichts getan. Olsson fühlte sich, als ob er das Mädchen mit seinen eigenen Händen ermordet hätte.

KAPITEL 9

Olsson wurde dieses Gefühl nicht los. Er sah das Gesicht der Toten vor sich, wie sie zwischen Abfall und Dreckwasser auf dem Boden lag.

Er erinnerte sich, wie ihn der Gedanke erschüttert hatte, Kurt Malmberg könne sie getötet haben – als einen bizarren Gruß an ihn. Wenn das so gewesen wäre, dann hätte er höchstens indirekt die Verantwortung gehabt für das, was geschehen war. Wenn überhaupt.

Nun aber sah es so aus, als sei das Mädchen im Bunker deshalb gestorben, weil er sich dazu entschlossen hatte, nichts zu tun. Hätte er das Alkoholversteck wenigstens gemeldet, dann wäre sie vermutlich noch am Leben.

Niedergeschlagen saß er da und starrte blicklos vor sich hin, bis er wieder klar denken konnte. Bei logischer Betrachtung war es keineswegs ausgemacht, dass er sie gerettet hätte, wenn er die Polizei informiert hätte. Zum einen, weil er ja nicht wusste, wie viel Alkohol längst weitergewandert war. Vielleicht waren das Mädchen oder ihre Begleiter vor ihm dort gewesen und hatten ihren Anteil geholt. Er hatte ja einige Jugendliche um das Versteck streifen sehen und es aus diesem Grund überhaupt näher in Augenschein genommen. Zweitens wies nichts darauf hin, dass der Fusel, den sie getrunken hatte, aus dem Versteck stammte, das er entdeckt hatte. Sie konnte ja zum Beispiel an Alkohol gekommen sein,

der überhaupt nicht zum Trinken gedacht war, und ihn aus Unwissenheit geschluckt haben.
Zum Schluss gelang es ihm, sich mit seiner Logik selbst zu überzeugen, aber das unbehagliche Schuldgefühl wurde er trotzdem nicht los. Vielleicht waren es ja die verdrängten Erinnerungen von damals, die da hochkamen. Es war sein erster Mordfall gewesen und, wie sich später herausstellte, auch der schrecklichste, mit dem er während seiner gesamten Polizeilaufbahn zu tun bekam. Tief in seinem Innersten wusste er, dass er nie ganz über den Schock hinweggekommen war – über seine Ohnmacht und Verzweiflung, als er Lisbet Bomans zierlichen misshandelten Körper gefunden hatte. Vermutlich würde er nie darüber hinwegkommen.
Olsson versuchte seine Missstimmung loszuwerden. Das Mindeste, was er tun konnte, war, seinen Fehlgriff wieder gutzumachen. Er stand auf und warf das Essen, das er nicht angerührt hatte, in den Abfalleimer. Dann ging er zum Telefon und bat darum, mit Arne Bergman verbunden zu werden.

Die Projektgruppe, die extra für die Bekämpfung des Schwarzbrennens gebildet worden war, hatte zwar ihr eigenes Telefon, seltsamerweise aber kein eigenes Auto. Olsson holte seinen früheren Kollegen vor dem Polizeirevier im Klippanvägen ab. Seine erste Frage zielte auf das Mädchen.
«Sie starb an Azidose, da gibt es überhaupt keinen Zweifel.»
«Azidose?»
«Das passiert, wenn man Holzspiritus trinkt. Der wird im Körper in Gift umgewandelt.»
«Kommt das oft vor? Ich meine, dass die Leute Holzspiritus trinken.»

Arne Bergman schüttelte den Kopf. «Nein, eigentlich nicht. Wenn man bedenkt, wie viel schwarz gebrannter Fusel im Umlauf ist, sogar erstaunlich selten.»
Er klang verzweifelt. Olsson wusste, dass Bergmans Job einer Sisyphusarbeit glich. Die Menge illegal gebrannten Alkohols wurde immer größer, und die offizielle Jubelstatistik, die belegte, dass der Alkoholverbrauch der Schweden jedes Jahr abnahm, war logischerweise nur das Resultat davon, dass der Verbrauch an Schwarzgebranntem im gleichen Maße zunahm. Gleichzeitig wuchs auch die Gewalt, besonders unter den jungen Leuten.
Olsson hatte schon mit Brodin darüber gesprochen, aber er stellte die Frage erneut. «Weiß man, ob sie vergewaltigt wurde?»
«Ob es eine Vergewaltigung war, weiß ich nicht, aber jemand hatte auf jeden Fall Sex mit ihr. Ich schätze, es war eine ziemlich wilde Party.» Er schüttelte erneut den Kopf und seufzte. «Sie war nicht älter als vierzehn.»
Sie waren an dem Kreisel beim Wasserturm angekommen, und Olsson musste sich einige Sekunden auf den Verkehr konzentrieren. Als sie den Kreisverkehr hinter sich hatten, fragte er: «Wenn es eine Party war, dann haben doch alle denselben Fusel getrunken, oder? Dann müssten doch auch andere krank geworden sein.»
Arne Bergman sah auf die Straße vor sich und belehrte Olsson: «Nein, nicht notwendigerweise. Wenn sie schon viel getankt hatten, bevor sie den Holzspiritus getrunken haben, sind sie so davongekommen. Normaler Alkohol wirkt nämlich wie ein Gegengift für Methanol.»
Olsson nickte. Er erinnerte sich, einmal von einem alten Trick

gehört zu haben, den Alkoholiker anwandten und der einfach darin bestand, dass sie in die nächste Notfallaufnahme marschierten und dort behaupteten, Holzspiritus getrunken zu haben. Wenn sie überzeugend genug klangen, waren die Ärzte gezwungen, das zu akzeptieren und ihnen richtigen Branntwein einzuflößen. Aber vermutlich war das nur eine Legende.

Sie saßen eine Weile still da. Arne Bergman sah nachdenklich aus, als wolle er noch etwas sagen.

«Und dann – sie hatte ja auch Tabletten geschluckt.»

«Tabletten?»

«Rohypnol. Wir wissen, dass man das auf Schulhöfen kriegt, aber wir haben keine Ahnung, woher es kommt.»

Olsson hatte in der Zeitung über das Zeug gelesen. Rohypnol war eigentlich ein Schlafmittel, aber mit der Zeit war es zu einem beliebten Stoff für Jugendliche geworden, die «leichte» Drogen nahmen. Er wusste auch, dass es zusammen mit Alkohol lebensgefährlich sein konnte.

«Holzspiritus und Rohypnol», sagte er düster.

Er bremste und bog nach links ab. Die Barkåkra-Kirche leuchtete weiß in der Sonne, aber Olsson konnte den kriegsgrauen Bunker nicht aus seinen Gedanken verbannen. Er fragte sich, was das Mädchen dazu bewegt hatte, dorthin zu gehen. Wenn sie nicht ein anderer später dorthin gebracht hatte.

Und nun waren sie auf dem Weg zu einer anderen Grabkammer. Olsson seufzte, er fand, dass er für die nächste Zeit genug von feuchten Betonkammern gesehen hatte.

Er war höchstens hundert Meter gefahren, als sich der Weg erneut gabelte. Wieder bog er links ab. Dies war der alte Weg nach Vejbystrand, und eigentlich wusste er nicht, warum er ausgerechnet so fuhr. Vielleicht, weil es diskreter war. Arne Bergman in seiner blaugrünen Uniform hätte im Dorf für einiges Aufsehen gesorgt.

Als sie unter dem Viadukt für die neu angelegte Westküstenbahn hindurchfuhren, die einmal durch den Hallandsåsen führen sollte, wenn der Berg das zuließ, fragte Olsson: «Wusstet ihr von dem Schmuggel schon vorher?»

Arne Bergman nickte. «Wir haben das mal untersucht. Aber wir haben noch nie etwas beschlagnahmt.»

Er klang erwartungsvoll wie ein Jäger, der seine Beute wittert. Olsson war klar, dass die Plastikkanister für seine Projektgruppe vielleicht einen Durchbruch darstellten. Wenn man den Fusel analysierte, konnte man wahrscheinlich herausfinden, wie und sogar wo er gebrannt worden war.

«Ist es eine große Sache?»

«Naja, es sind schon einige daran beteiligt. Wir haben keinen einzigen Hinweis bekommen.»

Olsson wusste, was er meinte. Je mehr Leute bei der Schmuggelei mitmachten, desto mehr Grund hatten alle, den Mund zu halten. Freunde und Nachbarn verpfiff man nicht. Schon gar nicht, wenn man selber Kunde war. Er konnte sich gut vorstellen, dass einige von denen, die sich vor der Bibliothek getroffen hatten, auf die eine oder andere Weise mit dieser Sache zu tun hatten, und fragte sich, was sie nun wohl dachten.

Nur aus einer Sache wurde er nicht schlau. Wie konnten die Schmuggler Holzspiritus verkaufen, ohne dass einer der Käufer reagierte?

Aber Arne Bergman korrigierte ihn. «Das tun sie ja auch

nicht. Wir wissen immerhin soviel, dass es sich um Industriealkohol handelt. 95-prozentiges Äthanol.»
«Und das Mädchen?»
«Diejenigen, die den Alkohol aus der Fabrik entwendet haben, haben sich diesmal wahrscheinlich im Tank geirrt. Oder sie hat das Zeug von woanders bekommen.»
So hatte Olsson sich das auch gedacht, oder richtiger: gewünscht. Aber es fühlte sich gut an, wenn es ein anderer sagte. Arne Bergman betrachtete nachdenklich die Schule in Magnarp, an der sie in diesem Moment vorbeifuhren.
«Es kann aber noch einen anderen Grund dafür geben, dass wir überhaupt keine Hinweise erhalten», meinte er ernst.
Olsson wartete, ahnte aber, was der andere sagen wollte.
«Wenn es sich um Profis handelt, ist es vielleicht gefährlich zu reden. Und ich meine wirklich gefährlich.»
Olsson sah, wie unruhig er war, und hörte es auch an seiner Stimme. «Du meinst aus dem Ausland?»
Bergman nickte nur, und Olsson wusste sofort, was er meinte. Das organisierte Verbrechen in den Ländern auf der anderen Seite der Ostsee hatte längst auch auf Skåne übergegriffen. Vor noch nicht allzu langer Zeit hatte es in Malmö eine Schießerei auf offener Straße gegeben.
Es war allerdings eine etwas seltsame Methode, Alkoholkanister in einem verlassenen Leichenhaus zu bunkern und jungen Leuten die Chance zu geben, sich wie in einem Supermarkt zu bedienen. Jedenfalls dann, wenn eine professionelle Verbrechensorganisation dahinter stand.
Arne Bergman beantwortete seinen Einwand mit einer Frage. «Wie viele Kanister hast du gesehen?»
«Fünf oder sechs. Vielleicht acht. Und einige Flaschen.»

Bergman schwieg, bis sie auf einer scharfen Kurve in den Sanatorievägen einbogen. Olssons Angaben schienen seine Theorie zu bestätigen. «Dann hast du eine Art Zwischenlager gefunden. Alles deutet auf eine klassische Organisation mit verschiedenen Gliedern hin. Je weiter du kommst, desto kleiner werden die Partien und desto höher die Preise. Zum Schluss bezahlt man vierhundert Kronen für einen Fünfliterkanister und verkauft ihn für fünfhundert Kronen weiter. Oder füllt ihn auf Flaschen ab.» Er fügte hinzu: «Mit größter Sicherheit gibt es jemanden im Dorf, dem das Zeug gehört. Oder mehrere.»

Nun waren sie bei der Bibliothek angekommen. Olsson fuhr am Parkplatz vorbei, der zu dem Servicezentrum gehörte, und passierte den Zaun der ehemaligen Klinik. Er fuhr bis zu der Hausruine, wo er die Jugendlichen mit dem seltsamen Verhalten das erste Mal beobachtet hatte.

Ein Mann, der zu der Privatklinik zu gehören schien, starrte das Auto missbilligend an. Er ging auf sie zu, wahrscheinlich um ihnen mitzuteilen, dass es verboten war, hier zu parken, blieb aber stehen, als er die Polizeiuniform sah. Mit unschlüssiger Miene wartete er, als wisse er nicht, ob er sich einmischen solle oder nicht.

Olsson ging voran und folgte der niedrigen Mauer. Als er an die Stelle kam, wo sie sich zu dem betonierten Weg öffnete, blieb er stehen. «Hier oben ist er, der alte Leichenkeller.»

Sie stiegen die kurze Treppe hoch. Das braune, welke Laub raschelte unter ihren Füßen wie altes Seidenpapier. Die nächtliche Kühle hatte noch mehr Blätter zu Boden geweht, und sie stapften durch kniehohes Laub, das sich in der Biegung direkt vor dem Keller gesammelt hatte.

Die Platte vor der Öffnung sah genauso aus, wie Olsson sie verlassen hatte. Die weiße Schramme leuchtete noch immer in dem grünlich feuchten Holz, aber er ließ Arne Bergman einen genauen Blick auf alles werfen, bevor er ihm zeigte, wie man die provisorische Tür öffnete.
Gemeinsam schoben sie die Platte zur Seite. Das Tageslicht fiel hell hinein, man sah alles deutlich, aber das half nichts. Olsson erkannte sofort, dass der Raum leer war.
«Sie sind weg», sagte er verdutzt.
Arne Bergman blieb stumm.
Olsson fragte sich, ob er vielleicht dachte, das Ganze sei eine Erfindung gewesen. Beschämt zeigte er auf die Stelle, wo die Kanister und Flaschen tags zuvor gestanden hatten. «Hier war es.»
Noch immer sagte Arne Bergman kein Wort, vielleicht auch nur, um seine Enttäuschung zu verbergen. Er kletterte durch die niedrige Öffnung und untersuchte den Boden vorsichtig. Olsson folgte ihm zögernd.
Der Keller war geräumiger, als er gedacht hatte. Die Wände waren weiß gekalkt und das Dach sanft gewölbt, der kahle Raum erinnerte ihn an ein mittelalterliches Kloster. Aber es gab keine Anzeichen dafür, dass hier irgendetwas gestanden hatte.
Arne Bergman hatte eine Taschenlampe hervorgeholt und ließ den schmalen Lichtstrahl in die Ecken wandern, aber das Resultat war dasselbe. Endlich brach er das Schweigen.
«Sie sind uns zuvorgekommen», sagte er müde. «Wahrscheinlich hat die Nachricht von der Toten sie aufgeschreckt.»
Seine Enttäuschung war nicht zu übersehen. Olsson dachte, dass er Ähnliches wahrscheinlich oft genug erlebt hatte. Er

wusste nicht, was er sagen sollte. Arne Bergman ging hinüber zu der anderen Schmalseite des Kellers, wo eine weitere Tür war, die in einen zweiten Raum führte.

«Hier geht es ja noch weiter», sagte er überrascht.

Er öffnete die Tür sperrangelweit, sie knarrte und quietschte in den rostigen Scharnieren. Bergman wollte gerade hineingehen, blieb dann aber plötzlich stehen. Die blau-grüne Uniform füllte den ganzen Türrahmen aus.

«Hast du gesagt, dass das mal ein Leichenhaus war?»

«Ja, warum?»

«Hier liegt eine Leiche.»

Er drehte sich um und sah Olsson an. Es gab keinen Zweifel darüber, dass er es ernst meinte, denn er war so bleich wie die Wände um ihn herum. Er ging zur Seite, und Olsson blickte in den Raum hinein. Auch hier waren die Wände weiß gekalkt, aber er war kleiner, und die runden Formen traten noch stärker hervor. Der Raum glich einer Krypta. Von oben sickerte Tageslicht durch eine vergitterte Öffnung hinein.

In einer großen Blutlache mitten auf dem Boden lag Kurt Malmberg mit durchgeschnittener Kehle.

KAPITEL 10

Das Blut war dunkel geworden und zu einer festen Masse erstarrt. Der Schnitt ging von einem zum anderen Ohr, und in der breiten Öffnung erblickte man die Luftröhre, die wie ein weißes, abgeschnittenes Kabel aussah.
Olsson stand vollkommen still. Er wusste nicht, was er denken sollte. Der Mann, der da auf dem Boden lag, war ein Monster gewesen, jedenfalls damals vor dreißig Jahren, und nun war er gestorben wie ein Ungeheuer. Einen verwirrten Augenblick lang kam es ihm wie eine Befreiung vor, vielleicht sogar wie eine Art Wiedergutmachung. Dann sah er den Draht.
Er war mehrfach um Malmbergs Handgelenke gewunden und hielt seine Arme unerbittlich hinter dem Rücken fest. Olsson erkannte, dass er so fest angezogen war, dass er beinahe durch die dicke, dunkelbraune Wolljacke schnitt. Der Stoff warf dicke Wülste zwischen dem blinkenden Draht.
Für das, was in dem Leichenkeller passiert sein musste, gab es nur ein Wort. Es war eine Hinrichtung, nichts anderes. Einen Moment lang wurde ihm eiskalt, dann ging er rückwärts langsam wieder aus der Tür. Vielleicht war Kammer ein besseres Wort für den klosterartigen Raum.
Sowohl Olsson als auch Arne Bergman kannten die übliche Polizeiroutine. So vorsichtig wie möglich gingen sie zum Eingang zurück und bemühten sich, dabei auf ihrer eigenen,

unsichtbaren Spur zu bleiben. Sie überlegten, ob sie die bemooste Platte zurückschieben sollten, beschlossen dann aber, dass es besser sei, alles so zu lassen.

Arne Bergman stopfte die Taschenlampe in eine der vielen Taschen seiner Uniform und holte stattdessen ein Funkgerät heraus. Olsson hörte, wie er sprach und dann offenbar weiterverbunden wurde. «Sie kommen», sagte er lakonisch, als er das Gespräch mit den obligatorischen Formeln beendet hatte.

Noch immer hatten sie den Toten mit keinem Wort kommentiert. Olsson nahm einen Anlauf, es war beinahe, als bräche er eine unausgesprochene Übereinkunft.

«Hast du den Draht gesehen?»

Arne Bergman nickte. Es schien, als sei er darüber genauso entsetzt wie Olsson. Aber er sagte nichts, und so sprach Olsson weiter. Er wusste, dass es gesagt werden musste.

«Weißt du, wer es ist?»

«Nein.»

«Erinnerst du dich an den Mädchenmord vor dreißig Jahren?» Das war eine rhetorische Frage, und Olsson erwartete keine Antwort. Er wusste, dass keiner von denen, die damals dabei gewesen waren, es je vergessen konnte. Er nannte den Namen selbst. «Das ist Kurt Malmberg.»

Arne Bergman starrte ihn an, als wäre er verrückt. «Bist du sicher?»

«Ich habe ihn erst gestern getroffen.»

Bergman schien sich überzeugen zu lassen, aber offenbar sah er keinen Zusammenhang. «Glaubst du, dass er mit dem Schmuggel zu tun hatte?»

«Keine Ahnung. Aber gestern habe ich Andeutungen über

eine Bürgerwehr in Vejbystrand gehört. Die gehen davon aus, dass er es war, der das Mädchen im Bunker umgebracht hat.»

Arne Bergman sah Olsson forschend an. «Auge um Auge?»

Olsson seufzte und hörte sich antworten: «Ja, genau davor habe ich Angst.»

Mehr sagte er nicht, denn nun tauchte auf dem zementierten Weg ein Kopf auf. Es war der Mann, der sie bei ihrer Ankunft am Sanatorium beobachtet hatte, offenbar hatte seine Neugier am Schluss doch die Oberhand gewonnen.

Er arbeitete sich durch das zu dicken Haufen zusammengewehte welke Laub und war nur noch wenige Meter von ihnen entfernt. Olsson sah, wie er in den offenen Leichenkeller schielte.

«Kann ich Ihnen helfen?»

Der Mann hatte die Frage an Arne Bergman gestellt, wahrscheinlich, weil er in Uniform war. Und bestimmt hatte er eine vollkommen andere Antwort erwartet als die, die er bekam.

«Es handelt sich nur um eine Routineuntersuchung. Aber wir wären Ihnen trotzdem dankbar, wenn Sie sich in einer gewissen Entfernung aufhalten würden.»

Arne Bergman deutete auf die Treppe, und der Mann ging verdutzt davon. Nach einem Moment drehte er sich noch einmal um und sah sie eindringlich an.

«Wir können nur hoffen, dass sie schnell mit der Absperrung da sind, bevor noch mehr Leute kommen.»

Olsson stimmte ihm im Stillen zu, er wusste, dass sich Neuigkeiten im Dorf mit Lichtgeschwindigkeit verbreiteten, auch wenn er nie verstanden hatte, wie das möglich war.

Glücklicherweise mussten sie nicht lange warten. Dem ersten Auto entstiegen zwei Männer, die sofort das Gelände zwischen den baufälligen Hausruinen mit Plastikband absperrten. Dann kam ein blauer VW-Bus mit einer Leiter auf dem Dach. Olsson sah, wie ein dünner Mann mit einem kleinen Kinnbärtchen ausstieg. Er bewegte sich auf dem zementierten Weg und der kurzen Treppe wie ein Eichhörnchen. Als er Olsson sah und erkannte, nickte er ihm zu.
«Ihr habt doch nichts angefasst, oder?», grüßte er sie und zwinkerte mit den Augen.
Er ging offenbar davon aus, dass sie beide wussten, was sein Job war. Arne Bergman teilte ihm mit, was er wissen musste.
«Wir waren in dem Keller und haben die Türen geöffnet. Aber der Raum, in dem er liegt, ist unberührt.»
Der Bart des Eichhörnchenmanns wippte als Zeichen, dass er verstanden hatte, aber Olsson ließ sich von seiner komischen Art nicht aufs Glatteis führen. Er kannte den Kriminaltechniker, der Larsson hieß, und wusste, dass er einer der fähigsten Kriminalbeamten und außerdem Folke Brodins rechte Hand war.
«Wir wollten uns gerade auf den Weg machen», sagte Larsson und blinzelte Olsson an.
«Auf den Weg machen?»
Larsson schien sich zu wundern, dass Olsson nicht sofort verstand. «Nach Helsingborg. Es war ja kein Mord, sie ist an Azidose gestorben.»
Er sah sich unruhig um, als ob ihm plötzlich eingefallen wäre, dass er zu viel gesagt haben könnte. Aber Olsson beruhigte ihn.
«Das haben sie schon in den Radionachrichten gesagt.»

Der Kriminaltechniker zwinkerte erneut und wollte gerade zum Leichenkeller gehen, als Olsson ihn aufhielt.
«Da drin liegt Kurt Malmberg.»
Larsson blieb mitten in der Bewegung stehen. Abwechselnd betrachtete er Olsson und den uniformierten Bergman.
«Das hat mir keiner gesagt.»
«Ich wusste es nicht. Martin hat ihn wiedererkannt.» Arne Bergman machte eine entschuldigende Geste in Richtung Olsson.
Der seufzte tief. «Am besten holst du wohl Brodin her», sagte er.
Kurz erzählte er von seinem Treffen mit Kurt Malmberg. Der kleine Techniker wippte viel sagend mit dem Bart, dann ging er wortlos zurück zu dem VW-Bus. Olsson sah, wie er mit jemandem über Handy sprach, offenbar nahm er Instruktionen entgegen. Dann kam er den zementierten Weg zurück.
«Es reicht, wenn du hier bleibst», sagte er zu Arne Bergman, bevor seine Pfefferkorn-Augen Olsson ins Visier nahmen. «Aber Folke will dich gerne um halb sieben im Polizeirevier sehen.»
Er blinzelte geniert, als ob es ihm zuwider wäre, diesen Befehl weiterzugeben. Olsson merkte, wie erleichtert er aussah, als er sich endlich abwandte und in den Leichenkeller stieg, um sich an seine makabre Arbeit zu machen.
Olsson selbst war mehr als erleichtert, endlich wegzukommen. Er verabschiedete sich von Bergman und ging zu seinem Auto zurück. Als er sich in den Saab setzte, sah er, dass an seinen Schuhen braunes Laub klebte.
Dann fiel ihm ein, dass er Cecilia benachrichtigen musste. Sie rechnete ja damit, um sieben zu ihm zu kommen, dieselbe

Zeit wie beim letzten Mal. Woraus wohl nichts werden würde, dachte er mit einer Grimasse. Er wusste aus Erfahrung, dass sich ein Treffen mit Brodin endlos hinziehen konnte, und an zwei Orten gleichzeitig konnte er nicht sein.
Er fuhr die dreihundert Meter bis zur Post und parkte vor dem grauen Gebäude. Diesmal erinnerte er sich an den Türcode, aber auf sein Klingeln antwortete niemand. Er bemerkte, wie sich etwas hinter den Gardinen der Nachbarn bewegte, als er wegging, aber er kümmerte sich nicht darum.
Die zwei Bronzepferde galoppierten immer noch vor der Bushaltestelle, er betrachtete sie vom Telefonhäuschen aus, während er Anne Borins Nummer wählte. Zwölfmal ließ er es klingeln, dann gab er auf. Vielleicht waren die beiden einfach unterwegs? Er zog die Telefonkarte heraus und schob sie in seine Brieftasche zurück.

Als er den wohl vertrauten Weg zurück in die Stadt fuhr, fiel ihm ein, dass er womöglich der letzte war, der Malmberg lebend gesehen hatte. Außer seinem Mörder.
Irgendetwas hatte er ihm sagen wollen, etwas, das vor dreißig Jahren nicht gesagt worden war. Olsson hatte das für leeres Gerede gehalten, aber nun fiel ihm die Dringlichkeit in Malmbergs Stimme ein. Er hatte um Schutz gebeten, und nun war es zu spät.
Olssons erster Gedanke war gewesen, dass der Lynchmob tatsächlich mit seinen Drohungen Ernst gemacht hatte, aber nun begann er daran zu zweifeln. Vielleicht steckte hinter dem brutalen Mord etwas ganz anderes? Aber warum dann der bizarre Ort?
Plötzlich fiel ihm ein, dass er in Anne Borins Diele ein brau-

nes, vertrocknetes Blatt gesehen hatte. Einen Augenblick überlegte er, ob es von dem Leichenkeller stammen konnte und ob Kurt Malmberg der Einbrecher gewesen war, der auch die Wohnungen in Vejbystrand und Ängelholm durchsucht hatte. Dann fiel ihm die Unlogik dieses Gedankens auf. Wenn Malmberg in dem Leichenkeller ermordet worden war, konnte er ja wohl kaum Laub in ein Haus in Magnarp getragen haben.
Er überlegte, ob ihn stattdessen vielleicht der Mörder besucht hatte, bis er merkte, dass die Phantasie mit ihm durchging, und er sich zusammenriss. Alles, worauf sich sein «Fall» stützte, war ein braunes, welkes Blatt, wie sie gerade zu Tausenden von jedem Baum in der Gegend fielen. Aber die Tatsache blieb doch bestehen. Er war an Malmbergs Hütte in der Nacht vorbeigefahren, in der der Mord wahrscheinlich stattgefunden hatte, und alles war abgeschlossen und dunkel gewesen. Wie viel Uhr war es gewesen? Mitternacht? Später? Er erinnerte sich nicht mehr, aber es musste irgendwann zwischen Bo Carlbergs Abflug nach Stockholm und halb zwei Uhr nachts gewesen sein, als Cecilia angerufen hatte.
Er näherte sich dem Wasserturm und dem Kreisel mit tief gefurchter Stirn. Auch den Weg hinunter nach Rebbelberga und hinauf zur Feuerwache war er in Gedanken versunken. Nachdem er auf der Storgatan angekommen war und den Saab durch die enge Einfahrt zu seinem Grundstück manövriert hatte, ging er zum Telefon und rief Anne Borin an. Sie antwortete beim zweiten Klingeln.
«Cecilia ist in ihrer Wohnung. Gunnar ist zurück.»
Olsson dankte ihr und legte auf. Er erinnerte sich, dass sie

ihren Mann mitten in der Nacht angerufen hatte, und vermutete, dass sie ihn gebeten hatte, seine Geschäftsverhandlungen in Göteborg, oder was es auch immer gewesen war, abzubrechen.

Er wählte Cecilias Nummer in Vejbystrand, und sie antwortete sofort. Nachdem er ihr von dem Mord an Malmberg erzählt hatte, blieb sie eine Weile stumm.

«Er lag in dem Leichenkeller?»

Sie klang, als wisse sie nicht, ob sie ihm glauben sollte oder nicht. Er fand, dass er ihr ruhig die Details erzählen konnte. Aber das Laub erwähnte er mit keinem Wort.

Er hörte, wie sie den Atem anhielt, als er den Draht beschrieb, der um die Handgelenke des Toten geschlungen war. Und sie sagte laut, was er bislang nur gedacht hatte.

«Eine Hinrichtung?»

Aus irgendeinem Grund begriff er erst jetzt, als er das Wort hörte, was dort unten in dem Schlupfwinkel geschehen war. Er sah es förmlich vor sich: Kurt Malmberg, die Arme nach hinten gebunden, vielleicht auf den Knien. Das Messer, das seine Kehle durchschnitt und eine Spalte hinterließ. Die sich schnell mit Blut füllte und überlief. Laute. Oder war Malmberg still gewesen?

Er musste eine Weile geschwiegen haben, denn Cecilia fragte unruhig: «Was ist los?»

«Nichts, ich denke bloß nach.»

«Was genau ist dort passiert?»

Er wusste es nicht. Er musste sich anstrengen, um das entsetzliche Bild aus seinen Gedanken zu vertreiben und sich auf etwas anderes zu konzentrieren. Olsson fiel ein, warum er eigentlich angerufen hatte, aber er merkte, wie schwer es ihm fiel, es zu sagen. Er nahm Anlauf und hoffte nur, dass nun nicht alles für immer im Sande verlaufen würde und sich nie wieder eine Gelegenheit ergeben würde. «Ich muss heute Abend um halb sieben bei Brodin sein.»

«Ja und?»

Er blieb stecken. Hatte sie vergessen, dass sie sich heute treffen wollten? Oder hatte sie seinen Vorschlag von Anfang an nicht ernst genommen? Er wusste plötzlich nicht mehr, ob er überhaupt etwas sagen sollte. Vielleicht war es ja besser, alles auf sich beruhen zu lassen, aber dann dachte sie womöglich, dass er es einfach vergessen hatte und sie es deshalb nicht selbst erwähnen wollte. Oder vielleicht nahm sie auch bloß an, dass er nach all den Geschehnissen einfach nicht in Stimmung war.

«Das kann dauern», sagte er schüchtern.

«Du meinst, auch heute Abend keinen Kaffee?»

Er kam sich wie ein Idiot vor oder jedenfalls wie ein verzagter Teenager. Er dachte an Bo Carlberg und riss sich zusammen. «Ein neuer Ersatztermin?»

«Gerne, aber nicht morgen. Und nächste Woche fahre ich nach Stockholm. Erinnerst du dich an den Wissenschaftler, der bei Anne war?»

«Bo Carlberg?»

«Er hat versprochen, mir Material für einen Artikel zu geben. Ich treffe ihn am Montag.»

Olsson erinnerte sich, dass Carlberg so etwas zu Cecilia gesagt hatte, als er sich verabschiedet hatte. Er fühlte sich, als hätte ihn jemand mit kaltem Wasser übergossen, bemühte sich aber, sich nichts anmerken zu lassen.

«Dann am Freitag?»

Sie dachte nach, und er war kurz davor aufzugeben. Dann sagte sie zu seinem Erstaunen ja.
«Freitag, sieben Uhr bei dir.»
Olsson holte tief Luft und wollte gerade auflegen. Aber dann fiel ihm noch etwas ein. Er wollte sie nicht erschrecken und versuchte es so beiläufig wie möglich klingen zu lassen. «Du benutzt doch die Sicherheitskette an der Tür, oder?»
«Manchmal, ja, warum fragst du?»
Er hörte ihr Befremden und ärgerte sich über sich selbst. Aber er musste den Gedanken ernst nehmen. «Man weiß ja nie, es war schließlich schon mal jemand drinnen.»
«Du hast doch gesagt, dass es die Säpo war.»
Das hatte er auch geglaubt. Aber plötzlich war er sich nicht mehr so sicher. «Es kann auch jemand anders gewesen sein. Jemand, der denkt, ich würde immer noch dort wohnen.»
Er wusste selbst nicht genau, was er meinte. Aber er erinnerte sich daran, was Kurt Malmberg gesagt hatte. Und er hatte das unbehagliche Gefühl, dass vielleicht jemand dachte, er wisse etwas, das er nicht wissen sollte.
«Ich passe schon auf mich auf.»
In ihren ironischen Ton mischte sich Ernst. Als er den Hörer auflegte, wünschte er, dass er sich darauf verlassen könnte.

Während die Dämmerung herabsank, saß er in seinem Sessel. Es war oktoberdunkel, als er aufstand und auf die Uhr sah. Beinahe sechs. Er wusste nicht recht, wo er mit seinen Gedanken gewesen war, sie waren ihre eigenen Wege gegangen. Kurt Malmberg war tot und konnte ihn nicht mehr verfolgen. Die Frage war bloß, welches Erbe er hinterlassen hatte. Vor wem oder was hatte er geschützt werden wollen?

Es war trotz allem richtig gewesen, Cecilia zu warnen. Irgendetwas Bedrohliches ging vor, und vielleicht war er hineingezogen worden, ohne zu wissen wie. Alles hatte in dem Moment begonnen, als Kurt Malmberg wie ein Gespenst aus der Vergangenheit aufgetaucht war, aber nichts wies darauf hin, dass es mit seinem Tod auch zu Ende war. Bestimmt nicht, wenn es jemanden gab, der glaubte, Malmberg habe ihm etwas mitgeteilt, was auch immer das sein sollte.
Olsson kam einfach nicht weiter. Die herabsinkende Dunkelheit wirkte sich stattdessen auf seine Stimmung aus. Wieder nagte das Gefühl der unablässig verrinnenden Zeit an ihm. Zum ersten Mal seit vielen Jahren dachte er an Miriam. Ihr Tod und seine schmähliche Pensionierung hatten zu einem Vakuum geführt, das er noch immer nicht ausgefüllt hatte.

Er dachte an Cecilia und ihre Reise nach Stockholm. Er konnte ihr nicht vorwerfen, dass ein jüngerer Mann als er Interesse an ihr hatte. Und er konnte ihr genauso wenig vorwerfen, dass sie das genoss. Er wusste nicht, wie oft er im entscheidenden Moment immer wieder einen Rückzieher gemacht hatte, entweder aus Angst, ihre Absichten zu missdeuten, oder weil er kein Selbstvertrauen hatte. Sie hatte ihm, wenn er es recht bedachte, mehr Chancen gegeben, als er verdiente.
Die Düsternis folgte ihm durch das dunkle Zimmer hinaus in den Flur. Es half nichts, dass er die Lampe anmachte und in dem plötzlichen Licht blinzeln musste.

KAPITEL 11

Im Auto und auf dem Weg zum Polizeirevier ging er seine Überlegungen noch einmal durch. Alles zusammengenommen hatte er nicht viel Konkretes, nicht mehr, als dass er Zeuge davon gewesen war, wie zwei andere Leute zwei Tote gefunden hatten. Die Alkoholkanister waren verschwunden, und er konnte ja nicht einmal beschwören, dass tatsächlich Alkohol darin gewesen war. Es war zwar nahe liegend, aber er hatte keinen Kanister geöffnet und nachgesehen.

Und was den blauen Volvo anging, konnte er ebenfalls nicht beweisen, dass er von der Säpo war, auch wenn alles darauf hindeutete. Die Zeichen für den Einbruch waren in seinen Augen zwar deutlich gewesen, aber für Brodin würde es ein Leichtes sein, sie abzutun, wenn er es darauf anlegte.

Der Überfall auf Cecilia dagegen war handfest genug. Olsson hatte zwar von Dieben gehört, die einbrachen, wenn Leute im Haus waren, aber das war die Ausnahme und beruhte oft auf einer Fehlkalkulation. Außerdem hatte sich der Mann nicht wie ein normaler Dieb benommen, es hatte nirgends Zeichen für einen Einbruch gegeben. Und was hatte er an Cecilias Bett gewollt? Olsson wurde das Gefühl nicht los, dass der Mann nach etwas gesucht hatte. Oder nach jemandem.

Die Frage war bloß, ob es einen Zusammenhang zwischen den drei seltsamen Einbrüchen gab. Und wenn ja, was der in Magnarp mit den beiden anderen zu tun hatte.

Olsson hatte keinen Zweifel daran, dass jemand tatsächlich in seiner und in Cecilias Wohnung gewesen war. Er konnte daraus nur eine Schlussfolgerung ziehen, wie sonderbar diese auch immer war – er selbst war das Bindeglied zu dem Einbruch bei Anne Borin.

Allerdings verstand er absolut nicht, wieso.

Olsson war nicht viel klüger, als er zwei Minuten später in den Klippanvägen einbog. Die aluminiumgraue Fassade sah genauso abweisend aus wie immer, Licht war nur noch in wenigen Fenstern zu sehen, aber nach seinem letzten Besuch im Polizeirevier wusste er ja, weshalb. Der längliche Parkplatz vor dem Gebäude war leer und verlassen, und er stellte seinen Saab direkt vor der Eingangstür ab. In diesem Moment fiel ihm ein, dass vielleicht niemand mehr in der Wachstube saß und Dienst hatte. Wenn es so etwas wie Wachdienst überhaupt noch gab. Er schloss das Auto ab und ging zu dem metallenen Eingang, wo er die Türsprechanlage bediente.

Zu seiner Überraschung antwortete praktisch sofort eine Stimme. «Polizei.»

«Ich bin mit Folke Brodin verabredet.»

«Einen Moment, bitte.»

Es dauerte einige Sekunden, bis die Stimme wieder zu hören war. «Leider ist er nicht hier.»

Olsson starrte ungläubig auf die Ritzen zwischen den rostfreien, gitterartigen Platten, die den Lautsprecher verbargen. Dann sah er auf die Uhr, es war genau halb sieben.

«Wir sind jetzt aber verabredet.»

«Tut mir Leid, er ist in Ängelholm.»

Es knackte in der Leitung, als der Lautsprecher verstummte.

Olsson stand vielleicht eine halbe Minute schweigend da, dann drückte er erneut auf den Knopf.
«Polizei.»
«Ich bin es noch einmal. Was meinen Sie damit: Er ist in Ängelholm?»
Er hörte, wie die Stimme im Lautsprecher schärfer wurde. Vielleicht dachte man ja, man habe es mit einem Betrunkenen zu tun. «Von wo melden Sie sich denn?»
«Vom Türtelefon der Polizeiwache hier in Ängelholm.»
Olsson hatte nun auch die Stimme erhoben. Wollte ihn der andere an der Nase herumführen oder war er ganz einfach nur dumm? Aber der Lautsprecher blies zum Rückzug.
«Entschuldigung, ich verbinde Sie weiter.»
Es knackte erneut, und dann hörte er plötzlich Brodins freundliche Stimme aus der Wand.
«Martin, bist du das?»
Olsson bejahte, und der Summer ertönte. Er ging durch die wohl bekannte Tür und sah verwundert, dass hinter der Panzerglasscheibe der Wachstube niemand saß und die Vermittlungsstelle im Dunkeln lag. Mit wem in aller Welt hatte er dann gesprochen?
Seine Überlegungen wurden von Schritten auf der Treppe unterbrochen. Das Kinn mit dem wohl bekannten Bart deutete energisch in Richtung Außentür. Larsson klang wie ein Technikfreak, der er auf gewisse Weise ja auch war. «Das Türtelefon ist direkt mit der Zentrale in Helsingborg verbunden. Nach den Bürozeiten, meine ich.» Er schloss die Zwischentür auf und ließ Olsson herein, dann fügte er hinzu: «Die letzte Reorganisation. Das System funktioniert aber noch nicht ganz.»
Larsson nickte, was vielleicht ein Gruß war, vielleicht auch

nur eine Bekräftigung dessen, was er gerade gesagt hatte. Möglicherweise war es auch beides.
Er ging die Treppe voran und zu derselben Tür, an die Olsson vor zwei Tagen von dem nervösen Aspiranten gebracht worden war.
Olsson wunderte sich nicht über Larssons Anwesenheit. Ein Treffen mit Brodin ohne den kleinen Techniker war wie Asterix ohne Obelix. Seltsam war nur, dass er beim letzten Mal nicht dabei gewesen war.

Brodins Lächeln war weder breiter noch schmaler als sonst. Er saß hinter seinem Schreibtisch, einen Stapel grüner Mappen vor sich, und wartete, bis sich Olsson in den Besuchersessel gesetzt hatte.
«Larsson hat erzählt, dass du dich mit dem Opfer getroffen hast?»
Brodin schlug einen süßsäuerlichen Ton an, und Olsson registrierte den Vorwurf sofort. Von seinen Kontakten mit Kurt Malmberg hatte er nichts erzählt, als er das letzte Mal hier gewesen war.
Eigentlich wusste er, dass es zwecklos war, aber er konnte es nicht lassen, sich zu verteidigen. «Es war eher so, dass er mich verfolgt hat.»
Brodin sah ihn erstaunt an. «Zu Hause in seiner eigenen Hütte?»
Olsson merkte, dass er rot wurde. Er sah hinüber zu Larsson, der ihm verlegen zublinzelte. Der Techniker hatte die Angewohnheit, ein bisschen zu viel zu reden, oft zu Brodins Verärgerung. Diesmal traf es Olsson, und Larsson verstand, wie er sich dabei fühlen musste.

«Ich wollte herausfinden, was er eigentlich wollte. Ich wollte, dass es aufhörte.»
«Und, hast du es rausgekriegt?»
Brodin hatte den Kopf zur Seite gelegt, das Lächeln war nun giftiger. Olsson verstand seine Anspielung nur zu gut und lief wieder rot an.
«Nein.»
Es schien, als sei Brodin mit seiner kleinen Vorführung zufrieden, denn er lehnte sich plötzlich zurück und sagte in einem ganz anderen Ton: «Kurt Malmberg hat dich also nach dreißig Jahren aufgesucht, und du weißt nicht, warum. Und er wurde ermordet, bevor du es herausbekommen hast.»
Olsson zuckte mit den Schultern. «Er meinte, damals sei nicht alles gesagt worden. Aber das war vielleicht nur leeres Gerede.»
Brodin sah ihn mit seinen stechend blauen Augen forschend an, und Olsson hatte das unangenehme Gefühl, dass er ihm irgendetwas verheimlichte. Vielleicht wollte er auch nur rauskriegen, wie viel Olsson wusste. Die Frage war bloß, worüber.
«Wer hat ihn umgebracht, was glaubst du?»
Brodins Frage kam ebenso direkt wie unerwartet. Olsson wusste nicht, welche Antwort er hören wollte. Er fand, das Ganze glich mehr und mehr einem Verhör.
«Warum sollte ich darüber eine Meinung haben?»
Vielleicht merkte Brodin, dass er zu weit gegangen war. Das Lächeln wurde etwas weicher. «Du bist doch bei ihm gewesen. Ich habe gehört, die Atmosphäre hatte sich ziemlich erhitzt.»
Olsson begriff plötzlich, dass er den Lynchmob meinte. Unbestreitbar waren die Emotionen im Dorf schnell hochgekocht, und die Polizei hatte ihren Teil dazu beigetragen, weil

sie nach dem Tod des Mädchens sofort auf Malmberg gezeigt hatte. Dass sie ihn allem Anschein nach genauso schnell wieder laufen gelassen und keine Erklärung dazu abgegeben hatte, hatte die Lage nicht gerade verbessert. Aber das sagte er nicht laut, Brodin war nicht dafür bekannt, Kritik ertragen zu können.

«Sie wollten ihn nicht im Dorf haben. Es gab Gerüchte, dass eine Bürgerwehr gebildet worden ist, die ihn wegjagen sollte.» Er hielt inne, bevor er das Wort aussprach, aber Brodin zuckte zusammen.

Er sprach so deutlich, dass sein Lächeln bis zu den Ohren reichte. «Eine Bürgerwehr?», fragte er bedeutungsvoll.

«Ich habe gehört, wie jemand sagte, einige hätten die Sache in die Hand genommen.»

«Die Sache? Meinst du Malmberg?»

Olsson nickte. Brodin war sichtlich erschüttert, für einen Augenblick fiel er fast aus der Rolle. Aber er sammelte sich rasch wieder und zog ein Papier zu sich heran.

«Kennst du einige, die dabei waren?»

«Nicht mit Namen.»

Er legte das Papier wieder weg. Wenn er enttäuscht war, so ließ er es sich nicht anmerken. «Könntest du jemand identifizieren?»

Olsson zögerte. Das war ein unbehaglicher Gedanke, aber ihm war klar, dass es vielleicht notwendig sein würde. «Ich könnte sicher einige von ihnen wieder erkennen.»

Brodin sah zufrieden aus, aber Olsson hatte das Gefühl, einen Einwand vorbringen zu müssen.

«Ich kann mir schwer vorstellen, dass es einer von ihnen gewesen ist. Das war eine Hinrichtung.»

Brodin hatte die Kontrolle über sich wieder erlangt. Er legte die Fingerspitzen aneinander und zeigte ein zuckersüßes Lächeln. «Vielleicht war es nicht so gemeint. Ein ernstes Gespräch, das aus dem Gleis gelaufen ist, das schärfer wurde, als geplant.»

Olsson verstand trotz der Phrasen, worauf er abzielte, und musste ihm Recht geben. So konnte es gewesen sein, aber er bezweifelte es noch immer. «Er hatte vor etwas anderem Angst. Er bat mich um Hilfe, wollte Personenschutz.»

«Schutz wovor?»

«Das wollte er mir erst sagen, wenn er sich sicher fühlte.»

«Und wieso?»

Olsson wurde das Gefühl nicht los, dass Brodin mehr wusste, als er zugab. Ohne recht zu wissen warum, sagte er: «Vielleicht gibt es etwas bei der Untersuchung im Fall Lisbet Boman. Habt ihr die Akte nicht angefordert, als ihr ihn hier hattet?»

Zu seiner Verwunderung blieb Brodin still. Die Sekunden verstrichen, ohne dass einer von ihnen etwas sagte. Plötzlich brach Larsson das Schweigen. Olsson hatte beinahe vergessen, dass der kleine Techniker die ganze Zeit da war.

«In der Akte fehlte etwas», sagte er ernst und wippte mit dem Bart. «Die Säpo hatte es an sich genommen.»

Er merkte nicht, dass Brodin versuchte, ihn mit Blicken zum Schweigen zu bringen.

Olsson konnte nicht an sich halten. «Und warum habt ihr es nicht einfach zurückgefordert?»

Bevor Brodin etwas sagen konnte, antwortete der Kriminaltechniker, dessen Pfefferkorn-Augen Olsson treuherzig ansahen.

«Das haben wir versucht, aber bei der Säpo sind die Unterlagen auch nicht. Sie haben behauptet, dass der Must, der militärische Untersuchungs- und Sicherheitsdienst, sie an sich genommen hat.»
Brodin starrte ihn entsetzt an. Larsson ging endlich auf, dass er zu viel gesagt hatte, und er wirkte plötzlich unsicher und ziemlich verwirrt.
Olsson vermutete, dass jetzt wohl der Zeitpunkt für einen von Brodins gefürchteten Wutanfällen gekommen war, aber sonderbarerweise riss er sich am Riemen.
«Wir werden die Unterlagen bald genug kriegen», sagte er.
Er klang etwas zu nonchalant, als dass Olsson ihm glauben konnte. Das gezwungene Lächeln war ein deutliches Signal dafür, dass die Gefahr für den armen Larsson noch nicht gebannt war.
«Habt ihr in dem Leichenkeller eigentlich Alkohol gefunden?», fragte er.
Brodin sah ihn erstaunt an. «Das ist Arne Bergmans Angelegenheit», murmelte er dann abwesend.
Olsson war klar, dass er abzuschätzen versuchte, wie viel von Larssons Schnitzer er verstanden hatte.
«Er will natürlich auch mit dir reden», fügte Brodin hinzu. Dann schien er plötzlich kein Interesse mehr an der Sache zu haben. Vielleicht hatte er auch nur Angst, die Kontrolle über das Gespräch zu verlieren, oder er hatte gehört, was er hören wollte. Er begann, in seinen grünen Mappen zu wühlen, und Olsson stand auf und ging zur Tür.
Zu seiner Verwunderung hörte er im Gehen Brodin sagen: «Auf Wiedersehen.»

Noch immer hatte er keine Probleme, den Weg von seinem alten Büro nach draußen zu finden. In den reorganisierten Fluren hallte die Stille, und er zuckte richtig zusammen, als ihm auf der Treppe plötzlich ein Wesen aus Fleisch und Blut entgegenkam. Es war Arne Bergman. Er sah müde aus, und Olsson vermutete, dass er nicht zur Ruhe gekommen war, seit sie zu dem verhängnisvollen Leichenkeller gefahren waren.

«Brodin hat gesagt, dass du mit mir reden willst?»

Arne Bergman schnaubte. Er machte eine vage Geste zu einem der menschenleeren Flure. «In meinem Büro», sagte er.

Olsson folgte ihm in ein Arbeitszimmer, das mit Papier und Ordnern voll gestopft war. Er musste einen Stapel von einem Stuhl entfernen, um sich hinsetzen zu können.

«Es ist ein beschissenes Leben da draußen», sagte Arne Bergman. «Ich komme gerade von dort.»

Olsson vermutete, dass er von Vejbystrand sprach, und konnte sich den Aufruhr lebhaft vorstellen, der dort jetzt herrschen musste. «Wie viel habt ihr denn rausgelassen?»

«Gar nichts, und trotzdem haben sie's gewusst. Frag mich bloß nicht, wie.»

Er schüttelte resigniert den Kopf. Olsson überraschte das nicht, er hatte unzählige Male Gelegenheit gehabt, die Effektivität des inoffiziellen Informationssystems im Dorf zu bewundern. Auch wenn er nicht erklären konnte, wie es funktionierte.

«Was sagen sie denn?»

«Es gibt einige Gerüchte, manche davon sind richtig abenteuerlich. Es scheint so, als ob sie eine heimliche Bürgerwehr gebildet hätten, die sich mit Malmberg beschäftigen

sollte. Einige behaupten, der Vater des Mädchens hätte es getan, andere, dass er jemanden für den Mord angeheuert hätte.»
«Angeheuert? Wen?»
Arne Bergman zuckte mit den Schultern. «Naja, die Motorrad-Gang. Die hat ja ihre eigene Methode, für Gerechtigkeit zu sorgen, aber das ist natürlich nur Gerede.»
Olsson stimmte ihm zu. Die zwei großen Motorrad-Clubs in Skåne lagen seit Jahren im Krieg miteinander, hatten zur Beunruhigung der Helsingborger Polizei aber kürzlich Frieden geschlossen. Das hieß, dass sie ihren Geschäften nun in Ruhe nachgehen konnten, und es gab Gerüchte über diverse dunkle Machenschaften. Aber Olsson bezweifelte, dass auch Hinrichtungen dazu gehörten.
«Dann hat es eher etwas mit dem Alkohol zu tun», meinte er.
«Das ist die zweite Theorie: dass sich Kurt Malmberg mit den Zulieferern überworfen hat. Geredet wird über Leute aus Osteuropa.»
Olsson erinnerte sich, was Bergman vorhin angedeutet hatte – über das organisierte Verbrechen von der anderen Seite der Ostsee. Offenbar zog nicht nur die Polizei diese Möglichkeit in Erwägung. Und das würde zumindest erklären, warum der Mord in dem Leichenkeller geschehen war, im klassischen Mafiastil. Eine Warnung, richtiger gesagt ein Exempel, das anderen zu denken geben sollte.
Arne Bergman saß schwer auf seinem Stuhl. Er sah Olsson ernst an und meinte: «Die Leute da draußen haben Angst. Es sieht so aus, als ob die Schmuggelei schon lange bekannt war. Ich vermute, das halbe Dorf war daran beteiligt.»
Er wirkte bedrückt. Olsson kannte seinen früheren Kollegen

gut und wusste, dass ihn noch mehr bekümmern musste. Bergman schien zu überlegen, wie er anfangen solle, dann sagte er: «Drei junge Männer sind gekommen und haben um Polizeischutz gebeten.»

Olsson zuckte zusammen, denn Kurt Malmberg hatte das Gleiche getan. «Schutz wovor?»

«Das habe ich mich auch gefragt.»

Arne Bergman machte eine Grimasse und strich mit der Hand über sein Kinn, bevor er fortfuhr. Olsson fand, es sah aus, als wolle er einen schlechten Geschmack im Mund loswerden.

«Sie haben den Eindruck, dass es sich um eine Vergeltungsaktion handelt. Sie haben schlicht und ergreifend eine Scheißangst.»

«Vergeltung?»

«Wegen des Mädchens. Sie waren alle drei mit ihr zusammen, bevor sie starb. Sexuell, meine ich.»

«Alle drei?»

Er nickte, als ob er keine Worte dafür fände. «Sie war erst vierzehn», sagte er.

Olsson fiel plötzlich ein, dass Bergmans jüngste Tochter ungefähr im gleichen Alter sein musste. Er hatte sie einige Jahre nicht gesehen, das letzte Mal als langbeinige Zwölfjährige, die nichts anderes als Pferde im Kopf hatte. Er wusste nicht, was er sagen sollte.

Arne Bergman holte ein kleines Tonbandgerät hervor und stellte es vor sich auf den Tisch. «Hör dir das mal an», sagte er. «Es ist einfach zum Kotzen.»

Er drückte auf einen Knopf, und das Band startete. Olsson erkannte Arne Bergman, dann kam eine raue, knirschende

Stimme, die zu einem der Jungen gehören musste, mit denen er gesprochen hatte.

Der junge Mann nannte zuerst seinen Namen, aber Arne Bergman ließ das Band schnell vorlaufen, bevor die Stimme zum Nachnamen kam. Er sah Olsson entschuldigend an, der aber nur abwinkte. Auch wenn sie mal Kollegen gewesen waren, so wusste er doch, wo die Grenze zu ziehen war.

«Der hier ist einundzwanzig», sagte Arne Bergman. «Die beiden anderen sind neunzehn.» Seine Stimme klang belegt vor unterdrückter Wut.

Er betätigte nochmals den Vorlaufknopf. Olsson hörte, wie der Ortsname Klippan erwähnt wurde, und begriff, dass die Jungen wohl nicht aus Vejbystrand stammten. Dann begann es mitten im Satz.

«... und sie ist freiwillig mitgekommen?»

«Na ja, Widerstand hat sie jedenfalls nicht geleistet.»

«Wie betrunken war sie?»

«Wie meinen Sie das?»

«Konnte sie überhaupt noch Widerstand leisten?»

«Vielleicht nicht.»

«Habt ihr sie von früher gekannt?»

«Ja, ich schon.»

«Und die anderen?»

«Die auch.»

«Also wusstet ihr, dass sie minderjährig war?»

«Ja, aber ...»

«Was aber?»

«Sie war eine Hure, das wussten alle.»

«Willst du damit sagen, dass sie eine Prostituierte war?»

«Nee, das nicht ...»

«Nahm sie Geld für Sex?»
«Nein, aber sie war eine Hure.»
«Was soll das heißen?»
«Sie hatte nichts dagegen, wenn man es machte.»
«Wie willst du das wissen? Sie war doch sinnlos betrunken?»
«Ach, Sie wissen doch, wie das ist.»
«Nein, das weiß ich nicht.»
Arne Bergman sah Olsson an. Man hörte, dass er kurz davor gewesen war, die Beherrschung zu verlieren. Vielleicht eine halbe Minute war es still, dann kam seine Stimme wieder. Olsson fragte sich, wie er sein Gleichgewicht so rasch wieder gefunden hatte.
«Erklär mir, was du meinst.»
«Nicht alle Mädchen sind Huren, aber einige schon.»
«Und woran erkennst du das?»
«Das weiß man eben. Wenn andere sie ausprobiert haben und sie nichts gesagt hat, dann heißt das grünes Licht für alle ...»
Arne Bergman stoppte das Band. Es wurde still in dem voll gestopften Zimmer. Olsson war erschüttert über das, was er gerade gehört hatte.
«Was machst du mit ihnen?», fragte er.
Bergman zuckte mit den Schultern. «Das ist nicht meine Sache, ich versuche ja nur rauszukriegen, wie der Alkohol zu der Party gekommen ist. Aber keiner von den Jugendlichen, die dabei waren, will darüber reden. Auch der hier nicht.»
Er schien sich wieder gesammelt zu haben, vielleicht weil er seiner Ohnmacht Luft gemacht hatte, indem er das Band einem anderen vorgespielt hatte. Er stand auf und sagte: «Das ist aber nicht der Grund, warum ich mit dir reden wollte.»
Olsson stand ebenfalls auf und wartete auf die Fortsetzung.

«Ich hätte gern, dass du dir mal einiges ansiehst, was wir beschlagnahmt haben, und mir sagst, ob du vielleicht Kanister wieder erkennst.»

Sie gingen zu einem Schrank, den Bergman aufschloss. Auf den Brettern standen diverse Plastikkanister und Flaschen. Olsson betrachtete sie gründlich, schüttelte dann aber den Kopf. «Schwer zu sagen, ich habe sie einfach als normale Kanister wahrgenommen.»

«Ich wollte es nur checken.»

Er verschloss den Schrank wieder. Dann schien ihm noch etwas anderes einzufallen. Schuldbewusst sah er Olsson an. «Es ist besser, wenn Brodin nicht erfährt, dass du das Band gehört hast.»

Das war Olsson ohnehin klar gewesen. Er versicherte Bergman, es für sich zu behalten, aber dann kam ihm seinerseits ein Gedanke.

«Irgendwas an Brodin war seltsam», sagte er.

Zum ersten Mal an diesem Abend grinste Bergman. «Ist das nicht immer so?»

«Ich hatte das Gefühl, dass er mich aushorchte, als ob er wissen wollte, wie viel ich über Kurt Malmberg weiß.»

«Über den Mord?»

«Nein, über den Boman-Fall. Weißt du noch, wer damals die Untersuchung leitete?»

«War das nicht Sven? Er starb letztes Jahr.»

Olsson erinnerte sich, die Todesanzeige von Sven Åman in der Lokalzeitung gesehen zu haben. Åman war einer vom alten Schlag gewesen, schweigsam, effektiv und nicht gerade zugänglich. Es war keineswegs sicher, dass er Olsson etwas mitgeteilt hätte, selbst wenn er es gekonnt hätte.

«Erinnerst du dich, ob es irgendwelche Geheimnisse mit den Unterlagen gab? Ich meine mich zu erinnern, dass die Säpo da war.»
Arne Bergman strich sich wieder übers Kinn, aber diesmal, um nachzudenken. «Was genau willst du wissen?»
«Ob es etwas gibt, das man unter Verschluss hält.»
«Und was soll das sein?»
Olsson wusste es nicht. Er zuckte die Schultern, und Arne Bergman sagte nachdenklich: «Es gab viel Gerede über geheime Akten und so, das lag an dem Flugmanöver da draußen. Und die Militärs gingen hier ein und aus. Mehr weiß ich nicht, aber du kannst meinen Vater fragen.»
«Deinen Vater?» Olsson hätte fast gefragt, ob der denn noch lebe, hielt aber im letzten Moment inne.
«Er war doch bei der Säpo. Er ist über achtzig, aber sein Gedächtnis ist besser als meines.»
Olsson hatte beinahe vergessen, dass Arne Bergman aus einer alten Polizistenfamilie stammte. Soweit er sich erinnerte, war sein Großvater irgendwo in der Gegend um Ljungby Polizeikommissar gewesen. Und Bergmans Vater hatte zur Säpo-Abteilung in Helsingborg gehört, obwohl Olsson sich nicht erinnern konnte, ihn je getroffen zu haben.
Er überlegte kurz, vielleicht hatte er ja auch zu viel in Brodins merkwürdiges Verhalten hineingelesen. Auf der anderen Seite gab es soviel Diffus-Bedrohliches, seit Kurt Malmberg aufgetaucht war. Er wurde das unbehagliche Gefühl nicht los, dass ihn jemand überwachte, ohne dass er wusste, wer es war. Und schaden konnte es ja nichts, wenn er einen Versuch unternahm.
«Kannst du ihn fragen?»

«Das kannst du selber machen, er freut sich immer, wenn er Besuch bekommt und über seine Arbeit reden kann.» Arne Bergman betrachtete müde die Aktenberge. Sein Ton verriet, dass er sich Schöneres vorstellen konnte, als über die Arbeit zu reden. Vielleicht hatte er aber auch ein schlechtes Gewissen, weil er seinen Vater nicht oft genug besuchte. «Er wohnt im Stadtteil Tågaborg», fügte er hinzu. «Hier ist die Adresse.» Er griff nach einem Stück Papier und schrieb einen Straßennamen in Helsingborg auf.

Olsson nahm die Adresse. Er merkte, dass Arne Bergman auf die Uhr sah, er hatte noch viel zu tun, so viel war klar. Er ging zur Tür, kam aber nur ein paar Schritte weit.

«Warte, ich bringe dich hinaus.»

Arne Bergman ging mit ihm durch den Flur. Die Wachstube lag genauso gespenstisch und leer da wie vorhin. An der Metalltür blinkte eine kleine Leuchtdiode.

«Brodin hat dir doch bestimmt nicht unseren Code gegeben, oder?», grinste Bergman und tippte eine Zahlenkombination ein. Er hielt die Tür auf und blieb einen Augenblick stehen. «Wir sollten uns mal wieder treffen.»

«Sollten wir», antwortete Olsson.

Sie hatten das damals oft zueinander gesagt, als sie noch Kollegen gewesen waren. Aber nur sehr selten waren sie dazu gekommen.

Olsson setzte sich in den Saab und spürte vage sein schlechtes Gewissen, er wusste bloß nicht, ob gegenüber Arne Bergman oder sich selbst. Oder bedrückte ihn nur seine eigene Einsamkeit?

Er ließ den Wagen an und schüttelte die melancholische

Stimmung ab. Die Wahrheit war doch einfach, dass er seine alte Arbeit oder, genauer gesagt, *eine* Arbeit vermisste. Seit er den Hof auf dem Hallandsäsen verkauft hatte, brauchte ihn niemand mehr. Und manchmal wusste er nicht einmal, ob er selbst sich noch brauchte.

Die Östergatan lag leer, die Straßenbeleuchtung an der Kreuzung mit der Skolgatan schimmerte grün. Auf dem Hügel neben dem Fluss erinnerte er sich plötzlich, was er auf der Hinfahrt überlegt hatte.

Die Unterredung mit Brodin hatte eine ganz andere Wendung genommen, als er erwartet hatte. Das einzig Konkrete, was er in der Hand hatte, waren der Einbruch bei Anne Borin und der Überfall auf Cecilia, und er hatte schlicht und ergreifend vergessen, das zu erwähnen.

Er wusste nicht, hinter was Brodin eigentlich her war. Der eigenwillige Polizeichef hatte zwar die Angewohnheit, sich persönlich in die Ermittlungen einzumischen und durchaus auch selbst ins Feld zu ziehen, aber es gab nichts, absolut nichts, was ihn Arne Bergman nicht genauso gut hätte fragen können. Mal abgesehen von seinem Kontakt zu Malmberg natürlich.

Olsson kam mehr und mehr zu der Überzeugung, dass es Brodin um etwas anderes gegangen war als nur seine Zeugenaussage. Zu offensichtlich hatte er versucht, ihn auszuhorchen, ohne eigentlich zu sagen, worum es ging. Er hatte so seltsam reagiert, als er den Boman-Fall erwähnt hatte, nicht zu vergessen die mysteriösen Unterlagen, die offenbar aus der Akte verschwunden waren. Larsson zufolge hatte der Must sie an sich genommen, der militärische Untersuchungs- und Sicherheitsdienst. Olsson begriff nur nicht, warum.

An der Ecke zur Storgatan musste er unvermittelt bremsen. Einige Jugendliche standen mitten auf der Straße und stritten sich, ein Mädchen deutete auf die Pizzeria, ein anderes schüttelte den Kopf. Olsson dachte an das Tonband, das Arne Bergman ihm vorgespielt hatte, und seufzte. Er konnte froh sein, keine Kinder im Teenager-Alter zu haben.
Er manövrierte an ihnen vorbei und dann in die ruhige Sackgasse hinein. Er betrachtete sein dunkles Haus, dessen Fenster schwarz blinkten. Sonderbarerweise beruhigte ihn die Vorstellung, drinnen gleich Licht machen zu können.
Erst als er das Auto in dem Miniaturgarten geparkt hatte, merkte er, wie hungrig er war. Ihm fiel sein fortgeworfenes Mittagessen ein, und er begriff zu seiner Bestürzung, dass er den ganzen Tag nichts gegessen hatte. Er dachte kurz nach, dann ging er zurück zur Storgatan und hinüber zu der Pizzeria, vor der die Jugendlichen gestanden hatten.
Es brauchte ein Bier und eine Pizza Mafioso, bis sein Blutzucker normale Werte angenommen hatte und er wieder klar denken konnte. Er merkte, dass er allein im Lokal war. Die Jugendlichen hatten den Vorschlag Pizzeria offensichtlich verworfen, und der Besitzer war spurlos im Hintergrund verschwunden. Olsson widerstand dem Impuls, nach ihm zu rufen. Er hatte schließlich keine Eile, heimzukommen. Das Treffen mit Cecilia war auf Freitag verlegt worden, und alles in allem saß er gut, wo er war.
Er drehte das halb leere Bierglas und starrte nachdenklich in die goldgelbe Flüssigkeit. Aber sie gab ihm keine Antwort auf die Frage, was eigentlich vor sich ging.
Die grausame Behandlung des Mädchens, ihr Tod und der Mord an Kurt Malmberg hingen, soweit er sehen konnte,

nicht zusammen, mal abgesehen von dem rauen und erniedrigenden Betonboden, auf dem beide gestorben waren. Und doch – auf eine seltsame Weise gab es wohl einen Zusammenhang.
Es war, als ob plötzlich etwas aufgesprungen sei und sich ein Schlund von Gewalt und Brutalität aufgetan hätte. Ein kleines Dorf im nordwestlichen Skåne wurde plötzlich von etwas Bedrohlichem berührt, das normale Menschen gewalttätig und rachdurstig machte. Jedenfalls, wenn man den Gerüchten Glauben schenken konnte.
Aber da war noch etwas. Der nächtliche Einbruch und die Überwachung sprachen eine andere Sprache.
Er wusste nicht, was man aus der Vergangenheit hervorgezogen hatte, aber Kurt Malmberg wirkte ganz offensichtlich wie ein Katalysator. Etwas, das all die Jahre geschlafen hatte, war nun zum Leben erwacht. Es war, vorsichtig gesprochen, nicht gerade lustig, dass er selbst in diese Sache hineingezogen wurde, ohne auch nur die geringste Ahnung zu haben, worum es sich eigentlich handelte.
Olsson seufzte und leerte sein Glas. Kurt Malmberg hatte ihm etwas mitteilen wollen, und nach dem Treffen mit Brodin war klar, dass es sich dabei wohl nicht nur um leeres Gerede gehandelt hatte. Der exzentrische Polizeichef hatte definitiv im Trüben gefischt.
Was ihm nicht klar wurde, war, wie er den Fehler des kleinen Technikers deuten sollte. Wenn das Militär Unterlagen an sich genommen hatte, hieß das doch, dass der Fall Boman auf irgendeine Weise mit Schwedens Verhältnis zum Ausland zu tun hatte. Die Säpo war für Überwachungen im Inland zuständig, aber der Must spionierte im Ausland. So war es im-

mer gewesen, auch wenn der Must hin und wieder Säpo-Leute einsetzte, um eigenen Landsleuten hinterher zu spionieren. Und was hatte das alles mit Kurt Malmberg und ihm zu tun?
Olsson merkte, dass sich seine Gedanken im Kreis drehten. Plötzlich fielen ihm der Wissenschaftler Bo Carlberg und seine arrogante Antwort auf die Frage ein, warum einige Mitarbeiter vom Forschungsprojekt der geheimen Säpo-Inlandsspionage abgesprungen seien. Ging es hier nicht auch um Material, das der Must nicht freigegeben hatte?
Seine Grübelei wurde durch den Chef der Pizzeria unterbrochen, der an den Tisch gekommen war und fragend auf sein leeres Glas blickte. Olsson schüttelte den Kopf, er wollte nichts mehr trinken. Mit seinen Spekulationen war er keinen Schritt weitergekommen. Er stand auf und wollte gehen. Der Gedanke an Bo Carlberg hatte ihn missmutig gestimmt. Am Montag würde Cecilia nach Stockholm fahren, und plötzlich fühlte er so etwas wie Lampenfieber. Jedenfalls hatte er ja die Chance, Cecilia vorher zu treffen.
Er sah auf die Uhr, als er über die Storgatan ging. Es war beinahe halb zehn. Die beleuchteten Schaufenster spiegelten sich in den dunklen Fenstern seines Hauses wider, Rechtecke mit spiegelverkehrtem Text.
Er war gerade erst an der Tür, als das Telefon läutete. Er ließ es dreimal klingeln, zog die Schuhe aus und nahm dann den Hörer ab. Er hörte der wohl bekannten Stimme an, dass sie irritiert war, weil sie hatte warten müssen.
«Ich dachte schon, du bist nicht zu Hause. Es war dunkel, als ich vorbeifuhr.»
«Cecilia?»

«Ich bin in Eile, ich muss zum Nachtzug.»
Es dauerte einige Sekunden, bis er verstand, was sie meinte.
«Nach Stockholm?»
«Die Zeitung hat angerufen. Sie wollen, dass ich noch etwas für sie erledige.»
Olsson war enttäuscht, er wusste schon, was sie als nächstes sagen würde.
«Ich bleibe übers Wochenende dort.»
Er hörte, wie ein Zug mit kreischenden Bremsen einfuhr, offenbar rief sie ihn vom Bahnsteig per Handy an.
«Melde dich mal», sagte er leise.
Aber sie hatte schon aufgelegt.

Er lag lange im Dunkeln und konnte nicht einschlafen. Das Letzte, was er von diesem Tag mitbekam, waren die Zeiger seines Weckers, die sich halb ein Uhr näherten.

KAPITEL 12

Der Staatswald in Ängelholm wurde von zwei geraden Waldwegen durchschnitten, die ungefähr drei Kilometer von der Eisenbahnlinie entfernt bei den Sanddünen Skäldervikens aufeinander stießen. Wenn man zum Meer hinunterlief, erstreckte sich links und rechts Nadelwald, und man hatte denselben Eindruck, wie wenn man entlang von Gleisen ging: Die durch nichts gestörte Perspektive schaffte die klassische Illusion eines sich verengenden Wegs, der irgendwo am Horizont aufhört.

Olsson ging in die andere Richtung. Er hatte den kürzeren der beiden Wege gewählt und sah schon das Meer. Die Sonne schien wunderbarerweise schon den dritten Tag hintereinander, die Luft war – für diese Jahreszeit an der Westküste Skånes – ungewöhnlich klar. Eigentlich auch für alle anderen Jahreszeiten.

In seinen Ecco-Schuhen schlug er ein strammes Tempo an. Schon beim Verlassen der Storgatan hatte er beschlossen, eine Auszeit von den Merkwürdigkeiten der letzten Tage zu nehmen, indem er einfach nicht daran dachte. Was allerdings leichter gesagt als getan war.

Der nächtliche Sturm hatte seine Spuren im Wald hinterlassen: Eine umgeworfene Tanne hatte ein kraterartiges Loch gerissen, in dem ein Knäuel von Wurzeln vergeblich nach Halt suchte. Man hatte den Staatswald ursprünglich auf ehemali-

gem Meeresboden angelegt, um den Sand aufzuhalten. Der dünne, rieselnde Untergrund rann wie Streuzucker von den Wurzelfasern weg und gab nicht den geringsten Halt.
Olsson ging langsamer und betrachtete missmutig den umgestürzten Baum. Er erinnerte ihn an seine eigenen Verhältnisse – vielleicht war er ja auch dabei, den Boden unter den Füßen zu verlieren. Wenn er an die sonderbaren Geschehnisse rund um Kurt Malmberg dachte, in die er hineingezogen worden war, schien es ihm, als wäre jeder Versuch, Ordnung in die Sache zu bringen, zum Scheitern verurteilt.
Er beeilte sich, den Gedanken zu vertreiben, bevor er sich festsetzte. Er hatte schließlich beschlossen, alles Nachgrübeln zu unterlassen, jedenfalls für ein paar Stunden. Olsson widmete sich wieder seinem Spaziergang. Er wollte, dass ihm die kalte, klare Luft den Kopf durchblies, und er wollte weder an die Geschehnisse der letzten Tage noch daran denken, was Cecilia in Stockholm tat.
Ein großer schwarzer Vogel krächzte ihm aufmunternd vom Wipfel eines Baumes zu, als er wieder schneller ging. Einen Moment überlegte er, ob es ein Rabe gewesen war.

Das Ende des kleinen Waldwegs war schon in Sicht, als zwei Jogger in leuchtend lila Anzügen an Olsson vorbeiliefen. Überrascht sah er die weißen Haarschöpfe und das schnelle, Einverständnis signalisierende Lächeln. Sowohl der Mann als auch die Frau waren jenseits der siebzig. Verlegen erwiderte er ihr Lächeln und fragte sich, ob seine Vorstellungen über das Älterwerden so sichtbar waren. Es wurde wohl Zeit, einzusehen, dass es mehr gab als die Verwandlung in einen unzeitgemäßen alten Kauz.

Als er die Eisenbahnlinie erreichte, waren die Jogger schon außer Sicht. Der Fußgängertunnel führte unter den Schienen hindurch.
Während er über die Straße zur Eisenbahnbrücke ging, verlangsamte er plötzlich sein Tempo. Auf dem Dauerparkplatz vor dem Bahnhof leuchtete Cecilias gelber Renault fröhlich in der Sonne, unbekümmert ob der Pläne seiner Besitzerin. Olsson riss sich zusammen und versuchte, sich auf das bräunliche Wasser des Flusses zu konzentrieren, das träge in einer Krümmung dahin floss und, sah man es aus der Luft oder auf einer Landkarte, das berühmte Okarinaprofil der Stadt bildete.
Auf der anderen Seite der Brücke hatte bereits der Freitagsverkehr eingesetzt. An der rosafarbenen Fassade des Hotel Lilton beendete er seinen Spaziergang und bog in eine Nebenstraße. Die Trinker hatten sich wie gewöhnlich auf ihrer Bank versammelt, das sonnige Wetter schien sie zu beleben, aber er reagierte nicht, als sie ihm mit einem Plastikkanister zuwinkten, der, wie er deutlich erkennen konnte, mit einer klaren Flüssigkeit halb gefüllt war.
Gemächlich stieg er die Treppen bei Vita Räck hoch. Auf der Storgatan nahm niemand Notiz von ihm, als er das kurze Stück hinüber zu seinem gelben Haus spazierte. Kein Telefon klingelte, während er die Jacke und die Schuhe auszog. Die Post war gekommen, und ohne Enthusiasmus blätterte er die Wurfsendungen durch. Er wusste nicht recht, was er eigentlich erwartet hatte.
Er machte sich ein Mittagessen mit Eiern und Tabascosauce, während er das «Mittags-Echo» im Radio hörte. Eine neue Meldung über die Inlandsspionage und das verschlossene Ar-

chiv ließ ihn aufhorchen, aber er erfuhr nichts, was er nicht schon gewusst hätte. Der Mord an Kurt Malmberg hatte es nicht zu nationaler Bedeutung gebracht, Brodin war es irgendwie gelungen, die Details der Hinrichtung geheim zu halten. Die Meteorologen versprachen einen Wetterumschwung – schon am Abend würde es unbeständig und regnerisch werden. Nach dem Kaffee versuchte er sein Bestes mit einem dicken dänischen Roman, aber seine innere Unruhe machte ihm bald einen Strich durch die Rechnung. Als er dieselbe Seite zum dritten Mal gelesen hatte, gab er auf und erhob sich mit einem Seufzer. Er stellte das Buch ins Regal zurück und verbrachte gut zehn Minuten damit, durch die Zimmer zu tigern, dann eine weitere Viertelstunde mit einem Bad.
Es war noch nicht einmal drei Uhr.

Seine Rastlosigkeit machte keine Anstalten, zu verschwinden. Es war Freitagnachmittag, und er konnte sich langsam vorstellen, wie das kommende Wochenende werden würde.
Einen Moment überlegte er, ob er in der Sauna und bei dem meditativen Mosaik im Schwimmbad Zuflucht suchen sollte, und ärgerte sich, dass er gerade gebadet hatte. Das Schwimmbad erinnerte ihn daran, dass es genau eine Woche her war, seit er Kurt Malmbergs Stimme zum ersten Mal am Telefon gehört hatte. Aber nicht einmal die Erinnerung an den entsetzlichen Mord und all die ungelösten Fragen konnten ihn von seiner Unruhe ablenken.
Der Saab war die letzte Möglichkeit. Planlos fuhr er nach Skälderviken und bemühte sich, nicht an Cecilia und ihr Wochenende in Stockholm zu denken. Aber die Autofahrt

erwies sich als trügerisch. Ohne es bemerkt zu haben, stand er plötzlich an der Abzweigung nach Vejbystrand und blinkte zum Abbiegen. Was hatte er hier zu suchen? Als er vor der Post parkte, wusste er immer noch keine Antwort auf diese Frage. Das graue Mietshaus döste im Nachmittagslicht, die Fenster von Cecilias Wohnung glotzen ihn schweigend an. Er widerstand der Versuchung, mit dem in seiner Tasche brennenden Zweitschlüssel hineinzugehen. Um etwas zu tun zu haben, holte er am Kiosk auf dem Marktplatz eine Abendzeitung.
Zwei Männer verstummten, als er bezahlen wollte. Sie starrten ihn misstrauisch an. Voller Unbehagen registrierte er ihre Feindseligkeit. Der Inhaber warf ihm einen ähnlichen Blick zu, als er seinen Zehnkronenschein wortlos entgegennahm. Verwundert ging er hinaus. Durch das Fenster sah er, wie die Männer ihr Gespräch wieder aufnahmen. Ihr Nicken in seine Richtung sagte ihm, dass sie über ihn redeten.
Mit der Zeitung unter dem Arm ging er in Richtung Hafen. Auch an der Bushaltestelle schlug ihm von den sich auf der Bank drängenden Leuten, die offenbar auf den Bus von Torekov warteten, Feindseligkeit entgegen. Er bemühte sich, sich nichts anmerken zu lassen, spürte aber, wie sich seine Laune verschlechterte. Ihm war klar, dass sich irgendetwas im Dorf zusammenbraute, und es war ganz sicher nichts Gutes.
An der Kreuzung mit dem Byvägen wurde seine Vermutung bestätigt. Ein dünner Mann, mit dem er immer mal wieder ein Wort gewechselt hatte, wandte sich verlegen ab, als er ihn grüßen wollte. Aber er war nicht schnell genug, der verängstigte Blick war nicht zu übersehen gewesen. Aus unerfindlichen Gründen hatten die Leute Angst davor, mit ihm zu reden.

Er hatte das Muster schon früher wahrgenommen. Er fragte sich nur, wer das Dorf zum Schweigen gebracht hatte. Und ob die Drohung allen Außenstehenden galt oder nur denen, die mal Polizist gewesen waren.
Am Hafen setzte er sich auf eine der Bänke und schlug die Zeitung auf. Die Neuigkeiten waren auch nicht sensationeller als die des «Mittags-Echos», obwohl die Druckerschwärze es so erscheinen lassen sollte. Halbherzig blätterte er die Zeitung durch und bemerkte erstaunt, dass nichts von dem, was geschehen war – weder der Mord an dem Mädchen noch die Hinrichtung Malmbergs –, den Weg in eine der Rubriken gefunden hatte. Er wollte das Blatt gerade weglegen, als er auf der letzten Seite eine kleine Notiz bemerkte, in der berichtet wurde, dass man einen Toten in einem Keller des Badeortes Vejbystrand gefunden hatte.
Nachdenklich runzelte er die Stirn. Natürlich nutzte Brodin seine Kontakte zur Presse effektiv, besonders dann, wenn es um die *Doktrin* ging. Aber das hier war ein bisschen zu viel des Guten. Irgendjemand hielt so den Deckel auf die Sache, dass nicht einmal die Profis der Abendzeitung das durchschauten.
Wieder fiel ihm das verschwundene Material aus der Boman-Akte ein. Er hatte keine Ahnung, welche Kräfte hinter all dem steckten, aber die diskrete Effektivität wies in eine Richtung, die ihn sowohl ängstigte als auch aufregte.
Er legte die Zeitung auf die Bank und sah hinaus aufs Wasser. Eine rote Boje, die den Boden direkt am Hafenkai markierte, schaukelte sacht im Wind. Ein Möwe schwebte vorbei und gab einen klagenden Laut von sich, bevor sie in Richtung Lervik verschwand.

Erst jetzt fiel ihm auf, dass er nicht allein war. In einem der kleinen Fischerboote, die am Kai vertäut waren, war ein Mann mit etwas beschäftigt und warf Olsson unaufhörlich Blicke zu. Auf einmal wusste Olsson, wo er ihn schon einmal gesehen hatte. Es war der Vater des toten Mädchens, der ihn vor der Bibliothek angesprochen hatte und den die Gerüchte laut Arne Bergman mit dem Mord an Malmberg in Verbindung brachten. Olsson nickte ihm unsicher zu. Er wusste nicht recht, ob er so tun sollte, als wäre nichts Besonderes, oder besser aufstehen und gehen sollte. Der Mann starrte ihn weiter an, und schließlich erhob sich Olsson und ging zu ihm hinüber.

Als er vor seinem Boot stand, blickte der Mann hastig auf, sagte aber nichts und beschäftigte sich weiter damit, seine Segel und Leinen in Ordnung zu bringen. Auch Olsson schwieg und sah ihm zu. Das Boot war zum Fischen mit einem kleinen hydraulischen Flaschenzug ausgerüstet und hatte achtern ein blaues Steuerhaus. An der einen Längsseite entlang verlief ein Kasten, in dem ein großes feinmaschiges Netz lag. Es war nicht mehr lange bis zur Heringshochsaison im Skälderviken, und Olsson wusste, dass der Mann alles für eine Tagestour vorbereitete, vermutlich in den frühen Morgenstunden, bevor es hell wurde und die Schwärme vom Meeresboden emporschwammen.

Der Mann beugte sich vor und hob eine der schweren Schleppangeln hoch, mit denen man das Netz an seinem Platz in der Strömung festhielt. Olsson beobachtete, wie die Sehnen in dem breiten Nacken unter den roten Haaren hervortraten, aber er ging mit dem Klotz um, als handle es sich um einen Bierkrug. Dann streckte er sich zu dem Steuerhäuschen. Seitlich von der Doppelsteuerung steckten drei scharfgeschliffene Messer in einer kräftigen Holzhalterung, die Einschnitte für die Klingen hatte. Er nahm ein Messer heraus und sah Olsson an. Mit der anderen Hand hob er eine zollstockstarke Trosse vom Boden auf und schnitt sie in der Mitte durch.

Der Mann stand da und hielt die rasiermesserscharfe Klinge herausfordernd in der Hand. Dann sagte er: «Ich war es nicht.»

Olsson wusste nicht, was er sagen sollte. Aus dem Tonfall des Mannes wurde er nicht recht schlau, vielleicht lag Ironie darin, vielleicht auch eine versteckte Drohung.

«Warum hätten Sie es auch tun sollen?», entfuhr es ihm.

Der Mann zuckte mit den Schultern, dann steckte er das Messer zurück in die Halterung. Es war nach wie vor unmöglich zu entscheiden, ob er es ernst meinte oder nicht. «Ich weiß doch, was die Leute reden.»

Plötzlich hatte Olsson Mitleid mit ihm. Er erinnerte sich an das Tonband, das Arne Bergman ihm vorgespielt hatte. Nicht genug damit, dass er seine Tochter verloren hatte, er würde vermutlich auch erfahren, was in ihren letzten Stunden passiert war. Wenn er es nicht schon wusste.

Der Mann wandte sich wieder seinen Netzen zu. Um zu dokumentieren, dass er immer noch da stand, fragte Olsson ihn: «Haben Sie Hering gefangen?»

Erneut zuckte der Mann mit den Schultern. «Gestern hatte ich vier Kisten voll.»

Daraus ging nicht hervor, ob das ein guter Fang war oder nicht, und Olsson wollte nicht nachfragen. Er nickte nur und wartete ab, ob der Rothaarige noch mehr von sich geben würde. Aber vielleicht hatte er bereits alles gesagt, was er sagen wollte, auch wenn Olsson der tiefere Sinn verborgen blieb.

Aus dem Nichts tauchten plötzlich zwei Männer in Steppjacken auf. Olsson fiel ein, dass weiter hinten am Kai ein weißer Volvo geparkt hatte. Er hatte vermutet, dass er dem Rothaarigen gehörte, nun aber wurde ihm klar, dass die Männer die ganze Zeit darin gesessen haben mussten.

Sie gingen bis zum Kai vor, ohne ihn auch nur eines Blickes zu würdigen. Der eine murmelte dem Mann im Boot etwas Unverständliches zu, woraufhin der den Kopf schüttelte. Der Mann mit der Steppjacke schien mit der Antwort zufrieden zu sein und sagte laut: «Hier ist ja heute ein wahnsinniger Betrieb.»

Der andere grinste, und Olsson begriff, was er meinte. Er merkte, dass er rot wurde. Die beiden begannen sich zu unterhalten, als ob er gar nicht da wäre, und so ging er.

Bis hinauf zum Sanatorievägen spürte er ihre Blicke im Rücken. Er hatte sich gerade von seinem schmählichen Abgang erholt, als er an dem Leichenkeller vorbeikam. Die gestreiften Plastikbänder hingen noch dort und wehten in der sachten Brise, aber er sah nirgends einen Polizeibeamten.

Ohne zu wissen warum ging er bis zur Bibliothek. Als er sah, dass geöffnet war, folgte er seiner Eingebung und ging hinein. Es war dieselbe Bibliothekarin wie beim letzten Mal, und sie erkannte ihn, ohne dass er sich vorstellen musste.

«Ja, sie haben ihre Treffen immer abends», beantwortete sie seine Frage. Sie klang, als ob sie die Menschheit abgeschrieben hätte, jedenfalls die Einwohner von Vejbystrand. Aber mehr wusste sie auch nicht.

Olsson hatte den Eindruck, dass sie für ihre ablehnende Hal-

tung gegenüber der Bürgerwehr teuer bezahlte. Er wusste nur zu gut, wie effektiv eine kleine Gemeinschaft, in der jeder jeden kannte, einen Menschen ausschließen konnte.
Sie saß über ihren Computer gebeugt, als er wieder ging. Das Auto stand da, wo er es geparkt hatte, und als er wenige Minuten später an der Bibliothek mit ihrem gezackten Dachstuhl vorbeifuhr, erahnte er hinter den großen Glaswänden ihre Silhouette. Sie war immer noch in derselben Haltung.

Hinter der Pizzeria bog er rechts ab. Der Laubwald rund um die Privatklinik hatte sich nach dem Sturm gelichtet, viele Bäume waren jetzt kahl, aber die Kiefern am Rand des Magnarpvägen hielten noch dagegen. Auf der Heide leuchtete ein spazieren gehender Anorak rot zwischen den Wacholderbüschen.
Er erblickte den Bunker schon von weitem, aber ein Absperrungsband war nicht mehr zu sehen. Er fand, dass dies beinahe etwas Kränkendes hatte, so schnell wieder zum Betonalltag zurückzukehren, als sei nichts Besonderes vorgefallen. Kurz vor dem Bunker entdeckte er oben auf dem Hügel die Abzweigung, und der Saab gehorchte geschmeidig seinem Einfall. Diesmal, bei Tageslicht, fand er die Hütte sofort. Davor stand ein Polizeiauto, und als er bremste, erkannte er Arne Bergman darin. Der sah ihn ebenfalls, oder jedenfalls doch sein Auto, denn er blickte fragend auf die Straße.
Olsson hielt an und stieg aus, blieb aber an dem halb verfallenen Zaun stehen, er kannte ja die Regeln, die für eine Absperrung galten. Aber er musste gar nicht warten. Arne Bergman kam mit erhobenen Augenbrauen zu ihm.
«Was machst du denn hier?»

Olsson wurde plötzlich verlegen. Er hatte hier ja wirklich nichts zu tun, außer dass er sich von Cecilias Reise nach Stockholm ablenken wollte. Aber er hätte sich nicht zu beunruhigen brauchen. Arne Bergman machte eine Geste zur Tür und nickte mit dem Kopf.
«Komm rein, aber fass nichts an.»
Olsson folgte ihm dankbar durch die Tür. Als er die Hütte betrat, sah er, dass Arne Bergman nicht allein war. Eine Polizistin im grauen Arbeitskittel war mit irgendetwas zwischen Kurt Malmbergs zahlreichen Flugzeugmodellen beschäftigt. Er entdeckte die kleine Bürste in ihrer Hand – offenbar suchte sie nach Fingerabdrücken.
«Irina von der technischen Abteilung», sagte Arne Bergman lakonisch, als ob er seine Gedanken gelesen hätte.
Olsson nickte der Frau zu, die noch nicht einmal dreißig zu sein schien. Er erhielt einen überraschten Blick zur Antwort, aber Arne Bergman stellte ihn nicht vor. Er war bereits am anderen Ende des Zimmers, wo Olsson seine Zusammenkunft mit Malmberg gehabt hatte, am Abend vor dessen Ermordung. Oder jedenfalls nahm er an, dass der Mord am Tag nach der seltsamen Unterredung geschehen war.
Olsson folgte ihm zögernd. Er blickte zu der zerbrochenen Fensterscheibe hinüber, die mit einem schwarzen Müllsack zugeklebt war, deren Scherben aber immer noch auf dem Boden lagen.
«Was geht hier draußen eigentlich vor?», fragte er.
Arne Bergman blickte von etwas auf, das er vor sich auf der unaufgeräumten Tischplatte hatte. «Wie meinst du das?»
«Die Leute trauen sich ja nicht einmal mehr, guten Tag zu sagen.»

Er berichtete von seinen Erlebnissen in Vejbystrand. Arne Bergman runzelte die Stirn. Die Furchen vertieften sich noch mehr, als Olsson seine Begegnung mit dem Vater des Mädchens beschrieb und wie er von zwei Kumpanen des Mannes vertrieben worden war.
«Haben die noch etwas anderes gesagt?»
Ohne es erklären zu können, hatte Olsson plötzlich dasselbe Gefühl wie bei der Begegnung mit Brodin, als der ihn über Malmberg ausgeforscht hatte. Einen Moment dachte er, auch Arne Bergman wisse mehr, als er zugeben wollte, aber dann merkte er, dass die Phantasie mit ihm durchging. Das war wohl die paranoide Atmosphäre hier in der Gegend.
Er schüttelte den Kopf. Arne Bergman strich mit der Hand über sein Kinn und sagte halb zu sich selbst: «Man munkelt, dass sie eine Wachtruppe aufgestellt haben, die sich ‹Die Wächter› nennt. Die Frage ist bloß, was sie eigentlich bewachen.»
Olsson hörte, dass er ernsthaft besorgt war, und wartete auf die Fortsetzung. Er erinnerte sich an die Andeutung der Bibliothekarin über abendliche Treffen der Bürgerwehr und sah seinen ehemaligen Kollegen fragend an.
Arne Bergman seufzte und sagte: «Es sieht so aus, als ob sie nicht nur ihre Töchter bewachen. Es ist unmöglich, irgendjemandem ein Wort über die Schmuggelei zu entlocken, und doch bin ich davon überzeugt, dass das halbe Dorf damit zu tun hat. Das ist die reinste *cosa nostra*.»
Olsson wusste, was er meinte. Denselben Eindruck hatte auch er gewonnen: Einige sorgten dafür, dass nichts verraten wurde. Dennoch war er davon überzeugt, dass das Schweigen eher auf Angst beruhte als darauf, dass mehr oder weni-

ger alle am Alkoholschmuggel beteiligt waren. Auf einem ganz anderen Blatt stand, dass wohl alle hin und wieder bei den Schmugglern kauften.
«Ich glaube eigentlich eher, dass man sie bedroht», sagte er.
Arne Bergman seufzte erneut. «Du hast wahrscheinlich Recht.»
Er ging wieder zu dem voll gestopften Tisch. Olsson sah, dass dort einige runde Plastikdosen lagen, und beugte sich vor, um sie zu betrachten. Arne Bergman nahm eine davon zwischen Daumen und Zeigefinger und hielt sie hoch. Er klang müde, als er den Inhalt erklärte.
«Rohypnol. Das meiste ist Malmberg vom Arzt verschrieben worden, aber einige stammen nicht aus der Apotheke.» Er sah Olsson an und fügte hinzu: «Die Frage ist nur – hat er gekauft oder verkauft?»
Olsson hatte keine Antwort darauf. Er überließ Arne Bergman und die schweigsame Irina ihrer Arbeit und fuhr denselben Hügel hinunter, den er auch gekommen war. Die Sonne war bereits fast im Meer untergegangen, und die ganze Heide lag in einem goldenen Licht da, sogar der düstere graue Betonbunker schimmerte rötlich.
Aber Olsson war weder empfänglich für die Farbenpracht noch für die grandiose Aussicht bis hinüber nach Kullaberg. In der Kurve hinauf nach Magnarp wendete er den Saab in die andere Richtung und zwang sich, an etwas anderes zu denken.
Er sah ein, dass er besser etwas unternahm, als den Abend allein in seiner Wohnung zu verbringen und über Cecilias Vorhaben zu spekulieren. Aber es dauerte noch bis zur Abfahrt nach Rebbelberga, dass er einen Entschluss fasste.

Das Kinoprogramm war schnell durchgesehen. In Ängelholm gab es nur ein Kino, und dem Angebot nach zu urteilen, gehörte er nicht zur anvisierten Zielgruppe. Er wollte den Gedanken schon wieder aufgeben, als sein Blick auf die Seiten von Helsingborg fiel. Dort entdeckte er, dass eines der Kinos in einer Sondervorstellung einen alten Schwarzweiß-Klassiker zeigte, der zu einem unzeitgemäßen Mann in Ecco-Schuhen hervorragend passte.

Noch immer klangen ihm die suggestiven Zitherklänge des Leitmotivs vom *Dritten Mann* im Ohr, als er in die nächtlich stille Storgatan einbog. Er hatte ganz bewusst die spätere Vorstellung gewählt, und nun war es fast halb zwölf. Er manövrierte das Auto durch die enge Einfahrt, ohne den Lack zu zerkratzen, und ging ins Haus. Obwohl er eine Lampe zum Miniaturgarten hin brennen gelassen hatte, sah das Haus verlassener aus, als es ihm je vorgekommen war. Es half nicht viel, dass er die Leselampe anmachte, der Lichtstrahl ließ die Schatten an den Wänden nur um so deutlicher erscheinen. Vielleicht war es die Atmosphäre des Films, die er mit nach Hause genommen hatte, aber er fand, dass die dunkle Straße draußen etwas Belastendes an sich hatte. Kein Mensch war zu sehen, als er sich vorsichtig vorbeugte und durch das Fenster spähte. Er schüttelte sein Unbehagen ab und ging hinüber in die Küche, wo er sich ein Glas kanadischen Whisky eingoss. Bevor er zu seinem Lesesessel zurückkehrte, kontrollierte er sicherheitshalber beide Türen. Er beschloss, einen neuen Versuch mit dem dänischen Roman zu machen, nahm einen ordentlichen Schluck Whisky und begann zu lesen. Aber er kam nicht weit.

Er hatte gerade eine halbe Seite geschafft, als das Telefon klingelte. Einen Moment hoffte er, es wäre Cecilia, die von sich hören lassen wollte, aber die Stimme gehörte definitiv einem Mann. Sie klang irgendwie bekannt, auch wenn es sich so anhörte, als hielte jemand die Hand über die Muschel. Olsson war sich nicht sicher, aber er vermutete, dass er die Stimme vor kurzem schon woanders gehört hatte. An den Worten gab es nichts zu bezweifeln.

«Du bist kein Polizist mehr, vergiss das nicht.»

Das waren exakt die Worte, die auch Kurt Malmberg zu ihm gesagt hatte, an dem Abend, bevor er starb.

Olsson wollte etwas entgegnen, aber die Leitung war schon tot. Wer auch immer ihn angerufen hatte, er hatte nicht auf seine Antwort gewartet.

Olsson spürte, wie ihm kalt wurde. Es war, als hätte er einen Gruß direkt von dem Toten aus dem gespenstischen Leichenkeller erhalten.

KAPITEL 13

Der Samstagstrubel war kaum weniger lebhaft als sonst, aber Olsson war ihm aus dem Weg gegangen und hatte sich im Café der Bibliothek verschanzt. Er saß am Fenster im ersten Stock und betrachtete die Fischlieferanten und Marktstände mit Einmachgläsern und Obst mit gemischten Gefühlen.

Auf der anderen Hälfte des Marktplatzes hatten die Autos vorübergehend einer Art Marschkapelle Platz machen müssen, in der uniformierte Jungen und Mädchen in hohen weißen Stiefeln scheinbar aus reiner Lebensfreude spielten. Olsson konnte sich nicht entscheiden, ob das nun mehr einem Umzug in einer amerikanischen Kleinstadt oder der Maiparade in Oslo glich. Seit er hierher gezogen war, hatte er mit steigender Verwunderung die Leidenschaft der Ängelholmer für samstägliche Festmärsche auf der Storgatan beobachtet. Während die Trommelwirbel über den Marktplatz hallten, versuchte er zum wiederholten Mal zu verstehen, was gestern Nacht geschehen war.

Er hatte den anonymen Anruf erwartet, allerdings nicht so schnell. Er verstand nur zu gut, dass er die Bewohner von Vejbystrand beunruhigte, denn er hatte den illegalen Alkohol aufgespürt und war dabei gewesen, als man die beiden Leichen fand. Er war Zeuge des Auftritts beim Servicezentrum gewesen und konnte vermutlich denjenigen herauspicken, der hinter den «Wächtern» stand. Und er war durchs Dorf gegangen und hatte mit den Leuten geredet. Es war nicht wirklich überraschend, dass sie ihn für einen Polizisten hielten oder, schlimmer noch, für einen Polizeispion.

Die Drohung, wenn es denn eine war, nahm er dagegen nicht so ernst. Was ihn ängstigte, waren die düsteren Schatten auf allem, was mit Kurt Malmberg zu tun hatte. Olsson war sich sicher, dass derjenige, der ihn angerufen und bedroht hatte, eine der Personen war, die hinter den lichtscheuen Treffen im Dorf standen. Die Stimme war ihm irgendwie bekannt vorgekommen, aber er konnte sie nicht einordnen. Sie hatte ja nur diesen einen kurzen Satz gesagt, dann war der Hörer wieder aufgelegt worden. Seltsam war nur, dass es derselbe Satz gewesen war, mit dem ihm auch Kurt Malmberg gedroht hatte. Nachts, während er mit dem schweigenden Hörer in der Hand dagestanden hatte, hatte er ein ziehendes Unbehagen verspürt, als ob ihm jemand eine Botschaft aus dem Grab geschickt hätte. Aber im Tageslicht und mit der Marschkapelle, die auf dem Marktplatz spielte, glaubte er eher, dass die Wortwahl reiner Zufall war. Wie auch immer, er konnte sich nicht vorstellen, dass die so genannten «Wächter» etwas mit dem Mord im Leichenkeller zu tun hatten. Sie befürchteten vielleicht, dass er ihren Aktivitäten ein Ende setzen könnte, und vielleicht hatten sie auch mit den Heimlichkeiten um den illegal gebrannten Alkohol im Dorf zu tun, aber mehr wohl kaum.

Eher noch glaubte er, dass der rothaarige Mann, der Vater des Mädchens, dazu fähig war, jemandem die Kehle durchzuschneiden, von dem er glaubte, er habe seine Tochter auf dem Gewissen. Er war eigensinnig, und Olsson konnte sich nicht vorstellen, dass er sich von anderen vor den Karren spannen

ließ. Wenn er Rache nehmen wollte, dann sicher ohne die Hilfe irgendeiner Bürgerwehr.
Arne Bergman hatte angedeutet, dass Leute von der anderen Seite der Ostsee mit dem Alkoholschmuggel zu tun hatten. Wenn Kurt Malmberg mit seinem Rohypnol kein Kunde gewesen war, sondern ein Konkurrent, konnte es sich natürlich um eine Abrechnung handeln, aber Olsson zweifelte daran.
Er konnte es sich nicht erklären, aber er hatte ein immer drängenderes Gefühl, dass ganz andere Kräfte hinter der brutalen Hinrichtung standen. Kurt Malmberg hatte ja angedeutet, dass es jemanden gäbe, der ihn am Reden hindern wolle, und er selbst hatte einen Fingerzeig der Säpo erhalten, seine Nase nicht weiter in die Sache zu stecken.
Er hatte allerdings nicht die geringste Ahnung, warum die Säpo ihre eigene, geheime Untersuchung des Falls betrieb. Sofern sie nicht einfach einem unbekannten Mörder den Rücken deckte.

Olsson seufzte und trank seinen Milchkaffee. Ihm war klar, dass er ziemlich wild herumspekulierte. Aber dass etwas Großes und Beängstigendes im Hintergrund stand, davon war er mehr denn je überzeugt. Das bloße Ausbleiben von Zeitungsartikeln war beredtes Zeugnis davon, dass jemand mit großem Einfluss im Spiel war.
Unten auf dem Marktplatz erreichte die Parade ihren Höhepunkt. Die uniformierten Jugendlichen marschierten in einer Art Exerzierübung im Kreis, die Mädchen warfen die Beine hoch, und der Tambourmajor wirbelte energisch mit seinem Stab. Dann verschwanden sie in einem taktfesten Marsch die

Storgatan hinunter, die Musik erstarb langsam und ließ eine beinahe greifbare Stille hinter sich.
Olsson merkte, dass er allein im Café war, bis auf zwei Zeitungsleser am anderen Ende des Raums. Sie hatten sich bequem hingesetzt und waren vollauf damit beschäftigt, die neuesten wöchentlichen Entwicklungen aus der Gegend von Bohuslän und Tranås zu verfolgen.
Die Stille und Leere um ihn herum verstärkte sein Gefühl, sich in einem Vakuum zu bewegen. Nicht nur die Hinrichtung von Kurt Malmberg wurde unter Verschluss gehalten. Die Dorfbewohner hatten ihren eigenen Schweigekodex, ob nun erzwungen oder nicht, und trotz Arne Bergmans kollegialem Geplauder war ihm bewusst geworden, wie sehr er «draußen» war aus seinem alten Job. Der einzige Riss in der Mauer des Schweigens war Larssons Lapsus gewesen.
Am schlimmsten war, dass er nicht wusste, ob er selbst oder Cecilia in Gefahr schwebten. Das Interesse der Säpo für ihn konnte ja auch darauf beruhen, dass man ihn schützen, nicht überwachen wollte. Wenn jemand beschlossen hatte, Kurt Malmberg am Reden zu hindern, und nun davon ausging, dass er ihm bereits etwas mitgeteilt hatte, dann war er vielleicht der Nächste?
Olsson starrte blicklos auf den Marktplatz. Der Gedanke, dass es einen zweiten Mord geben könnte, war automatisch gekommen, doch auch bei weiterem Nachdenken schien das absolut möglich zu sein. Wenn jemand bereits getötet hatte, damit das, was Kurt Malmberg wusste, nicht ans Tageslicht kam, dann war er sicher dazu bereit, es ein zweites Mal zu tun.
Olsson spürte plötzlich, dass er fror. Der Anblick der Leiche

auf dem Zementboden stand wie ein Spukbild vor ihm. Er konnte die Erbarmungslosigkeit der Szene nicht vergessen: die aufgeschlitzte Kehle, der Stahldraht um die Handgelenke. Und er hatte keine Ahnung, wer Kurt Malmberg getötet hatte und warum. Vielleicht waren es ja doch osteuropäische Schmuggler gewesen, mit denen er sich angelegt hatte?

Er bemerkte, dass die beiden anderen Gäste ihre Zeitungen weggelegt hatten und ihn anstarrten. Er kratzte sich geniert am Kopf und versteckte sich hinter seiner Kaffeetasse. Sie war fast leer, aber ein paar Tropfen des süßen Rests konnte er ihr doch noch entlocken. Über den Rand der Tasse sah er, wie sich die beiden wieder ihrer Zeitungslektüre widmeten. Er fragte sich, wodurch er eigentlich ihre so offen gezeigte Aufmerksamkeit auf sich gezogen hatte.

Olsson bemühte sich, ruhig zu bleiben. Aber ihm war klar, dass ihm gar nichts anderes übrig blieb, als herauszubekommen, was eigentlich vor sich ging. Schon allein deshalb, weil auch Cecilia in Gefahr sein konnte. Sie war schließlich Journalistin, und damit war ihr Schweigen eigentlich viel wichtiger als seines, jedenfalls dann, wenn es sich so verhielt, wie er befürchtete.

Nur – wie sollte er jetzt vorgehen? Alles deutete darauf hin, dass in der alten Boman-Untersuchung irgendetwas verheimlicht worden war, denn der Must hatte Material aus den Akten entnommen. Wenn er es recht bedachte, war es genau das, was auch Kurt Malmberg angedeutet hatte. Brodin konnte er darüber natürlich nicht befragen, vermutlich auch sonst niemanden.

Er steckte die Hand in die Hosentasche und zog einen raschelnden Zettel hervor. Es war der, auf den Arne Bergman die Adresse seines Vaters in Helsingborg geschrieben hatte. Olsson blieb lange sitzen und starrte den Zettel an. Dann ging er zur Theke und bat darum, das Telefonbuch ausleihen zu dürfen.

Es war nicht sehr verwunderlich, dass Arne Bergmans Vater am Telefon nicht über die Sache reden wollte. Er hatte darauf bestanden, dass Olsson nicht mit dem Auto kam, und ihm blieb nichts anderes übrig, als sich darauf einzulassen. Ihm war nicht recht klar, warum, aber er vermutete, es könnte damit zu tun haben, dass er observiert wurde. Ansonsten war der alte Mann erstaunlich entgegenkommend gewesen, Olsson nahm an, dass er mit seinem Anruf gerechnet hatte.

Er hatte den gelben Renault auf dem Parkplatz vor dem Bahnhof gesehen, sich aber gezwungen, in die andere Richtung zu schauen. Jedes Mal, wenn er daran dachte, dass Cecilia in Stockholm war, verspürte er einen Stich in der Magengegend, dessen Ursache er nicht benennen konnte. Keine Eifersucht, vielleicht Einsamkeit.

Rastlos lief er auf dem Bahnsteig auf und ab. Er war es nicht gewohnt, sich nach Abfahrtszeiten zu richten, und hasste es, in einer Schlange zu stehen. Glücklicherweise musste er nur einige Minuten warten, dann fuhr der Zug mit hellen Scheinwerfern ein.

Ängelholm war schon seit Urzeiten an den Pågatågen angeschlossen, den Regionalzug Skånes, der an seiner grellen lila Farbe und den individuellen Namen, die aus der Geschichte der Region stammten, leicht zu erkennen war. Natürlich tru-

gen die Züge ausschließlich männliche Namen, Olsson bemerkte, dass er an Bord von *Ernst Ahlgren* stieg, und zwinkerte dem anonymen Namensgeber innerlich zu.
Er ließ einen prüfenden Blick über seine Mitpassagiere gleiten, entdeckte aber niemand, der nach der Säpo oder einer anderen Polizeiabteilung aussah. Er sank in den lilafarbenen Sitz und ließ seinen Gedanken freien Lauf.
Zwanzig Minuten später stieg er am Knutpunkten aus, dem überdimensionalen Hauptbahnhof in Helsingborg. Olsson folgte der Wegbeschreibung des alten Mannes und fand den Bus der Linie 1 vor einer fabrikähnlichen Fassade. Er setzte sich auf einen Fensterplatz auf der rechten Seite und betrachtete das Straßenbild. An den Haltestellen stieg niemand zu, und der Bus rauschte mit einiger Geschwindigkeit an dem exzentrischen Rathaus mit seinen ziegelfarbenen Zinnen und Türmen vorbei. Am Theater bog er rechts ab und kletterte mit aufheulendem Motor den sich lang dahinziehenden Hälsobacken hinauf. Dann fuhr er links nach Tågaborg hinein.
Massive, Wohlstand vermittelnde Bauten aus der Zeit der Jahrhundertwende wechselten sich mit hohen Mietshäusern der Neuen Sachlichkeit ab, und hinter einer Kreuzung tauchte ein Baukomplex auf, der an englische Reihenhäuser erinnerte. Darauf hatte er gewartet. Er drückte die Haltetaste und sah, wie das Schild über dem Fahrer aufleuchtete.
Als er ausgestiegen war, überquerte er die Straße und begab sich in das gediegene Wohnviertel. Tågaborg war eine beliebte Gegend auf der Spitze eines Hochplateaus über dem Pålsjöbaden. Die heiß begehrte Aussicht auf den Öresund schimmerte wie ein Statuszeichen zwischen den Häusern hindurch,

je weiter westlich er kam. Nach einigen Häuserblocks erreichte er einen Park, der sich den steilen Hügel hinunter bis zum Öresund erstreckte, und Olsson konsultierte seine Wegbeschreibung.

Die Straße stimmte. Er stand vor einem blauen Haus mit Eisenbalkonen, das trotz seines Alters gut in Schuss war. Im ersten Stock des dunklen Treppenhauses fand er das Messingschild mit «A. Bergman». Als er klingelte, fragte er sich, ob Vater und Sohn wohl denselben Vornamen hatten. Aber dann fiel ihm ein, dass er ja den Namen Arvid Bergman im Telefonbuch nachgeschlagen hatte.

Ein schleppendes Geräusch war zu hören, dann vernahm er das Klirren der Schlüssel an der Tür. Arvid Bergman hatte die Ärmel hochgekrempelt und trug Hosenträger über einem dicken Bauch. Er sah nicht aus wie jemand, der schon achtzig war, hielt aber eine Gehhilfe fest, die er vor sich her schob.

Er musterte Olsson mit schwer zu deutender Miene. Dann hellte sich sein Gesicht auf, und er nickte ihm zu. «Ja, ich erkenne Sie wieder.»

Er drehte sich um und ging voran ins angrenzende Zimmer. Olsson schloss die Wohnungstür und folgte ihm. Er fragte sich, woher der Mann ihn wieder erkannte, soweit er wusste, hatten sie sich nie getroffen.

Das Zimmer war hell, durch zwei große Fenster schimmerte der blaue Balkon, und weit draußen blinkte das Wasser des Öresunds, auf dem ständiger Fährverkehr herrschte. Die dänische Küste mit ihrem Mosaik aus verstreuten Spielzeuggebäuden schien verblüffend nah zu sein.

Arvid Bergman stellte die zierliche Gehhilfe weg, die aus Aluminium war und an beiden Griffen Handbremsen hatte. Auf dem schmalen Brett dazwischen befanden sich eine Schachtel Zigaretten und ein halb voller Aschenbecher.

Er machte eine lässige Bewegung zu seinem Gefährt. «Ich brauche das, um bei meinen Schwindelanfällen nicht zu stürzen.»

Olsson nickte. Er wusste nicht recht, wie es weitergehen sollte, und blieb auf der Türschwelle stehen. Aber Arvid Bergman keuchte zu einem großen Esstisch und machte deutlich, dass auch Olsson sich setzen solle.

«Hoher Blutdruck», sagte er zur Erklärung seiner Schwindelanfälle.

Dann merkte er, dass er die Zigaretten vergessen hatte. Er machte Anstalten, aufzustehen und sie zu holen, aber Olsson kam ihm zuvor. Er hatte sich noch nicht niedergelassen, als der alte Mann schon eine Zigarette herausgeholt und angezündet hatte. Es war eine filterlose dänische Marke.

«Der Junge hat angerufen, also habe ich Sie mal im Verzeichnis nachgeschlagen.»

Der Junge war wohl Arne Bergman. Er war zwar etwas jünger als Olsson selbst, aber die 55 hatte er bestimmt schon hinter sich. Dass Arvid Bergman Zugang zu den alten Personalverzeichnissen hatte, erklärte, warum er ihn an der Tür so kritisch gemustert und schließlich wiedererkannt hatte.

Olsson sah sich in dem Zimmer um. Es war geschmackvoll möbliert, und an den Wänden hingen zahlreiche alte Polizeigegenstände. Zwei alte Säbel kreuzten sich unter einer Pickelhaube, uralte Handschellen baumelten neben einer Fotografie, die einen aufgeputzten Polizeikommissar in einem Mantel mit großen, runden Knöpfen zeigte. Das Foto schien aus den Zwanzigern zu sein, und Olsson vermutete, dass es Arne Bergmans Großvater zeigte.

«Wohnen Sie hier ganz allein?», fragte er, um überhaupt etwas zu sagen.

Der Alte nickte. «Jeden zweiten Tag kommt jemand vom ambulanten Pflegedienst.»

Plötzlich schien ihm etwas einzufallen, und er hielt Olsson fragend die Zigaretten hin. Der aber machte eine abwehrende Geste, denn er hatte vor mehr als einem Jahr mit dem Rauchen aufgehört.

Arvid Bergman nickte und sagte: «In der Kanne ist Kaffee.» Dabei deutete er zu einer Tür hinüber, die offenbar zur Küche ging.

Olsson stand auf und holte die Kanne und zwei Tassen. Nach Milch und Zucker wollte er nicht fragen, lieber trank er das bittere Getränk so, wie es war. Er wusste nicht recht, wie er das Gespräch, dessentwegen er gekommen war, beginnen sollte. Es waren heikle Fragen, und er wollte nicht, dass sich Arvid Bergman quer legte. Außerdem erschien es ihm unhöflich, direkt zur Sache zu kommen, er hatte das Gefühl, dass der alte Mann nicht gerade oft Besuch bekam.

Aber zu seiner Erleichterung schien Arvid Bergman zu finden, dass der Vorrede genug sei, und übernahm selbst das Kommando. Er steckte sich eine neue Zigarette an und setzte sich bequem zurecht.

«Was ist es, worüber Sie im Fall Boman Bescheid wissen wollen?»

«Alles, woran Sie sich erinnern.»

Der Alte dachte nach, sein Blick wanderte hinaus zum Öresund. «Das war eine tragische Geschichte. Die Mutter hat kurz danach Selbstmord begangen. Es gab noch einen Jungen, der etwa zehn Jahre alt war. Er und der Vater haben den Namen geändert, um von den Leuten in Ruhe gelassen zu werden.»

Er verstummte, und Olsson machte sich schon Sorgen, dass er nicht mehr sagen wollte. Ohne groß darüber nachzudenken, fragte er: «War nicht die Säpo in die Sache verwickelt?»

Arvid Bergman blickte ihn an und inhalierte tief den Zigarettenrauch. Sein Bauch hob sich unter den Hosenträgern. «Ja, das waren wir in der Tat.»

Sein Ton war sarkastisch, und Olsson blinzelte überrascht. Bevor er nachfragen konnte, was damit gemeint war, fuhr der alte Mann lakonisch fort: «Wir mussten sauber machen.»

Es dauerte einige Sekunden, bis Olsson begriff, was das bedeutete. «Wurde damals etwas vertuscht?»

Arvid Bergman nickte. Es schien, als habe er lange darauf gewartet, etwas dazu zu sagen. «Wir haben uns um ein paar Einzelheiten gekümmert.»

«Die aus der Untersuchungsakte verschwanden?»

Sein Blick glitt wieder hinaus. Er seufzte als Antwort. «Fragen Sie mich bloß nicht, was es war. Wir waren nur Laufburschen des Militärs. Wir haben selbst nicht gewusst, um was es eigentlich ging.»

Er machte erneut eine Pause. Dann beugte er sich vor und sah Olsson in die Augen. «Aber eines habe ich begriffen. Da draußen auf dem Flugplatz gab es noch einen Mann.»

Olsson war sich nicht sicher, ob er verstehen wollte, aber Arvid Bergman wurde deutlicher.

«Kurt Malmberg war nicht allein, als er das Mädchen umbrachte. Es waren zwei, die sie vergewaltigten.»

KAPITEL 14

«Zwei?»

Olsson fragte sich, ob er richtig gehört hatte, aber Arvid Bergman wiederholte ohne Zögern, was er gerade gesagt hatte.

«Es waren zwei.»

«Sind Sie sich ganz sicher?»

Der alte Mann wirkte plötzlich erschöpft, als ob es ihn große Kraft gekostet hätte, endlich das Geheimnis zu lüften, das er dreißig Jahre lang gehütet hatte. Olsson wusste, dass er die Wahrheit sagte.

«Wir mussten sauber machen, damit er davonkam.»

Olsson konnte nicht sagen, ob es Bitterkeit oder Selbstverachtung war, die in seiner Stimme lag. Es war, als hätte er einen Deckel hochgehoben und würde nun in einen tiefen Brunnen hinabsehen. Er fragte matt: «Wissen Sie, wer es war?»

Arvid Bergman schüttelte den Kopf. «Es war einer vom Militär. Sie haben alles Material als *top secret* klassifiziert. Nichts wurde der Untersuchung zur Verfügung gestellt, bevor sie es nicht freigegeben hatten.» Er drückte die Zigarette im Aschenbecher aus und wiederholte: «Wir waren nur Laufburschen.»

Olsson saß schweigend da. Ihm war klar, dass Arvid Bergman alles gesagt hatte, was er wusste, aber er war nicht sicher, ob er schon die ganze Tragweite verstanden hatte. Er erahnte eine Schattenwelt, von der er nicht geglaubt hatte, dass es sie

gäbe. Und er hatte das ekelhafte Gefühl, dass diese Schatten noch immer Macht und Einfluss auf das hatten, was in seiner Nähe geschah.
Arvid Bergman bemerkte seine Stimmung und sah ihn forschend an. Dann räusperte er sich und sagte: «Arne hat erzählt, was dort oben passiert ist. Er meinte, es sei wichtig für Sie.»
Olsson nickte bestätigend.
«Es gibt da jemanden, mit dem Sie vielleicht reden sollten.»
Der Alte stand auf und ging mit schweren Schritten hinüber zu seiner Gehhilfe. Als er nach den Griffen fasste, drehte er sich zu Olsson um. «Ich werde mal anrufen.»
Dann verschwand er im angrenzenden Zimmer. Er schloss die Tür hinter sich und machte damit klar, dass Olsson das Gespräch nicht mit anhören sollte.
Es vergingen einige Minuten. Olsson betrachtete die Sammlung an den Wänden. Sie strahlte Stolz aus, wie sie da hing, und erinnerte ihn daran, dass der Polizeiberuf bei den Bergmans seit drei Generationen Tradition war. Und er verstand, wie gekränkt sich der Alte damals in seiner Berufsehre gefühlt haben musste, als ihn das Militär als Laufbursche missbrauchte. Vielleicht war er auch aus diesem Grund so mitteilsam und nicht nur deshalb, weil der Fall seit langem abgeschlossen war.
Es schepperte an der Tür, und Arvid Bergman tauchte wieder auf. Er hatte einen Zettel in der Hand und blieb im Türrahmen stehen, als warte er auf etwas. Olsson nahm es als Signal dafür, dass der Besuch vorbei war, und stand auf.
Als er in der Diele war, bekam er den Zettel. Der alte Mann räusperte sich erneut, wahrscheinlich rauchte er zu viel.

«Ich habe einen Bekannten in Helsingør. Fahren Sie hinüber und sprechen Sie mit ihm, er erwartet Sie.» Dann öffnete er die Wohnungstür und fügte hinzu: «Er ist ein ehemaliger schwedischer Militär.»

Olsson ging zu Fuß den steilen Hügel zum Sund hinunter, nahm aber die farbigen Häuser um ihn herum nicht wahr. Als er unten auf der Pålsgatan angekommen war, bog er nach links und ging bis zu dem Theater, wo die Straße den Hälsovägen kreuzte.

Er hatte noch Zeit, bevor er eine Entscheidung treffen musste. An und für sich hatte er keine Eile heimzukommen, niemand wartete auf ihn. Aber nach Dänemark zu fahren und auf gut Glück einen völlig Unbekannten aufzusuchen, war auch nicht gerade verlockend.

Andererseits hatte Arvid Bergmans Enthüllung ihn ziemlich getroffen, und offenbar war sein Bekannter ja darauf vorbereitet, dass er kommen würde. Vielleicht erhielt er dort einen Hinweis, ob er mit seinem Gefühl Recht hatte, dass etwas Bedrohliches vorging?

Er sah erneut auf den Zettel. Wie schon sein Sohn hatte auch Arvid Bergman keinen Namen aufgeschrieben, sondern nur eine Straßenadresse. Was der eigentliche Grund für Olssons Zögern war. Nach wem sollte er fragen, wenn er klingelte? Und was sollte er überhaupt sagen?

Er hatte noch immer keinen Entschluss gefasst, als er zum Harmitorget kam. Als er hinüber zum Terminal der Öresund-Fähren schaute, stellte er fest, dass sich die Passagiere gerade zum Ausgang begaben. Er war exakt ein paar Minuten vor Abfahrt gekommen, und das nahm er als Zeichen. Er be-

schleunigte den Schritt und ging im letzten Moment die Gangway hoch, bevor der Steg eingezogen wurde und die Fähre vom Kai wegdrehte.
Er stieg die Treppen hinunter und fand zu seiner Überraschung noch einen Fensterplatz. Draußen schimmerte das Wasser des Öresund, und Olsson sammelte seine Gedanken. Kurt Malmberg musste den anderen Mann gemeint haben, als er behauptet hatte, es sei nicht alles gesagt worden. Er hatte außerdem behauptet, jemand habe dafür gesorgt, dass er die Psychiatrie nicht verlassen konnte. Offenbar war das geschehen, um ihn am Reden zu hindern, aber Olsson hatte es als leeres Geschwätz abgetan. Es hatte sich angehört wie der leiernde Refrain eines Rechthabers. Wenn Malmberg aber tatsächlich einen Komplizen gehabt hatte, sah die Sache völlig anders aus.
Wahrscheinlich war der andere Mann im selben Alter wie Malmberg gewesen, vielleicht sogar etwas jünger. Das hieß, dass er wohl noch lebte. Olsson wurde plötzlich bewusst, dass es vielleicht einen Mörder gab, der all die Jahre frei herumgelaufen war und der unter Umständen kein Mittel scheute, um sein Geheimnis zu wahren. Sicher, nach dem Gesetz konnte er nicht mehr für den Mord an dem Mädchen vor Gericht gestellt werden, das war längst verjährt. Aber es gab ja andere Gerichte. Vielleicht stand für ihn alles auf dem Spiel, wenn seine Vergangenheit ans Licht der Öffentlichkeit kam? Olsson wusste, dass Leute schon für sehr viel weniger gemordet hatten.
Es half nichts, dass er den Gedanken zu verdrängen versuchte. Er kam wieder wie ein Lied mit Endlos-Wiederholung. Wenn Malmberg ermordet worden war, damit er nicht die Wahrheit sagen konnte, dann drohte ihm dasselbe Risiko. Es

reichte ja schon, wenn jemand glaubte, dass er etwas wisse. Oder, was noch schlimmer war: wenn jemand glaubte, dass Cecilia etwas wisse.

Olsson schaute über das Wasser. Die Überfahrt dauerte knapp zwanzig Minuten, und die Einfahrt des Hafens von Helsingør war bereits zu sehen. Eine der gewaltigen Autofähren legte gerade ab, es sah aus, als hätte sich einer der Bauten am Hafenterminal gelöst und triebe nun vom Land weg. Weit draußen am Ende der Molen erblickte man die üblichen Freizeitangler mit ihren Ruten.

Aber aus irgendeinem Grund löste der Anblick in Olsson nur Unbehagen aus. Plötzlich war er sich unsicher, ob er an Land gehen sollte oder nicht. Vielleicht war es für alle Beteiligten das Beste, wenn er nicht weiter nachforschte? Einen Moment erwog er, einfach an Bord zu bleiben, bis die Fähre zurück nach Helsingborg fuhr. Dann aber riss er sich zusammen. Wenn er mit seinen Überlegungen Recht hatte, war der Schaden ohnehin schon geschehen. Dann wäre es auf jeden Fall besser, zu wissen, um was es tatsächlich ging. Immer vorausgesetzt, dass der unbekannte ehemalige Militär etwas enthüllen würde.

Er stieg die Treppe hoch und wartete darauf, an Land gehen zu können. Das Gedränge hatte bereits angefangen. Seit die neuen EU-Richtlinien eingeführt worden waren, hatten die Fährgesellschaften damit begonnen, sich Fahrzeuge für den Bierkauf auf dem Sund zuzulegen. Olsson war plötzlich von Karren umringt, auf denen leere Bierflaschen in Kästen klirrten und ihm entgegenschimmerten wie die Mündungen flaschengrüner Stalinorgeln.

Er folgte dem Strom über die Landebrücke und den schmalen Kai entlang, ließ die Bierkarawane dann aber weiterziehen, hin zu dem Spritladen an der Ecke der Brostræde. Er selbst ging weiter geradeaus auf den imposanten Bahnhof zu, der eher einem Rathaus glich. Als sich die kräftigen Eichentüren hinter ihm geschlossen hatten, hätte er sich genauso gut in einer bayerischen Bierschwemme befinden können. Die rustikalen Deckenleuchter waren vermutlich hier wie dort zu finden.

Olsson zeigte seinen Zettel mit dem Straßennamen am Fahrkartenschalter vor und wurde durch einen Seiteneingang gewiesen. Quer über die Straße lag eine Art Terminal mit langen roten Betonhäuschen und hohen Pfählen, die die Abfahrtsbuchten der goldfarbenen Stadtbusse markierten. Er fragte eine Frau, wie er zum Søndre Strandvej kam, und sie deutete wortlos auf den Bus mit der Nummer 388.

Damit aber war die dänische Freundlichkeit erschöpft, und der Fahrer starrte ihn irritiert an.

«Der Strandvej geht runter bis zum Kobenhavn, zu welcher Nummer müssen Sie denn?»

Olsson holte seinen Zettel hervor und zeigte ihn.

«46? Das ist Zone fünf.»

Er gab ihm seine Fahrkarte. Olsson hatte vergessen, Geld zu wechseln, und hielt ihm verlegen einen schwedischen Fünfzigkronenschein entgegen. Der Fahrer nahm ihn kommentarlos an und gab ihm einige Münzen zurück.

Olsson hatte nicht die geringste Ahnung, wie viel er eigentlich bezahlt hatte oder für was, und er traute sich nicht zu fragen. Er ging ganz nach hinten im Bus, während dieser mit einem Ruck anfuhr. Olsson fiel auf einen Sitz am Fenster und überließ sich dem Schicksal und dem eventuellen Wohlwollen des Fahrers.

Es dauerte keine Minute, bis sie die Stadtgebäude hinter sich gelassen hatten. Olsson erblickte vor einem Fahrradgeschäft ein rotweißes Schild mit dem Namen Strandvejen und atmete auf. Die Richtung stimmte also.

Wenig später öffnete sich der Sund vor ihnen, und ihm wurde klar, woher die Straße ihren Namen hatte. Sie führte bis zur Uferböschung hinunter, und auf der anderen Seite zeichnete sich die Skyline Helsingborgs wie eine Silhouette vielfarbiger Spielzeuggebäude ab. Ihm fiel plötzlich ein, dass er vergessen hatte, den Fahrer zu bitten, ihm zu sagen, an welcher Haltestelle er aussteigen musste. So stand er auf und ging durch den sich zur Seite neigenden Bus nach vorne. Er sah, wie der Mann hinter dem Steuer jede seiner Bewegungen misstrauisch verfolgte, aber zu seiner Überraschung erhielt er ein freundliches Nicken auf seine Frage.

Er ging den schwankenden Weg zurück, und als er sich gerade wieder auf seinen Sitz hatte fallen lassen, hielt der Bus mit einem Ruck an, und die Stimme des Fahrers war im Lautsprecher zu vernehmen:

«Søndre Strandvej 46.»

Verwundert stolperte Olsson aus dem goldgelben Bus. Die ganze Fahrt hatte nur einige Minuten gedauert, der Anlegeplatz der Fähre war vielleicht sechshundert Meter entfernt, und er hätte den Weg problemlos zu Fuß gehen können.

Andererseits konnte er sich aber nicht beklagen, denn er war dort, wo er hingewollt hatte. Das goldgelbe Bushaltestellenschild leuchtete direkt vor der Garageneinfahrt eines weißen Hauses mit der Nummer 46.

Nachdenklich betrachtete Olsson die alte Patriziervilla. Eine niedrige, aber kräftige Steinmauer verlief ringsum, ein noch niedrigerer weiß lackierter Eisenzaun krönte die Mauer, und eine undurchdringliche Buchshecke schützte den verwilderten Garten gegen Wind und Einblicke. Von einem hohen Stahlmast mit weißen Porzellan-Nichtleitern liefen Stromkabel zu einer Reihe von Kontakten unter dem Dachfirst. Oder waren es Telefondrähte? Wären der abblätternde Putz und der allgemeine Eindruck von patiniertem Verfall nicht gewesen, hätte er das Haus für ein Botschaftsgebäude gehalten. Dieses Gefühl wurde dadurch verstärkt, dass die Villa leer und schweigend wirkte. Nur die Türen zu einem kleinen Balkon im zweiten Stock standen offen und wiesen darauf hin, dass hier jemand wohnte.

Olsson fragte sich erneut, ob der Besuch eine so gute Idee gewesen war. Er wusste immer noch nicht, was er sagen sollte, und schon gar nicht, mit wem er eigentlich reden würde. Zögernd ging er auf die Gartentür zu. Ein Pfeiler stützte vornehm das hervorspringende Ziegeldach und verstärkte den Eindruck, dass man sich auf fremdem Terrain bewegte.

In dem Moment, als er klingelte, fiel ihm ein Grund ein, warum ihm Arvid Bergman keinen Namen auf den Zettel geschrieben hatte, den er ihm gegeben hatte. Olsson überlief es eiskalt. War das mit der Einladung hierher nicht ein bisschen zu einfach gegangen? Keiner wusste, wo er war, nur Arvid Bergman. Und der war in die Vertuschung dessen verstrickt, was vor dreißig Jahren geschehen war. Was bewies ihm eigentlich, dass seine Loyalität nicht immer noch der Säpo galt?

Bevor er den Gedanken zu Ende gedacht hatte, öffnete sich die riesige Tür praktisch lautlos. Überrascht blickte Olsson in ein Paar farblose Augen, die ganz woanders hinzugehören schienen als in dieses zerfurchte Gesicht. Das Alter des Mannes war unmöglich zu schätzen, er konnte gerade eben pensioniert worden, genauso gut aber auch fünfzehn Jahre älter sein.

Fieberhaft suchte Olsson nach einer Einleitung, fand aber keine. Stattdessen brach der andere das Schweigen.

«Martin Olsson, wenn ich richtig vermute?» Er wartete die Antwort nicht ab, sondern verschwand in der dunklen Halle, ließ die Tür hinter sich aber offen. Olsson wunderte sich, dass die heisere Stimme nicht dänisch gesprochen hatte, dachte jedoch nicht länger darüber nach, sondern trat ein.

Der Mann, der sich noch immer nicht vorgestellt hatte, zeigte wortlos durch eine Doppeltür. Er deutete auf einen Erker, in dem zwei hohe Ledersessel standen, dazwischen ein ovaler Tisch. Als Olsson an ihm vorbei ging, nahm er einen schwachen Geruch von Alkohol wahr, und auf dem Tisch sah er die dunkelbraune Flasche mit dem typischen langen Hals.

Vielleicht bemerkte der Mann seinen Blick, er ließ sich jedoch nichts anmerken, sondern kam schnell zur Sache. Olsson hätte an seiner Stelle vermutlich nichts anderes getan.

«Haben Sie Ihren Polizeiausweis dabei?»

Verlegen stand Olsson auf und fummelte seinen Führerschein heraus. Der Mann musterte ihn eilig. Offenbar reichte es ihm, sich davon zu überzeugen, dass er die richtige Person vor sich hatte. Nun bekam seine Stimme einen anderen Ton.

«Arvid sagte, dass Sie ein Kollege seines Sohnes sind.»

Olsson nickte. Er hatte das gerade selbst sagen wollen, dann aber doch geschwiegen. Man musste die Dinge ja nicht unnötig verkomplizieren. Er wusste, der Mann wollte ihm nur klarmachen, dass alles, was er Olsson erzählte, ein Freundschaftsdienst an Arvid Bergman war und nichts anderes.

Als sie hinüber zum Erker gingen, bemerkte Olsson, dass sich der Mann sehr steif bewegte, als ob ihm etwas Schmerzen machte. Der schlanke, sehnige Körper wirkte seltsam kraftlos, was gar nicht zum sonstigen Verhalten des Mannes passte. Sie setzten sich in die Sessel, die den Blick auf die Fenster des Erkers freigaben. Es war, als läge der Öresund direkt unter ihnen ausgebreitet.

Aber der Mann deutete auf die Flasche mit *Gammeldansk* und sagte: «Das ist genauso gut gegen Schmerzen wie alles andere.»

Olsson sah ihn erstaunt an. Er war ganz offenbar auf seine Ankunft vorbereitet, denn auf dem Tisch standen zwei Gläser. Der Mann beugte sich vor und füllte beide mit der rötlich braunen Flüssigkeit, dann sagte er, als sei es das Selbstverständlichste von der Welt: «Ich habe Krebs, überall in diesem verfluchten Körper.»

Olsson wusste nicht, was er antworten sollte. Seit er durch die Tür gekommen war, hatte er noch kein einziges Wort gesagt, und langsam kam er sich wie ein ängstlicher Schuljunge vor. Aber der Mann schien keine mitfühlenden Kommentare zu erwarten. Er hatte seine Krankheit wie eine sachliche Information erwähnt, vermutlich um zu erklären, warum er nach Alkohol roch.

«Es war Arvids Idee, dass ich hergekommen bin», meinte Olsson, um endlich etwas zu sagen. Er benutzte den Vornamen, ohne darüber nachzudenken, aber ihm war klar, dass er es unbewusst tat, um es so klingen zu lassen, als kannten sie sich schon seit Jahren.

Der Mann nickte und hob das Glas. Offenbar fand er, es sei nun an der Zeit, sich vorzustellen. «Bo Stenmark.»
Olsson trank vorsichtig von dem dänischen Schnaps, der wie Hustensaft schmeckte. Er wusste nicht, wann er das letzte Mal Brüderschaft getrunken hatte, wenn überhaupt jemals. Ihm fiel ein, dass der Mann pensionierter Militär war, vermutlich hielt er es mit den alten Gepflogenheiten. Aber genau wie bei Arvid Bergman wusste er nicht, wo er anfangen sollte, um sein Anliegen zu schildern. Vielleicht sah man ihm sein Dilemma an, denn sein exzentrischer Gastgeber lehnte sich plötzlich im Sessel zurück und schloss die Augen. Es sah aus, als wappne er sich für das, was nun kommen würde, oder vielleicht hatte er auch nur Schmerzen.
«Was genau willst du wissen?»
Olsson sagte ohne Umschweife: «Was wirklich mit Lisbet Boman passiert ist.»
Bo Stenmark öffnete die Augen, deren farbloser Blick Olsson für einige Sekunden fest hielt. Der Ernst in der heiseren Stimme trat noch deutlicher hervor. «Das ist mir klar.»
Sein Blick schweifte weiter und verlor sich irgendwo über dem Wasser. Vielleicht betrachtete er die schwedische Küste, vielleicht einen Lastenkahn, der langsam Richtung Süden fuhr. «Ich war Untersuchungsoffizier, das ist wichtig zu wissen. Erinnerst du dich ans Kriegsende?»
Olsson schüttelte den Kopf. Er war damals sechs Jahre alt gewesen. Das Einzige, woran er sich aus den Kriegszeiten noch erinnerte, war, wie er den Nachbarn heimlich Eier und Butter von dem Hof gebracht hatte, auf dem er aufgewachsen war. Er hatte das als ein spannendes Spiel im Gedächtnis behalten, das war alles.

Bo Stenmark erwartete offenbar keine Antwort. Er sprach weiter, als hielte er einen Vortrag, und vielleicht hatte er das ja schon viele Male getan. «Es war eine neue Zeit. Der Kalte Krieg begann, und wir waren gezwungen, uns nach den neuen Regeln zu richten.» Er schnitt eine selbstironische Grimasse. «Ich sage wir, aber ich meine natürlich Schweden. Ich selbst war jung und noch grün hinter den Ohren, gerade frisch von Karlberg gekommen.»

Er verstummte, als ob ihn plötzlich etwas überwältigte. Dann aber griff er nach seinem Glas und fuhr fort. «Man brauchte Leute, die wussten, wie es auf der anderen Seite aussah. Hinter dem eisernen Vorhang. Dabei konnte man nie sehr wählerisch sein, was das für Leute waren. Es kam schon vor, dass Kriegsverbrecher neue Namen und Jobs im schwedischen Geheimdienst bekamen. Judenmörder und Plünderer. Aber sie hatten die Fähigkeiten, die wir brauchten, und an allererster Stelle stand nun mal das Interesse der Nation.»

Er machte eine Pause. Dann sagte er mit müder Stimme, als wolle er etwas zusammenfassen: «So hat alles angefangen.»

Olsson wusste wieder nicht, was er sagen sollte. Hätte ihm ein anderer so etwas erzählt, hätte er es für leeres Geschwätz gehalten, aber diesem alten Offizier glaubte er. Er verstand nur nicht, was das mit Lisbet Boman zu tun hatte.

Bo Stenmark schien darüber nachzudenken, was er gesagt hatte. Seine Stimme klang immer noch müde, als er fortfuhr. «Dann ging es immer so weiter. Der Kalte Krieg war der Beginn einer neuen Aufteilung in Nützlich und Nutzlos, bei Ländern genauso wie bei Menschen, es gab keinen Unterschied. Man hatte gemeinsame Feinde und musste deshalb zusammenarbeiten. Das Problem war die Politik. Die schwedische Politik, meine ich.»

«Die Neutralitätspolitik?»

Die farblosen Augen wandten sich Olsson zu. Das schwache Lächeln war kaum zu sehen. «Die gab es nicht. In der Praxis waren wir von allem Anfang bei der Nato angebunden. Das Problem war bloß, dass die Politiker nicht wagten, das zuzugeben. Sie entschieden sich für die Geheimhaltung.»

Olsson sagte nichts. Er hatte die Enthüllungen der Zeitungen über einen schwedischen Spionageplan im Baltikum und den Tauschhandel mit einigen westlichen Geheimdiensten noch in frischer Erinnerung.

Bo Stenmark stand unvermittelt auf und ging zu einer Vitrine hinüber. Als er zurückkam, hielt er etwas in der Hand, das er Olsson entgegenstreckte. Es war ein kleines Abzeichen mit zwei zierlichen Goldschwingen, die in dem abnehmenden Nachmittagslicht geheimnisvoll schimmerten.

«Ich war der Erste, der so etwas bekommen hat.»

Olsson nickte. Er wusste, was es war, aber hatte es noch nie in Wirklichkeit gesehen.

«Ich bekam eine Spezialausbildung bei den US-Marines. Wir glaubten mit den Amerikanern, dass wir eine gemeinsame Strategie gegen die Sowjets brauchten, und leiteten einen Austausch ein. Wenn wir einen Mann bei ihnen hatten, hatten sie einen bei uns.»

Olsson erinnerte sich, dass er etwas Ähnliches neulich im Fernsehen gehört hatte. Aber ihm war noch immer nicht klar, worauf Bo Stenmark eigentlich hinauswollte. Oder warum er so mitteilsam war.

Vielleicht konnte der alte Geheimdienstmann ja Gedanken lesen. Er füllte sein Glas erneut mit *Gammeldansk* und sah Olsson mit seinen farblosen Augen an. «Heute ist das alles Geschichte, der Kalte Krieg ist vorbei und die Archive werden geöffnet. Ich werde bald sterben, aber eine Sache will ich nicht mit ins Grab nehmen.» Er zuckte mit den Schultern. «Ich habe lange darüber nachgedacht, ob ich erzählen soll, was geschehen ist. Ich kann es genauso gut dir erzählen wie jemand anderem.»

Er leerte sein Glas in einem Zug und schenkte sich sofort ein neues ein. Olsson fragte sich, ob er gleich betrunken sein würde, aber man merkte ihm nichts an, als er klar und deutlich weitersprach.

«Wir hatten hier auch Engländer. Im Herbst 1969 gab es in Skåne ein großes Manöver, an dem ein Fallschirmjäger eines englischen Verbands teilnahm.»

Er schwieg und sah aus dem Fenster. Die Dämmerung senkte sich allmählich herab, und der schwedische Küstenstreifen schimmerte nun leicht lila.

Olsson hatte bereits begriffen. «Er war der zweite Mann?»

Bo Stenmarks heisere Stimme klang wie Sandpapier. «Er war der zweite Mann.»

Es wirkte, als koste es ihn große Mühe fortzufahren. Er schüttelte schwer den Kopf. «Ich weiß nicht, ob dir klar ist, welches politisches Dynamit das damals war. Ein Nato-Offizier im aktiven schwedischen Dienst, der am Mord eines Mädchens beteiligt war. Die Konsequenzen waren nicht zu überblicken, weder im Bezug aufs Inland noch aufs Ausland.» Er seufzte. «Es war mein Job, ihn da rauszuhalten.»

Er erzählte weiter, während die Dämmerung draußen langsam in Dunkelheit überging. Olsson sah, wie die Lichter drüben auf der schwedischen Seite angingen, und wusste nicht, ob er glauben sollte, was er da hörte. Der Mann neben ihm hatte alle denkbaren Gesetze ignoriert, sowohl juristische als auch moralische. Er hatte Beweise zur Seite geschafft, Zeugen gekauft oder beeinflusst, Protokolle von Verhören gefälscht. Auch Kurt Malmberg war mit dem Versprechen hinters Licht geführt worden, dass er davonkommen würde, wenn er über seinen Mittäter den Mund hielt. Und alles, was eines Tages die Wahrheit hätte enthüllen können, war im Archiv mit den «Geheim»-Stempeln von Must begraben worden.

Als Bo Stenmark fertig war, saß Olsson sprachlos da. Die Erzählung war so detailliert gewesen, dass er an ihrer Wahrheit nicht zweifeln konnte, aber er verstand nicht, dass es die schwedische Gerichtsbarkeit war, um die sich alles drehte. Dennoch begriff er, dass alles nicht nur mit freundlicher Unterstützung hoher Politiker und Militärs, sondern sogar auf deren Anweisung hin geschehen war. Und das in jenen guten Jahren, als das schwedische Modell in der ganzen Welt die Stimme des Gewissens gewesen war.

Die Dunkelheit draußen und die Stille drinnen waren wie ein leerer Raum, in dem die beiden gedankenverloren saßen. Einzelne Autos tauchten auf und verschwanden mit blendenden Scheinwerfern auf der schmalen Straße. Olsson wusste nicht, wie viel Zeit vergangen war, als Bo Stenmarks heisere Stimme die Stille durchschnitt.

«Ich konnte es nicht über mich bringen, das Mädchen anzusehen, nicht mal auf den Fotos.»

Olsson sagte nichts. Er war dort gewesen, hatte sie gefunden

und konnte das nie vergessen. Aber im Moment bohrte etwas anderes in ihm, eine Frage, die ihn schon auf der Fähre beschäftigt hatte.
«Der andere Mann, lebt er noch?»
Bo Stenmark schien von weit her zurückzukommen. Er klang abwesend, als er sagte: «Er heißt Douglas Ferguson und ist britischer Militärattaché in Chile.»
Olsson hörte die Bitterkeit in seiner Stimme und verstand sie. Er hatte die Antwort erhalten, die er gesucht hatte, und wusste nur noch nicht, was sie eigentlich bedeutete.
Er stand auf und wollte gehen, aber dann fiel ihm ein, dass er noch eine Frage an Bo Stenmark hatte.
«Wer außer mir weiß davon?»
Der alte Geheimdienstoffizier musste nicht einmal nachdenken, er zuckte bloß mit den Schultern. «Nur die mit außerordentlicher Sicherheitsklassifizierung. Ich habe einen abschließenden Rapport geschrieben, und nachdem der im Archiv gelandet war, hätte nicht einmal ich ihn dort wieder rausholen können.»
Bo Stenmark begleitete Olsson zur Tür. Er streckte die Hand aus, und Olsson dachte erst, er wolle sich verabschieden, sah dann aber, dass er ihm ein zusammengefaltetes Blatt Papier hinhielt.
«Wir werden uns nicht mehr sehen. Nimm das, vielleicht kannst du es gebrauchen.»
Es war ein Zeitungsartikel. Olsson stopfte ihn in die Jackentasche und trat hinaus auf die von Säulen getragene Veranda. Es war seltsam windstill, aber die Luft war kalt und roch nach Herbst.

Olsson ging hinaus auf die Straße und beschloss, zum Fährhafen zurückzulaufen. Nach etwa fünfzig Metern drehte er sich nach dem weißen Haus in dem verwilderten Garten um und sah, wie das Licht in einem Fenster im ersten Stock anging. Er fragte sich, was Arne Bergmans Vater am Telefon eigentlich gesagt hatte. Es war schon seltsam, dass Bo Stenmark selbst keine Fragen gestellt hatte. Olsson hatte das Gefühl, dass der alte Mann wusste, was mit Kurt Malmberg passiert war, obwohl noch immer nichts darüber in den Zeitungen stand.

Er ging am Wasser entlang. Der Weg war länger, als er gedacht hatte, aber er brauchte jetzt einen Spaziergang. Es fiel ihm schwer, das Gehörte zu verarbeiten. Das war nicht das Schweden, das er kannte, er regte sich über den Rechtsskandal auf und war zugleich persönlich enttäuscht. Er hatte sich immer wieder gefragt, was eigentlich mit dem schwedischen Sozialstaat alter Prägung geschehen war, doch Bo Stenmarks Bericht hatte sein Weltbild erschüttert. Vielleicht war es früher nicht besser gewesen, sondern nur anders.

Er kam genau richtig zur Abfahrt einer Fähre, setzte sich auf der Backbordseite hin und betrachtete den Turm von Hamlets Schloss, als sie aus dem Hafen glitten. Offenbar war nicht nur im Staate Dänemark etwas faul, aber wer die Sache wieder richten konnte, wusste er nicht. Außer dass er es wohl kaum war.

Dann fiel ihm der Zeitungsausschnitt ein, den er bekommen hatte, und er faltete ihn auf. Es war ein Artikel aus dem Sommer, in dem es um den Verkauf schwedischer JAS-Flugzeuge an Chile ging. Auf dem Foto sah man einige lachende Männer in dunklen Anzügen, und in der Bildunterschrift las er den Namen Douglas Ferguson wie mit Feuerlettern geschrieben.

Olsson betrachtete den optimistischen Artikel lange. Er führte aus, wie viele Exportmillionen und neue Jobs es bedeuten würde, wenn der Waffendeal mit Chile zustande käme.

Als er den Kai in Helsingborg betrat, schien es ihm, als kehrte er in ein fremdes Land zurück.

KAPITEL 15

Die JÄTTEN FIN brachte ihn heim nach Ängelholm. Olsson stieg mit einer Hand voll anderer Passagiere aus dem lilafarbenen Zug und ging automatisch hinüber zur Eisenbahnbrücke. Mit seinen Gedanken war er noch immer in der heruntergekommenen Villa vor den Toren Helsingørs, noch immer hörte er die heisere Stimme und sah die Dunkelheit durch die Erkerfenster hereinsickern, die den Blick auf die schwedische Küste freigaben.

Erst als er das träge dahinfließende Wasser der Rönne längst hinter sich gelassen hatte, fiel ihm auf, dass er nicht ein einziges Mal nach dem gelben Renault vor dem Bahnhof geschaut hatte. Aus irgendeinem Grund verstärkte diese Erkenntnis seinen Unmut, und als er in die Storgatan einbog, fühlte er sich doppelt im Stich gelassen – von Cecilia und von seinem Staat.

Olsson sperrte sein leeres Haus auf und schnickte die Schuhe von sich. Sie polterten lärmend zu Boden und ließen die Stille danach nur noch lauter erscheinen. Es wurde schlimmer, als er die Diele verließ und lustlos eine Runde durch die Zimmer drehte. Er fand, dass die Ruhe auf den Trommelfellen lastete, schaltete den Fernseher ein, machte ihn aber sofort wieder aus.

Es war, als könne er nicht noch mehr Eindrücke verarbeiten. Dreißig Jahre lang hatte er in der sicheren Überzeugung gelebt, dass sie damals wenigstens Lisbet Bomans Mörder festgenommen hatten. Und nun waren auf einen Schlag sowohl diese Überzeugung als auch sein Glaube an das System, dem er genauso lange als Polizist gedient hatte, vernichtet worden. Oder besser gesagt in zwei Schlägen. Er fragte sich, wie Arvid Bergman und Bo Stenmark all die Jahre mit ihrem Wissen hatten leben können. Aber vielleicht war ihnen das ja nicht leicht gefallen.

Wenn er darüber nachdachte, dann war in dem langen und detaillierten Bericht des sterbenden Geheimdienstmannes etwas von einer Beichte gewesen. Auch die Bitterkeit in Arvid Bergmans Stimme hatte er nur zu deutlich vernommen. Vielleicht hatten sie es für sich selbst getan, als sie ihm ihre Geheimnisse anvertrauten.

Olsson hatte den Gedanken noch nicht fertig gedacht, als ihn die Angst wie ein Bumerang traf, dass das, was er herausgefunden hatte, ein gefährliches Wissen war. Schon länger hatte er ja befürchtet, dass jemand glaubte, er wisse etwas, das er nicht wissen solle. Das war jetzt tatsächlich so. Er war sich nur nicht sicher, ob seine Einbildung mit ihm durchging oder ob es wirklich eine ernst zu nehmende Bedrohung gab. Und wenn ja, woher sie in diesem Falle kam.

Klar war nur, dass Douglas Ferguson gute Gründe hatte, die Enthüllung seiner Vergangenheit zu verhindern. Aber er war Militärattaché in Chile, und es war kaum vorstellbar, dass seine Tentakeln bis nach Nordwestskåne reichten. Kurt Malmberg hatte behauptet, dass jemand seine Entlassung aus der Psychiatrie verhindert habe, doch es war schwerlich möglich, dass Douglas Ferguson das von der anderen Seite des Erdballs aus organisieren konnte.

Olsson zog den Zeitungsartikel hervor, den Bo Stenmark ihm gegeben hatte, und betrachtete ihn erneut. Er versuchte sich auszumalen, was er wirklich bedeutete, aber er sah nur, dass die schwedische Besessenheit von der Ökonomie eine neue Grenze überschritten hatte. Was Douglas Ferguson dabei für eine Rolle spielte, verstand er allerdings nicht.
Er seufzte düster – es sah aus, als sei er vom Regen in die Traufe gekommen. Eigentlich war nichts klar, außer dass er jetzt wusste, dass Brodin ihn darüber auszuhorchen versucht hatte, was mit den Akten der Boman-Untersuchung passiert war.
Er machte das Licht aus und legte sich angezogen aufs Bett. Aber seine Gedanken wurden dadurch auch nicht klarer. Er lag lange in der Dunkelheit, ohne zu wissen, was er nun tun sollte.
Zum Schluss schlief er über seiner Unentschlossenheit ein. Mitten in der Nacht wachte er auf, weil er fror. Zuerst wusste er nicht, wo er war, einen Moment schien es ihm, als stecke er wieder mitten in der Boman-Untersuchung. Vielleicht hatte er von dieser Zeit geträumt. Er stand auf und zog sich aus, bevor er sich wieder ins Bett legte. Es war kurz nach drei.

Um zehn Uhr am nächsten Morgen hatte Olsson einen Entschluss gefasst. Er würde endlich Ernst machen und mit Arne Bergman über seine neuen Erkenntnisse reden. Er aß sein mit Tabasco gewürztes Frühstücksei und trank ein Glas eiskalten Apfelsaft hinterher. Der Gedanke an Cecilia war wie eine anhaltende Unruhe im Magen, aber er zwang sich, an etwas anderes zu denken. Er wusste, dass er nichts anderes machen

konnte, als zu warten, bis sie wieder von sich hören ließ. Und vielleicht hoffen. Er war nur nicht sicher, auf was.
Er dachte einige Minuten nach, ob er Arne Bergman anrufen sollte, bevor er sich auf den Weg machte, ließ es dann aber sein. Wenn sein ehemaliger Kollege nicht zu Hause war, war das auch keine Katastrophe. Es war besser, unangemeldet zu kommen, und außerdem wusste er nicht, was er am Telefon sagen sollte, ohne unnatürlich zu klingen. Dass er jemanden zum Reden brauchte?
Er beseitigte die Reste seines Frühstücks und trug den Müll hinaus. Das Wetter war wieder grau, und es windete leicht. Er duckte sich gegen den Wind, machte aber dennoch eine Inspektionsrunde um sein Auto. Auch wenn der Drohanruf von vorletzter Nacht wahrscheinlich nur leeres Geschwätz gewesen war, konnte man nie ganz sicher sein. Sorgfältig kontrollierte er alle Reifen, aber es gab kein Anzeichen dafür, dass einer weniger Luft als normal enthielt. Nachdem er sich wieder ins Warme gerettet hatte, holte er einen dicken Pullover. Es war nicht zu übersehen – der Herbst war gekommen, um zu bleiben, und daran änderten auch die letzten Tage mit ihrem trügerisch schönen Wetter nichts. Er sah in den Spiegel, bevor er wieder zu seinem Auto ging. Ohne sagen zu können, woran es lag, fand er, dass man ihm den Polizisten schon von weitem ansah. Oder wenigstens, dass er mal einer gewesen war.

Die Danielslundgatan wurde von einer langen Reihe Arzthäuser gesäumt und führte am Wald vorbei. Bei Haradal hörte der Nadelwald auf, und bei Luntertun erinnerten ein einfaches Holzkreuz und eine Steinruine daran, dass hier die

Anfänge Ängelholms lagen. Sie stammten aus einer Zeit, bevor der dänische König Kristian II. befohlen hatte, dass die ganze Stadt an die okarinaförmige Bucht der Rönne verlegt werden sollte.

Olsson hatte keine Eile. Der Saab rollte gemächlich am Freizeithafen vorbei, in dem sich beinahe genauso viele Boote an Land wie auf dem Wasser befanden. Am Pier verlangsamte er das Tempo einen Moment, um den Anblick des Skälderviken zu genießen, der sich hier zu Kullaberg und Kattegatt hin öffnete. Er erhaschte einen kurzen Blick auf das Original des meditativen Mosaiks im Schwimmbad, dann machte die Straße eine Wendung von 90 Grad, und die Aussicht verschwand im Rückspiegel.

Nachdem er den kurvigen Hügel hinaufgefahren war, schlängelte er sich links zwischen den Dorfgebäuden hindurch. Auch wenn es ziemlich lange her war, so fand er Arne Bergmans Haus doch auf Anhieb. Er bremste vor dem weißen Zaun und wurde im selben Moment von dem Gefühl überwältigt, lieber alles sein zu lassen.

Er blieb eine Weile im Auto sitzen. Wenn er es recht bedachte, so hatte er nicht die geringste Ahnung, wie er anfangen oder wie viel er erzählen sollte. Es war an und für sich seltsam genug, dass Arne Bergman nicht gewusst hatte, was damals bei der Boman-Untersuchung geschehen war. Oder war das Seltsame, dass sein Vater so mitteilsam gewesen war?

Plötzlich zweifelte er daran, ob es eine so gute Idee war, die Sache mit einem früheren Kollegen zu besprechen. Er brauchte zwar jemanden, mit dem er reden, aber auch jemanden, mit dem er seine wachsende Wut teilen konnte. Und er war sich nicht sicher, ob Arne Bergman den Justizskandal genauso bewerten würde wie er selbst. Wenn ihm andererseits ein Polizist einen zuverlässigen Rat geben konnte, wie ernst er den Drohanruf nehmen sollte, dann war das mit Sicherheit Arne Bergman.

Olsson beschloss, das Gespräch mit dem nächtlichen Telefonat zu beginnen, nicht so sehr, weil es ihn beunruhigte, sondern weil es etwas Konkretes war. Dann würde man weitersehen. Er schloss den Wagen ab und ging den mit Steinen gelegten Gartenweg hinauf zum Haus. Einige niedrige, akkurat geschnittene Büsche standen in Reih und Glied links und rechts den Weg entlang. Er sah bereits aus der Entfernung, dass in der Küche Licht brannte, obwohl es heller Vormittag war, also war auf jeden Fall jemand zu Hause.

Er klingelte und fühlte sich dabei verlegen, ohne recht sagen zu können, warum. Das Gefühl verstärkte sich, als die Tür gleich darauf geöffnet wurde und er in das erstaunte Gesicht von Kajsa Bergman blickte.

«Martin Olsson?»

Er wusste nicht, was er sagen sollte. Es war bestimmt ein paar Jahre her, seit er den letzten seiner nicht gerade häufigen Besuche hier gemacht hatte, und er hatte nicht erwartet, dass ihm Arne Bergmans Frau öffnen würde. Vielleicht spürte sie das, vielleicht sprach sie aber auch nur ganz automatisch weiter.

«Willst du zu Arne?»

Olsson nickte und kam sich vor wie ein Schuljunge, der nach einem Spielkameraden suchte. «Ist er zu Hause?»

Aus ihrer Überraschung wurde Bedauern. Sie schüttelte den Kopf. «Nein, er arbeitet.»

«Im Polizeirevier?»

Er wollte gar nicht so kurz angebunden klingen, aber sie schien es nicht zu merken.
«Er ist vor einer Stunde gefahren.»
Beide schwiegen einige Sekunden. Olsson suchte fieberhaft nach etwas, was er sagen konnte, aber sie kam ihm zuvor. Sie klang aufrichtig bedauernd.
«Wie schade. Du kommst ja nicht gerade oft zu Besuch.» Sie hatte die Tür nun ganz geöffnet und fügte hinzu: «Willst du nicht auf eine Tasse Kaffee hineinkommen? Wo du schon mal da bist?»
Olsson wollte gerade nein sagen, als er eine Bewegung in der Diele hinter ihr wahrnahm. Ein Mann steckte den Kopf aus der Küche, offenbar neugierig, mit wem sie da sprach, und zog ihn genauso schnell wieder zurück. Es dauerte nur einen Moment, aber Olsson hatte dennoch gesehen, wer es war.
Er wusste nicht mehr, mit was er sich entschuldigt hatte, aber es konnte nicht allzu durchsichtig gewesen sein, denn sie winkte ihm freundlich nach, als er zu seinem Auto zurückging. Olssons Gedanken aber waren woanders. Seit er den Mann, der aus Arne Bergmans Küche geschaut hatte, das letzte Mal gesehen hatte, war weniger als eine Woche vergangen. Da hatte er eine Baseballkappe getragen und war einer der Anführer des Lynchmobs gewesen, der Kurt Malmberg von Vejbystrand verjagen wollte.

Auf dem Weg zurück nach Ängelholm hatte Olsson keine Augen für die Aussicht auf den Hafen oder die Denkmäler. Ihm war es schon vor einigen Tagen so vorgekommen, als ob Arne Bergman ihn aushorchen wollte, wie viel er eigentlich über die Vorgänge in Vejbystrand wusste. Damals hatte er das nicht so ernst genommen, aber nun war er sich nicht mehr so sicher.

Es war ein unangenehmer Gedanke, dass Arne Bergman womöglich das lichtscheue Gesindel beschützte, das sich «Die Wächter» nannte, erst recht, wenn er annehmen musste, dass sie in den Schmuggel verwickelt waren, den er aufdecken wollte. Der Mann in der Küche war bei der Auseinandersetzung vor der Bibliothek einer der Anführer gewesen. Und wenn Olsson die Bibliothekarin richtig verstanden hatte, gehörte er auch zu der Gruppe, die so geheimnisvolle abendliche Treffen abhielt.

Doch wenn er es sich genau überlegte, bedeutete das noch lange nicht, dass Arne Bergman etwas damit zu tun hatte. Streng genommen musste nicht einmal der Mann mit der Baseballkappe darin verwickelt sein.

Olsson war ganz automatisch gefahren. Instinktiv hatte er denselben Weg gewählt wie hinaus nach Skälderviken. Als er die Östergatan erreichte, fasste er einen schnellen Entschluss und bog nach links zum Polizeirevier ab.

Er parkte sein Auto auf demselben Parkplatz wie beim letzten Mal und ging zu der Metalltür hinüber. Er drückte auf den Knopf und wappnete sich schon für die kommenden technischen Verwicklungen, aber zu seiner Überraschung ging die Lautsprecherstimme schnell und effektiv vor.

Es summte sofort, nachdem er seinen Namen genannt hatte. Als er durch die Türschleuse getreten war, erlebte er die nächste Überraschung, denn hinter dem Panzerglas der Rezeption saß ein lebendes Wesen. Und das, obwohl es Sonntag war.

Er fragte sich, was wohl passiert war. Weiter kam er nicht, denn plötzlich stand der junge Mann neben ihm, der ihn her-

eingelassen hatte und den er noch von seinem vorletzten Besuch kannte. Der Bart war genauso sauber gestutzt wie beim letzten Mal, der Ton ebenso respektvoll.
«Ich soll Sie nach oben bringen.»

Olsson verstand überhaupt nichts mehr, aber er machte eine gute Miene und folgte dem pflichtbewussten Polizeianwärter. Er vermutete, dass Kajsa Bergman angerufen und ihrem Mann mitgeteilt hatte, er sei auf dem Weg hierher. Ihm fiel ein, dass er – um einen schnellen Abgang bemüht – zu ihr gesagt hatte, dass Arne Bergman und er etwas Wichtiges zu bereden hätten.
Sie nahmen den Aufzug, und Olsson bemerkte, dass sein Führer in den Spiegel schielte und die Jacke seiner Uniform mindestens zweimal zurechtrückte, bevor sie den vierten Stock erreichten. Einen Moment lang tat er ihm Leid. Er saß wohl noch immer dem Irrtum auf, es mit einem ehemaligen ranghohen Polizeibeamten zu tun zu haben, und Olsson überlegte, ob er ihm sagen sollte, wer er wirklich war. Aber noch bevor er sich dazu entschließen konnte, glitten die Aufzugtüren auf, und der Marsch durch die menschenleeren Flure ging weiter. Offenbar hatte Arne Bergman einen neuen Raum bezogen, denn plötzlich standen sie vor der Tür zu Brodins altem Büro.
Der Anwärter klopfte und musste etwas gehört haben, was Olsson entgangen war, denn er öffnete die Tür, als ob es zu einer Audienz ginge.
Olsson trat ein, verharrte aber mitten in der Bewegung. Statt Arne Bergman saß Folke Brodin mit seinem Dauerlächeln hinter dem wohl bekannten Schreibtisch.

«Das ging ja schnell.»

Der Anwärter machte einen ehrerbietigen Diener, bevor er wie ein Geist verschwand. Olsson ging zögernd zu einem der beiden Besucherstühle und setzte sich. Soweit er sah, war Brodin allein, vielleicht wollte er mit Larssons Redseligkeit keine Risiken mehr eingehen.

«Was soll das heißen: es ging schnell?», fragte er wachsam.

Offenbar war er erwartet worden, er hatte allerdings keine Ahnung, wieso und warum. Brodin konnte ja unmöglich gewusst haben, dass er kam – er selbst hatte sich erst in dem Moment dazu entschlossen, als er in den Klippanvägen eingebogen war.

Der exzentrische Polizeichef musterte ihn überrascht. «Es ist höchstens zehn Minuten her, seit ich gesagt habe, dass du hierher bestellt werden sollst. Du hast wohl darauf gewartet?»

Man merkte ihm an, dass er bei der Wortwahl ins Schleudern kam, aber es war schon zu spät. Olsson wurde hellhörig.

«Mich hierher bestellen?»

Das Lächeln war ebenso freundlich wie die Antwort schnell. «Dich anzurufen, meine ich natürlich. Deshalb bist du doch wohl gekommen?»

Olsson antwortete nicht. Offenbar hatte einer von Brodins Leuten bei ihm angerufen, als er bei den Bergmans gewesen war. Der Anwärter war als Wachhund an die Tür gesetzt und instruiert worden, ihn sofort hochzubringen, wenn er kam. Aber Brodins Ausrutscher ließ ihn ahnen, dass es sich nicht nur um eine freundschaftliche Unterredung zwischen alten Kollegen handelte.

Und so war es auch. Er musste gar nicht lange warten.

Brodin drehte sein Lächeln noch ein paar Grade weiter auf und kam zur Sache. Es gab keinen Zweifel. Er hatte ihn zu einem regelrechten Verhör einbestellt.
«Es gibt einige Unterlagen, über die ich mit dir reden will.»
Irgendetwas an seinem Tonfall ließ Olsson beinahe die Beherrschung verlieren. Er spürte die Wut in sich wachsen, als er daran dachte, was Bo Stenmark ihm in der Villa vor den Toren Helsingørs erzählt hatte. Er wollte sich nicht wie ein Verbrecher verhören lassen, denn er wusste nur zu gut, auf welcher Seite des Schreibtisches der Betrug geschehen war. Und vielleicht noch immer stattfand, wie es aussah.
«Was für Unterlagen?», fragte er schroff
Aber Brodin gab sich nicht so leicht geschlagen. Sein Ton klang plötzlich säuerlich. «Verschwundene Unterlagen. Du erinnerst dich bestimmt, dass wir letztes Mal darüber geredet haben.»
Olsson wusste auf einmal, dass der Augenblick gekommen war. Er bemühte sich, so gelassen wie möglich zu klingen.
«Du meinst die über Douglas Ferguson?»
Es war wie ein Treffer in den Solarplexus. Zum ersten Mal kam Brodin sein ständiges Lächeln abhanden. Er saß schweigend da und starrte vor sich hin, während die Sekunden verrannen. Als er endlich antwortete, war sein Blick glasig.
«Hast du sie?»
Seine aufrichtige Frage klang fast wie ein Hilferuf, aber Olsson gab seinen Vorteil nicht so schnell aus der Hand.
«Ich weiß, um was es darin geht.»
Brodin blieb reglos sitzen, es war unmöglich zu sehen, was in ihm vorging. Als er endlich etwas sagte, klang es wie das Echo eines längst vergangenen Telefongesprächs.

«Die Säpo glaubt, dass Kurt Malmberg dich kontaktiert hat, damit du ihm hilfst, die Sache an die Öffentlichkeit zu bringen. Die Kollegen sind seitdem in Bereitschaft.»
Olsson wusste erst nicht, worauf er hinauswollte, aber dann fielen die Puzzlesteine an ihren Platz. Es war natürlich die Säpo gewesen, die verhindert hatte, dass Kurt Malmberg die psychiatrische Klinik verlassen konnte. Und als er endlich doch heraus kam, hatten sie gute Gründe zu befürchten, er würde die Vertuschungsaktion aufdecken. Bestimmt hatten sie sein Telefon abgehört, und wahrscheinlich wurde auch er seit jenem ersten Anruf Malmbergs überwacht. Er fragte sich allerdings, was sie getan hätten, wenn er tatsächlich an die Öffentlichkeit gegangen wäre.
Olsson war die versteckte Drohung in Brodins Worten nicht entgangen, aber so leicht wolle er nicht nachgeben. Er sah den exzentrischen Polizeichef an und sagte: «Er hat nichts erzählt. Jemand hat ihn vorher umgebracht.»
Brodin verzog keine Miene. Vielleicht war es ein Fehlschuss, oder womöglich hatte Olsson ihn unterschätzt. Die einzige Reaktion war eine neue Frage, die mehr wie eine Behauptung klang.
«Aber er hat dir die Papiere gegeben?»
«Ich dachte, die hat der Must.»
Brodin blickte ihn erstaunt an. Er klang plötzlich geduldig, als müsse er einem widerspenstigen Schüler etwas auseinander setzen. «Einige Unterlagen aus der Boman-Akte haben das Must-Archiv aus Versehen verlassen. Man weiß, dass die Säpo-Forscher sie hatten. Aber am selben Tag, als Morten Salmén in der U-Bahn umkam, sind sie spurlos verschwunden.»

Mehr sagte er nicht. Olsson war klar, dass es sich um Bo Stenmarks Bericht handeln musste. Er hatte keine Ahnung gehabt, dass dieser vermisst wurde, bis gestern hatte er ja nicht einmal von seiner Existenz gewusst. Zumindest erklärte das, warum die Säpo-Leute seine Wohnung durchsucht hatten. Und die Cecilias. Dass aber auch der Todesfall in der U-Bahn damit zu tun haben könnte, damit hatte er nicht gerechnet.

«Und wie in aller Welt soll ich an den Bericht gekommen sein?», entfuhr es ihm.

Aber Brodin sah ihn nur ruhig an und antwortete: «Kurt Malmberg könnte ihn dir gegeben haben. Einige glauben das.»

«Und woher hatte ihn Malmberg?»

«Sie glauben, dass du auch diese Frage beantworten kannst.» Er hatte sein Lächeln wieder gefunden, das den beleidigenden Ton seiner Behauptung verstärkte. Olsson hörte die versteckte Drohung hinter den Worten und verlor auf einmal die Beherrschung.

«Ich habe dieses Papier nie gesehen! Und wenn ich es gesehen hätte, dann weiß ich nicht, warum ich es hätte behalten sollen!»

Brodin entgegnete ruhig: «Du warst bei der Untersuchung des Boman-Falls dabei, und es ist allgemein bekannt, dass du dir die Sache sehr zu Herzen genommen hast. Es wäre also durchaus denkbar, dass du die ganze Wahrheit ans Licht bringen willst.»

Auf geheimnisvolle Weise hatte Brodin wieder das Kommando übernommen. Olsson wusste nicht, wie ihm das gelungen war, nur, dass er seinen früheren Vorteil eingebüßt hatte, was ihn doppelt wütend machte.

«Wäre das so schlimm? Es kann doch nicht sein, dass die Polizei nach dreißig Jahren noch einen Justizskandal vertuscht! Was ist denn noch zu schützen, außer dem Ruf des Militärs und dem eines Psychopathen im diplomatischen Dienst?»
«Geschäfte.»
Olsson fragte sich, ob er richtig gehört hatte. Etwas in Brodins Tonfall ließ ihn aufhorchen. Vielleicht hatte sein ehemaliger Chef mehr gesagt, als er sagen wollte, oder vielleicht war er auch genauso verbittert darüber wie er, dass die Wahrheit frisiert wurde.
Olsson hörte sich plötzlich fragen: «Douglas Ferguson und die JAS-Flugzeuge.»
Brodin sah ihn lange an. Er klang beinahe verletzt, als ob sein Vertrauen in Olsson enttäuscht worden wäre. «Ich dachte, du hast keine Papiere gesehen.»
Olsson schüttelte den Kopf. «Habe ich auch nicht. Aber ich hatte eine lange Unterhaltung mit einem alten Militär.»
Brodin fragte nicht nach dem Namen, aber Olsson sah, dass er ihm glaubte. Er nickte langsam. Dann sagte er, als ob das alles erklären würde: «Douglas Ferguson ist die Schlüsselfigur in den Verhandlungen. Man sagt, die Chilenen tun, was er ihnen empfiehlt.»
Es gab eine versteckte Botschaft in dem, was er sagte, aber Olsson konnte sie nicht deuten. Ihm war nicht klar, wie ein dreißig Jahre alter Mord an einem Mädchen Waffengeschäfte beeinflussen konnte. Er bezweifelte, dass die chilenischen Militärs die schwedischen Flugzeuge nur deshalb nicht kaufen würden, weil ein englischer Unterhändler ein ehemaliger Sexualverbrecher war.
Olsson wusste, dass er offene Türen einlief, aber er konnte es

nicht lassen, einzuwenden: «Offenbar sind wir ja heutzutage zu allem bereit, solange es nur gut fürs Geschäft ist. Es kann aber doch nicht die Aufgabe der schwedischen Polizei sein, den Ruf eines englischen Mörders zu schützen.»
Brodin sah ihn erstaunt an. «Du hast es nicht verstanden.»
Olsson wusste nicht, was er antworten sollte, aber er musste gar nichts sagen. Brodin sprach weiter, und diesmal war der Ekel in seiner Stimme nicht zu überhören.
«Es geht nicht um Schutz, ganz im Gegenteil. Die Politiker brauchen diesen Bericht, um Douglas Ferguson in der Hand zu haben.»
Olsson musste wie ein lebendes Fragezeichen aussehen, denn Brodin fügte sarkastisch hinzu: «Solange er Geschäfte betreibt, die in Schwedens Interesse sind, bleibt der Bericht begraben. Geschäft und Gegengeschäft, sagt man dazu wohl.»
Dann beugte er sich über den Schreibtisch und wühlte in seinen Papieren. Olsson war entlassen.

KAPITEL 16

«**Hat er das** tatsächlich gesagt?»

Cecilia schaute Olsson ungläubig an, aber der wiederholte nur, was er gerade erzählt hatte.

«Sie benutzen den Mord, um ihn in der Hand zu haben.»

«Erpressung?» Sie schüttelte den Kopf, als ob das Wort zu abwegig wäre, um es zu verstehen.

«Brodin sprach von Geschäft und Gegengeschäft.»

Die Vormittagssonne war bleich wie ein Flüstern, aber sie erhellte mit ihrem milchigen Licht immerhin Olssons Küche. Beide schwiegen. Cecilia drehte nachdenklich ihre Kaffeetasse, als ob sie Zeit bräuchte, um zu verarbeiten, was sie gerade gehört hatte.

Olsson war von einem kurzen Spaziergang zum Hafen zurückgekommen und hatte entdeckt, dass der gelbe Renault in der Zwischenzeit von dem Parkplatz vor dem Bahnhof verschwunden war. Aber er hatte nicht damit gerechnet, dass er vor seinem Haus stehen und Cecilia darin sitzen und auf ihn warten würde.

Fast sofort hatte er einen ziehenden Schmerz im Magen gespürt wegen allem, was sie von ihrer Reise nach Stockholm erzählen würde, aber alles, worüber sie redete, waren das Säpo-Archiv und ihre Artikel. Ihm wurde plötzlich klar, dass sie beide Berichte schon geschrieben und veröffentlicht hatte. Offenbar hatte sie anschließend ihre Pläne geändert und

direkt nach den Interviews den Nachtzug nach Malmö genommen. Aus irgendeinem Grund fühlte er sehr viel Sympathie für die unbekannte Redaktionssekretärin, die vorgeschlagen hatte, das Material noch in der Sonntagsausgabe der Zeitung zu veröffentlichen.
Als er berichtete, was er in Helsingør erfahren hatte und wie sein gestriges Treffen mit Brodin verlaufen war, wollte sie ihm erst nicht glauben. Er konnte es ihr nicht verdenken, denn die ganze Geschichte war zu phantastisch – angefangen von der heimlichen Zusammenarbeit zwischen dem schwedischen Militär und der Nato bis hin zur Vertuschung des Mordes und den Manipulationen der JAS-Geschäfte.
Cecilia hörte auf, ihre Kaffeetasse zu drehen. Es klang, als habe sie nach gründlichem Nachdenken einen Beschluss gefasst. «Ohne jeden Zweifel gäbe es für diese Geschichte einen bedeutenden journalistischen Preis. Aber es geht nicht.»
Sie sah Olsson bedauernd an, und er konnte seine Enttäuschung nicht verbergen.
«Es geht nicht?»
«Kein verantwortungsbewusster Herausgeber würde das veröffentlichen, ohne Zugang zur Quelle zu haben. Oder zumindest zu einer Kopie des Originalmaterials. Nicht, wenn es um so schwer wiegende Beschuldigungen geht.»
«Und die beiden Männer? Ihre Berichte müssen doch zählen.»
Sie schüttelte den Kopf. «Nicht, wenn sie nicht offen auftreten.»
Olsson dachte nach. Nach der Unterhaltung oder besser gesagt dem Verhör mit Brodin hatte er den Rest des Tages damit verbracht, darüber nachzugrübeln, was er nun unterneh-

men sollte. Seine Wut war nicht vergangen. Schließlich hatte er den Entschluss gefasst, dass er genau das tun musste, dessen Brodin ihn verdächtigt hatte: dafür sorgen, dass die Wahrheit ans Licht kam. Aber die publizistischen Komplikationen waren ihm nicht klar gewesen.

«Wenn wir den Bericht hätten, dann würde es gehen?»

Cecilia zuckte mit den Schultern. «Kommt darauf an. Wenn sie einen Geheim-Stempel tragen, können wir den Inhalt nicht aufdecken, das würde unter Spionage fallen.»

«Obwohl sie das Gesetz gebrochen haben?»

«Das spielt keine Rolle. In den Siebzigern gab es etwas Ähnliches mit der so genannten IB-Enthüllung. Die Journalisten mussten ins Gefängnis, weil sie ungesetzliche Meinungsregistrierungen aufgedeckt hatten.»

Olsson fühlte, wie sein Enthusiasmus verflog. Er hatte gehofft, dass seine Unterredungen mit Arvid Bergman und Bo Stenmark ausreichen würden, aber er verstand, dass sie in einer Zwickmühle gelandet waren.

Beide hatten ihm klargemacht, dass sie noch immer an ihre Schweigepflicht gebunden waren, auch wenn sie längst pensioniert waren. Was sie ihm erzählt hatten, hatten sie getan, weil sie ihm helfen wollten zu verstehen, was damals geschehen war, nicht, damit er mit den Informationen zu den Massenmedien ging.

Er seufzte enttäuscht, aber Cecilia fuhr nachdenklich fort: «Vielleicht kann man einen Teil der Geschichte veröffentlichen – den, in dem es um die Zusammenarbeit mit der Nato geht. Das könnte als historische Dokumentation durchge hen. Der Kalte Krieg ist ja längst vorbei, überall werden die Archive geöffnet. Sogar die von der Säpo.»

Sie schnitt eine ironische Grimasse. Olsson wusste, sie spielte auf ihre eigenen Artikel über die Schwierigkeiten der Forscher an, an das benötigte Material heranzukommen.
«Und der Rest?»
«Der Mord ist verjährt, die Vertuschung also wohl auch. Vielleicht ist es nicht völlig unmöglich, das zu veröffentlichen, solange Douglas Ferguson nicht genannt oder eine Verbindung zu dem JAS-Geschäft gezogen wird. Dabei gibt es nur ein Problem.»
«Ja?»
«Wir haben den Bericht nicht und auch niemanden, der bezeugen könnte, dass es ihn gibt.»
Olsson sah ein, dass sie Recht hatte. Alles, was sie hatten, waren mündliche Geständnisse von zwei Pensionären mit Schweigepflicht, die öffentlich weder auftreten wollten noch konnten, sowie das Eingeständnis eines Polizeichefs, das dieser wohl kaum in der Öffentlichkeit wiederholen würde. Düster sah er hinaus zum graublauen Himmel. Dann fiel ihm etwas anderes ein, das Brodin gesagt hatte.
«Was meinst du mit ‹bezeugen›?»
Sie zuckte erneut mit den Schultern. «Jemand, der den Bericht gesehen hat.»
«Die Säpo-Forscher hatten ihn, bevor er verschwand. Jemand von ihnen wird ihn doch wohl gesehen haben.»
Zu spät bemerkte er, dass er ihr einen neuen Grund gegeben hatte, mit dem stutzerhaften Bo Carlberg Kontakt aufzunehmen, aber zu seiner Erleichterung hatte sie einen besseren Vorschlag.
«Ich kann Anne fragen. Sie war zu der Zeit dabei.»
Olsson stimmte ihr zu. Es war zwar nicht sehr wahrschein-

lich, dass Anne Borin den spektakulären Bericht tatsächlich gelesen hatte, aber eine kleine Chance war besser als keine. Es gab nur noch einen Einwand.

«Steht sie nicht auch unter Schweigepflicht?»

Cecilia betrachtete ihn über den Rand ihrer Kaffeetasse hinweg, aber sie schien das Problem nicht schwer zu nehmen. «Ja, schon, aber wir wissen doch, was in dem Bericht steht. Sie muss uns nichts sagen, sie soll nur bestätigen, ob wir Recht haben oder nicht.»

Olsson war sich nicht sicher, ob er den subtilen Unterschied begriff, aber er hatte keine weiteren Einwände mehr. Die Hauptsache war, dass sie die Gelegenheit bekamen, diesen Justizskandal an die Öffentlichkeit zu bringen. Er fand, dass er das sowohl sich selbst als auch Lisbet Boman schuldig war.

Cecilia sah auf die Uhr und stand auf. «Ich muss nach Vejbystrand und packen. Aber dann fahre ich zu Anne raus.»

Olsson folgte ihr zur Tür und sah den gelben Renault bald bei Vita Räck zum Flussufer hinunter verschwinden. Als er wieder hineinging, spürte er den Duft ihres Shampoos wie eine zarte Unruhe im Zimmer. Er tröstete sich damit, dass er zumindest seinen Tagträumen noch einige Zeit ungestört nachhängen konnte.

Er spülte die Kaffeetassen und stellte sie aufs Abtropfbrett. Die Stille, die nun über der Wohnung lag, war völlig anders als die Verlassenheit vom Abend zuvor, aber er zuckte dennoch zusammen, als das Telefon klingelte. Aus irgendeinem Grund musste er sofort an Kurt Malmberg denken.

Aber es war Arne Bergmans Stimme, die ihm entgegen knarrte. Er redete so laut, dass Olsson den Hörer einige Zentimeter von seinem Ohr entfernt halten musste.

«Kajsa hat gesagt, dass du mich gestern gesucht hast.»

Er klang unruhig, was vielleicht nicht so verwunderlich war, wenn man bedachte, wie selten Olsson ihn zu Hause besuchte. Offenbar wusste er nicht, dass sie zur gleichen Zeit im Polizeirevier gewesen waren. Seltsam war nur, dass er mit seinem Anruf bis jetzt gewartet hatte, wenn er dachte, es sei etwas Wichtiges.

«Wir hatten ja gesagt, dass wir uns mal treffen sollten», log Olsson. «Ich wollte nichts Bestimmtes.»

Er hatte keine Ahnung, warum er nicht sagte, wie es gewesen war. Vielleicht, um Arne Bergman zu beruhigen. Aber das half nichts, denn dieser klang noch genauso gezwungen, als er weitersprach.

«Ich habe gestern bis spät abends gearbeitet. Ich habe erst heute Morgen erfahren, dass du bei mir warst.»

«Es war ja nichts», wiederholte Olsson.

Aber es half nichts. Arne Bergman klang nach wie vor angespannt. Draußen in Kurt Malmbergs Hütte hatte Olsson vermutet, dass er mit irgendwas hinter dem Berg halte. Nun war es umgekehrt so, als ob er um jeden Preis etwas erfahren wolle, aber nicht wisse, wie.

Bergman unternahm einen kläglichen Versuch, unbeschwert zu klingen. «Mein Schwager war gestern da. Vielleicht hast du ihn ja bei uns getroffen?»

Olsson hatte keine andere Wahl, als den eingeschlagenen Weg weiter zu verfolgen. Er hoffte nur, dass er nicht genauso leicht zu durchschauen war wie Arne Bergman. «Nein, habe ich nicht.»

Offenbar hatte ihn der Schuh hier gedrückt. Arne Bergman schien deutlich erleichtert, und nach einigen weiteren Versicherungen Olssons, dass er nichts Spezielles gewollt habe und dass man sich wirklich bald wieder treffen sollte, legten beide auf.

Olsson blieb nachdenklich am Telefon sitzen. Er war überzeugt, dass der Mann in Bergmans Küche ein Mitglied der selbst ernannten «Wächter» war, die offenbar ganz Vejbystrand unter Druck setzten. Dass er außerdem Arne Bergmans Schwager war, hätte er nicht gedacht. Er war froh, dass er nichts von dem anonymen Anruf erzählt hatte.

Olsson wusste nicht, was er eigentlich glauben sollte. Wenn er seinen ehemaligen Kollegen richtig einschätzte, so hatte dieser genauso wenig für solche Gruppierungen übrig wie er selbst. Die Frage war nur, wie weit er um des lieben Friedens willen gehen würde. Vielleicht würde er aus Loyalität gegenüber seiner Familie einfach wegschauen?

Dass er wegen irgendetwas nervös gewesen war, hatte Olsson nicht überhören können. Aber das konnte ja auch damit zusammenhängen, dass er von dem Aufstand vor der Bibliothek in Vejbystrand gehört hatte. Vielleicht hatte er einfach Angst davor, dass Olsson ebendiese Verbindung herstellen würde?

Vielleicht aber spielte Arne Bergmans Verhältnis zu seinem Schwager bei näherer Betrachtung auch gar keine große Rolle. Olsson war mehr und mehr davon überzeugt, dass die Geschehnisse um die beiden Morde auf verschiedenen Ebenen spielten, auch wenn es so aussah, als griffen sie ineinander.

Eigentümlich war nur, dass offenbar alles durch Kurt Malmbergs Ankunft in Vejbystrand ausgelöst worden war – der Tod des Mädchens, der Lynchmob und die makabre Hinrichtung im Leichenkeller. Es war, als habe er den Fluch der Vergangenheit aus der psychiatrischen Klinik mitgebracht und sei zum Schluss dessen Opfer geworden.

Olsson konnte es nicht erklären, aber er war noch immer davon überzeugt, dass die Leute, die hinter dem Mord an Malmberg standen, nicht auch für die Drohung am Telefon verantwortlich waren. Der anonyme Anrufer hatte vermutlich nur die Umstände genutzt und auf den Mord angespielt, der das ganze Dorf in Angst und Schrecken versetzte. Wahrscheinlich war es ein Dorfbewohner gewesen, der in die Alkoholgeschäfte verwickelt war und eventuelle Schnüffler verjagen wollte.

Olsson hatte die ganze Zeit größere und stärkere Kräfte im Hintergrund gespürt. Natürlich konnte Arne Bergman Recht haben mit seinen Befürchtungen über eine osteuropäische Mafia, aber die Vertuschung des Justizskandals und die politische Erpressung verliehen der Sache doch eine ganz andere Dimension. Olsson war noch immer schockiert über die jesuitische Moral des Must und fragte sich, wie weit dessen Leute gehen würden, um Schwedens Interessen zu schützen. Er bezweifelte allerdings, dass sie einen Mord verüben würden, um ein Waffengeschäft zu ermöglichen.

Dann traf ihn wie ein Schlag die Erkenntnis, dass es ja auch noch andere Interessen als die schwedischen geben konnte. Er erinnerte sich, dass auch im Zusammenhang mit der Ermordung Olof Palmes über internationalen Waffenhandel getuschelt worden war. Wenn es ausländische Gruppierungen gab, die vielleicht einen Premierminister ermordet hatten – um wie viel leichter fiele dann die Beseitigung eines Patienten, der gerade aus einer psychiatrischen Klinik entlassen worden war. Nicht zu reden von einem aus Krankheitsgründen pensionierten Polizisten, der bestimmten Geschäften im Weg stand.

Auf einmal bekam er Angst. Das Diffuse und Unsichtbare der Bedrohung machte alles nur noch schlimmer. Ihm war mittlerweile nur zu klar, dass er viel zu viel über Dinge wusste, von denen er besser nie gehört hätte.

Die Erinnerung an den Anblick Kurt Malmbergs, der mit durchgeschnittener Kehle und mit Draht umwickelten Handgelenken im Leichenkeller lag, tauchte wieder auf. Er hatte davon gesprochen, dass er aufdecken wollte, was vor dreißig Jahren wirklich geschehen war. Und nach allem, was Olsson in den letzten Tagen herausgefunden hatte, war es vielleicht nicht nur Spekulation, dass jemand Malmberg zum Schweigen gebracht hatte, bevor er seinen Plan in die Tat umsetzen konnte.

Olsson spürte, wie schwer ihm das Nachdenken fiel. Dann aber hatte er doch noch eine Idee. In dem Ganzen lag eine zynische Logik, die er vielleicht ausnutzen konnte. Kurt Malmberg war hingerichtet worden, bevor er etwas sagen konnte. Das hieß, dass die Gefahr vielleicht nur so lange existierte, wie jemand verhindern zu können glaubte, dass etwas herauskam. Wenn die Wahrheit veröffentlicht worden war, gab es keinen Grund mehr, Gewalt anzuwenden, jedenfalls keinen rationalen Grund.

Im Interesse von Cecilias und seiner Sicherheit war also höchste Eile geboten. Olsson merkte, dass er davon ausging, dass sie es mit Profis zu tun hatten. Aber wenn der Mord an

Kurt Malmberg wirklich im Zusammenhang mit dem Justizskandal stand, dann war das eine nahe liegende Vermutung. Und wenn nicht, so würde eine Veröffentlichung der Geschehnisse die Situation jedenfalls nicht verschlechtern.
Olsson fühlte sich sofort besser. An die Stelle der Angst war eine produktive Unruhe getreten. Wenn die Sache in die Zeitung sollte, waren sie gezwungen, irgendeinen Beweis zu erbringen, dass die Geschichte nicht einfach aus der Luft gegriffen war. Wenn Anne Borin den Bericht nicht bestätigen wollte oder konnte und ihnen keinen Tipp gab, wohin er verschwunden war, bestand die Drohung allerdings unverändert weiter.
Olsson fiel plötzlich das sonderbare Verhör im Polizeirevier ein. Brodin hatte etwas davon gesagt, dass er den geheimen Bericht von Kurt Malmberg erhalten haben könnte. Oder dass jemand das zumindest glaubte.
Was er nicht verstand, war, wie Malmberg seinerseits an den Bericht hätte kommen sollen. Aber er ging davon aus, dass die Polizei Grund für ihren Verdacht hatte. Und offenbar hatten sie in der Hütte trotz der gründlichen Durchsuchung nichts gefunden, sonst hätten sie ihn wohl nicht zum Verhör bestellt. Falls die Untersuchung so gründlich gewesen war.
Nach allem, was Olsson wusste, hatte Arne Bergman nach Alkohol und Tabletten gesucht, und seine Kollegen aus der technischen Abteilung hatten Fingerabdrücke abgenommen und die Spuren anderer Besucher untersucht. Wenn Arne Bergman nicht gewusst hatte, dass er nach einem Bericht der höchsten Geheimhaltungsstufe suchen sollte, konnte er natürlich auch keinen finden. Und als er selbst mit ihm über den

Boman-Fall gesprochen hatte, hatte Bergman noch keine Ahnung gehabt, dass es diesen Bericht gab, dessen war er sich sicher.

Einen Moment lang überlegte er, ob er Arne Bergman nochmals anrufen sollte, aber er ließ es bleiben. Wenn er nichts gefunden hatte, konnte er auch nichts sagen. Und wenn er etwas gefunden hatte, stand auch er unter Schweigepflicht. Und überhaupt würde es viel zu kompliziert sein, ihm zu erklären, um was es hier eigentlich ging.

Ihm fiel etwas anderes ein. Wenn sie den echten Bericht nicht in die Hand bekamen und Anne Borin ihnen nicht weiterhalf, konnten sie die Bestätigung seines Inhalts vielleicht von woanders bekommen. Vielleicht hatte Lisbet Bomans Vater etwas zu sagen, das weiterhalf? Vorausgesetzt, dass er noch lebte.

Olsson erinnerte sich daran, dass Arvid Bergman erwähnt hatte, er habe den Namen geändert, aber es konnte trotzdem nicht so schwer sein, ihn ausfindig zu machen. Es hatte auch einen Sohn gegeben, aber der war zu klein gewesen, um irgendetwas von einer Vertuschung zu wissen.

Olsson griff nach dem Telefonbuch und schlug die Nummer des Pfarramts der Barkåkra-Kirche nach. Soweit er sich erinnerte, hatte Åke Boman in Vejbystrand gewohnt, und der Namenswechsel musste kurz nach der Tragödie stattgefunden haben, wahrscheinlich im Winter 1969 oder im Frühjahr 1970.

Eine Männerstimme antwortete. Olsson erklärte sein Anliegen. Es blieb einige Sekunden still, bevor die zögerliche Antwort kam.

«Ein Namenswechsel? Das liegt jetzt im Verantwortungsbereich der Steuerbehörde. Aber Sie müssen erst eine Genehmigung des Einwohnermeldeamts haben.»

Olsson merkte, dass der Mann ihn missverstanden hatte, und verdeutlichte sein Anliegen. «Nicht ich will den Namen wechseln. Ich untersuche einen alten Namenswechsel.»

Wieder wurde es still. Dann kam die Antwort, genauso langsam wie zuvor. «Ja, dann müssen Sie wohl mit der regionalen Meldebehörde sprechen.»

Olsson verlor allmählich die Geduld. Er musste sich anstrengen, um weiter freundlich zu klingen. «Haben Sie denn nicht die alten Kirchenbücher da?»

Wieder verstrich der obligatorische Moment des Schweigens. Dann hatte der Mann offenbar einen Entschluss gefasst. «Das Beste ist wohl, wenn Sie mit dem Pastor reden.»

Es knackte im Hörer. Olsson wartete, während die Sekunden verrannen, dann hörte er plötzlich eine helle Frauenstimme. «Pastorin Eva Ström.»

Olsson erklärte sein Anliegen ein weiteres Mal. Diesmal machte er sofort klar, dass es um eine andere Person ging, die er ausfindig machen wollte. Die Pastorin antwortete schnell und energisch.

«Vor dreißig Jahren? Das war vor meiner Zeit.»

Das war ihm bereits klar gewesen. Die Stimme klang jung, vielleicht war sie nicht einmal so alt wie der Fall Boman. Doch er hatte die Selbstironie gehört und kam gleich zur Sache.

«Aber man kann doch bestimmt Einblick in die Kirchenbücher bekommen?»

Er hatte sie richtig eingeschätzt, die Antwort war so präzise, wie er gehofft hatte. «Ich kann für Sie nachsehen, wenn Sie wollen, aber das wird einen Moment dauern.»

Er bedauerte, dass er nicht die genaue Jahreszahl angeben konnte, aber sie versprach dennoch, ihn in der nächsten halben Stunde zurückzurufen. Sie klang geradezu begeistert über ihre Aufgabe.
«Für mich ist es ja nur nützlich, wenn ich mich ein bisschen in die Geschichte meiner Pfarrei vertiefe.»
Es waren noch keine zehn Minuten vergangen, als sie wieder anrief. Noch immer klang sie energisch.
«Ich habe ihn sofort gefunden. Es war im Oktober 1970. Hier ist die Eintragung über den Namenswechsel eines Åke Edward Boman aus Vejbystrand.»
Sie las den Namen deutlich vor. Und Olsson bestätigte, dass es sich um die richtige Person handelte.
Er griff nach einem Kugelschreiber, fand aber keinen Zettel. Schließlich wurde er in seiner Brusttasche fündig und zog das Papier heraus, auf dem Bo Stenmarks Adresse in Helsingør stand.
«Okay, ich bin soweit.»
«Ich lese hier, dass er auch seinen Vornamen geändert hat, von Åke auf Edward.»
Olsson schrieb es auf seinen Zettel. Er musste ihn festhalten, damit er nicht wegrutschte.
«Und der neue Nachname?»
Als sie antwortete, klang es, als ob sie neben ihm säße.
«Borin.»

KAPITEL 17

Es knackte und krachte drei- oder viermal im Hörer, offenbar drückte sie frenetisch auf die Telefontasten. Dann war ihre Stimme wieder zu hören. Er konnte nicht unterscheiden, ob sie irritiert oder nur beunruhigt klang.

«Hallo?»

Olsson riss sich zusammen. Er sah auf seinen Zettel mit den beiden Vornamen, mehr hatte er nicht aufgeschrieben. «Ich bin noch dran.»

«Wir sind offenbar unterbrochen worden.»

Olsson antwortete nicht. Er wusste nicht, wie lange er stumm dagesessen hatte, während sich die verblüffende Auskunft in sein Bewusstsein gedrängt hatte. Vielleicht waren es nur ein paar Sekunden gewesen, vielleicht eine halbe Minute.

«Haben Sie den Nachnamen noch mitgekriegt? B-o-r-i-n?»

Sie buchstabierte mit ihrer energischen Stimme. Olsson ließ sie gewähren.

Die einzige Antwort, die ihm einfiel, war: «Ja, ich habe es aufgeschrieben.»

Vielleicht klang er kürzer angebunden, als er beabsichtigt hatte, denn urplötzlich schien sie etwas von ihrem Enthusiasmus zu verlieren. Olsson beeilte sich, ihr für ihre Hilfe zu danken, und legte auf.

Dass er Gunnar Borin nicht wiedererkannt hatte, war nicht so verwunderlich. Wie alt war er vor dreißig Jahren gewesen?

Zehn? Aber irgendetwas an seinem an Altersdemenz leidenden Vater war ihm bekannt vorgekommen, er hatte nur nicht sagen können, was es war.

Dass Edward Borin seinerseits kein Zeichen des Wiedererkennens gegeben hatte, konnte viele Gründe haben, einer davon war wohl einfach seine Krankheit. Olsson wusste, dass diese ausgesprochen unberechenbar sein konnte. Das Faktum aber blieb bestehen – die Familie Borin war sehr geschickt darin, ihr Geheimnis zu bewahren.

Er war sich nicht sicher, ob er die tiefere Bedeutung seiner Entdeckung verstand, wenn es sie denn gab. Aber er wusste, dass er Cecilia davon berichten musste, bevor sie zu Anne nach Magnarp fuhr.

Olsson wählte die wohl vertraute Nummer, aber es hob niemand ab. Er wurde plötzlich unruhig und rief Anne Borin an, aber auch hier meldete sich niemand. Olsson konnte die Gründe für seine Unruhe nicht erklären. Vielleicht war sie nur eine Reaktion darauf, dass er die vielen sonderbaren Verwicklungen und Zusammenhänge um Kurt Malmberg nicht mehr überblickte.

Er musste plötzlich daran denken, wie es war, Polizist zu sein – die zähen, langsamen Ermittlungen, die oft nur deshalb nicht voran kamen, weil man keine Eingebung hatte. Die Angst, nichts herauszufinden, die leeren Aktenordner. Hier war es genau das Gegenteil. Die Fülle unerwarteter Zusammenhänge und Geschehnisse verwirrte ihn, und er konnte nicht entscheiden, was wichtig war und was nicht. Die Formulierung vom unentwirrbaren Wirrwarr passte geradezu perfekt auf die Dinge, in die Kurt Malmbergs unglückseliger Anruf ihn hineingezogen hatte. Alles schien unauflösbar in-

einander verknäult, man konnte keinen Faden herausziehen, ohne dabei einen anderen zu verknoten.
Olsson war klar, dass er sich irgendwie zusammenreißen musste. Am liebsten hätte er alles hingeworfen, aber er wusste, dass er keine Wahl hatte. Er hatte sich um seine Bedenken nicht geschert, als er den alten Geheimdienstmann in Helsingør aufgesucht hatte, und nun gab es keinen Weg mehr zurück. Seine Angst davor, was noch geschehen konnte, wuchs, aber er verdrängte den Gedanken daran. Das Wichtigste war nun, jemanden zu finden, der dabei helfen konnte, die Geschichte zu veröffentlichen, erst dann konnte er wieder aufatmen.
Ihm wurde klar, dass seine Idee, Lisbet Bomans Vater aufzusuchen, vielleicht doch nicht so gut war. Wenn sich die Familie Borin während all der Jahre so gut versteckt hatte, dann war nicht davon auszugehen, dass der alte Mann über die Sache würde reden wollen. Und außerdem war Edward Borin senil, das hatte er ja selbst erlebt.
Anne Borin war in diesem Zusammenhang ebenfalls ein unbeschriebenes Blatt. Olsson fragte sich, wie viel sie von der Vergangenheit ihres Mannes wusste. Vielleicht hatte sie keine Ahnung von den tragischen Familiengeheimnissen. Oder würde es sie womöglich motivieren, den berüchtigten Bericht aufzuspüren, wenn sie wusste, um was es darin eigentlich ging?
Erneut wählte er beide Telefonnummern, aber das Resultat war dasselbe: Weder bei Cecilia noch bei Anne hob jemand ab. Ungeduldig drehte er Runde um Runde durch seine Wohnung, bis er schließlich einen Entschluss fasste, seine Jacke nahm und aus dem Haus ging.

Als Olsson sich der F 10 näherte, donnerten Flugzeuge über ihm am Himmel entlang. Offenbar fand ein neues Manöver statt, vielleicht waren es aber auch nur Routineflüge. Er hatte in der Zeitung gelesen, dass der Verteidigungshaushalt ziemlich knapp bemessen war, doch offenbar gab es noch immer genügend Flugbenzin, das verbraucht werden konnte.

An der Abzweigung nach Vejbystrand warf er einen langen Blick auf die Barkåkra-Kirche. Das Pfarramt lag direkt daneben, und er verspürte einen Anflug von schlechtem Gewissen, als er daran dachte, wie schroff er in den Ohren der hilfsbereiten Pastorin geklungen haben musste.

Er verdrängte das Gefühl mit einem halben Versprechen, sie irgendwann anzurufen und ihr richtig zu danken, aber schon als er einige hundert Meter weiter unter dem Eisenbahnviadukt hindurchfuhr, hatte er es vergessen. Plötzlich kam ihm Anne Borins Reaktion auf das Unglück in der U-Bahn in den Sinn. Er hatte sie damals ziemlich merkwürdig gefunden, sie war gleichzeitig übertrieben und sehr zurückhaltend gewesen. Es hätte ihn nicht überrascht, wenn sie von den tatsächlichen Geschehnissen mehr wusste, als sie erzählt hatte.

Olsson fiel ein, dass der ominöse Bericht am selben Tag verschwunden war, an dem Morten Salmén verunglückt war. Jedenfalls hatte Brodin das gesagt. Natürlich konnte das reiner Zufall sein, aber wenn man an all die anderen Ereignisse dachte, war das eher unwahrscheinlich. Vielleicht hatte Morten Salmén ja etwas damit zu tun gehabt?

Als er durch den Ortseingang von Vejbystrand fuhr, hatte er noch immer keine Antwort auf seine Spekulationen. Er verlangsamte das Tempo und bog bei der Post ein, aber vor dem niedrigen grauen Haus stand kein gelber Renault. Sicher-

heitshalber ging er die paar Schritte bis zu dem kleinen Rasenstück, aber das einzige Lebenszeichen erschien am Nachbarfenster, in dem sich die Gardinen bewegten, als er kam und wieder davonfuhr.
Er wählte den vertrauten Weg über die Heide, und als er an dem grauen Betonbunker vorbeikam, sah er in die andere Richtung. Auf dem Hügel hinauf nach Magnarp musste er bremsen, weil ein Mann mit seinem Hund die Straße mitten in der Kurve überquerte. Es hätte der ängstliche Ingenieur sein können, der die Leiche des Mädchens gefunden hatte, aber er war es nicht.
Die gesichtslose Villa war allerdings die richtige, und der Renault stand davor. Er parkte den Saab daneben und klingelte. Es überraschte ihn nicht einmal, als Cecilia öffnete.
Auf dem langen, düsteren Gang sagte sie: «Ich bin gerade erst gekommen und konnte sie noch nicht fragen.»
Olsson nickte zum Zeichen, dass er verstanden hatte, obwohl er nicht sicher war, dass sie das im Halbdunkel überhaupt sah. Kurz vor der Tür zu Anne Borins Arbeitszimmer hielt er sie am Arm fest und blieb stehen. Sie sah ihn überrascht an, blieb aber ebenfalls stehen. So leise und schnell wie möglich fragte er: «Hast du irgendetwas über den Mord an Lisbet Boman gesagt?»
Sie schüttelte stumm den Kopf. Er hatte keine Ahnung, was sie mehr erstaunte: seine Frage oder sein Flüstern. Olsson beeilte sich weiterzusprechen. «Es gibt etwas, was wir nicht gewusst haben.»
Cecilia schwieg noch immer, während er erzählte, was er herausgefunden hatte. Sie schien darüber ebenso verblüfft zu sein wie er selbst.

Er nahm an, dass sie es nicht beantworten konnte, aber er stellte die Frage dennoch. «Was meinst du, wie viel Anne über ihren Mann weiß?»
Sie kam nicht dazu, zu antworten. Beide zuckten zusammen, als eine Stimme hinter ihnen sagte: «Ich weiß genug.»

Anne Borin stand in der Tür. Sie war so bleich wie an jenem Tag, als Olsson sie auf dem Ängelholmer Marktplatz aus dem Auto hatte steigen sehen. Im Halbdunkel der Diele leuchtete ihr Gesicht wie ein weißer Fleck.
Er dachte an die Begegnung mit Kurt Malmberg im Café. Damals hatte er nicht ahnen können, was für ein Schock es für sie gewesen sein musste, dem Mörder der Schwester ihres Mannes gegenüberzusitzen. Er ahnte, dass sich die Vergangenheit wie ein dunkler Schatten über ihr Dasein gelegt hatte. Aber ihre Anklage kam so unerwartet wie eine Ohrfeige.
«Seid ihr zum Schnüffeln hergekommen?»
Sie zitterte, als ob sie fröre. Vielleicht war es die Wut darüber, dass sie hinter ihrem Rücken über sie redeten. Aber in der angespannten Stimme lag noch etwas anderes, das sich nicht leicht festmachen ließ.
Sie stand noch immer in der Tür und sah sie an. Keiner sprach ein Wort. Olsson bemerkte, wie hektisch sie atmete, und begriff plötzlich, dass sie Angst hatte.
Er wusste nicht, was er sagen sollte, um sie zu beruhigen. Was auch immer es war, das sie so verängstigte, es war klar, dass sie ihnen nicht vertraute. Er beschloss, ihr einfach zu sagen, wie es war.
«Wir brauchen Ihre Hilfe.»
Er konnte ihre Reaktion nicht sehen, denn in dem schwachen

Licht der Diele glich ihr Gesichtsausdruck einer undurchdringlichen Maske. Aber die Stimme war noch genauso angespannt wie zuvor. «Und wofür?»
Olsson wusste keine Antwort. Eigentlich musste er ihr erklären, was das für ein Bericht war, nach dem sie suchten. Doch war jetzt wohl kaum der richtige Augenblick, um die unwahrscheinliche Geschichte zu erzählen. Zu seiner Erleichterung kam ihm Cecilia zur Hilfe.
«Wir versuchen nur herauszukriegen, was seit Malmbergs Tod eigentlich vor sich geht. Das verstehst du doch?»
Sie sprach langsam und sanft, wie zu einem Kind. Und endlich begriff auch Olsson, dass die Frau vor ihnen am Rand eines Nervenzusammenbruchs war. Auf ihre Reaktion war er dennoch nicht vorbereitet.
«Warum könnt ihr nicht einfach alles auf sich beruhen lassen?» Sie machte einen Schritt ins Zimmer hinein. Ihr Mund hatte sich krampfhaft verzogen, und Olsson sah Tränen in ihren Augen blinken. Einen Augenblick wirkte es so, als wolle sie ihnen die Tür vor der Nase zuschlagen. Dann schien sie genauso plötzlich zu resignieren und sank auf einen Stuhl. Hilflos schlug sie die Hände vors Gesicht und begann lautlos zu weinen.
Cecilia wechselte einen raschen Blick mit Olsson. Dann ging sie zu ihrer Freundin und legte einen Arm um sie. Seltsamerweise hatte sie damit sofort Erfolg. Anne Borin nahm ihre Hand und hörte zu weinen auf, als ob sie einen Knopf gedrückt hätte. Aber der Blick, mit dem sie Olsson musterte, war starr und feindselig, und er verstand plötzlich, dass ihre Angst etwas mit ihm zu tun hatte.
Cecilia schien denselben Eindruck zu haben, denn sie gab

ihm diskret zu verstehen, dass er das Zimmer verlassen sollte. Sehr bestimmt sagte sie: «Schau doch mal nach, ob du was zu trinken findest.»

Olsson nickte. Er erinnerte sich an den Weg zur Küche und fand im Kühlschrank eine offene Sherryflasche. Er goss ein Wasserglas halb voll und brachte es ins Arbeitszimmer.

Dankbar nahm Anne Borin das Glas. Sie schloss die Augen und trank es in einem Zug aus, dann holte sie tief Luft. Sie schien sich auf ihre unberechenbare Weise schon wieder gefasst zu haben.

Hatte jemand sie vielleicht bedroht? Wollte sie deshalb nicht, dass man ihr Fragen stellte? Das würde auch erklären, warum sie Angst vor ihm hatte. Immerhin war er einmal Polizist gewesen.

Olsson überlegte, ob er sie das einfach fragen sollte, ließ es aber bleiben. Solange sie in diesem Zustand war, wusste er nicht, wie er auf den verschwundenen Bericht zu sprechen kommen sollte. Er hatte gerade beschlossen, auf eine bessere Gelegenheit zu warten, als er zu seiner Überraschung Cecilia sagen hörte:

«Es gibt da etwas, über das wir mit dir reden müssen.»

Dann schwieg sie. Anne Borin sah sie fragend an und hielt noch immer das leere Glas in der Hand. Olsson war klar, dass nun er etwas sagen musste, aber er war so überrumpelt, dass er nicht wusste, wie er anfangen sollte.

«Es gibt einen geheimen Bericht, der verschwunden ist», begann er zögernd. «Und wir fragen uns, ob Sie ihn vielleicht gesehen haben. Er kam an dem Tag abhanden, als der Unfall ...»

Mehr konnte er nicht sagen. Das Glas fiel zu Boden, und

Anne Borin starrte ihn mit aufgerissenen Augen an. Aus ihrem Gesicht war auch die letzte Farbe verschwunden, sodass es in dem Halbdunkel einer weißen Pappscheibe glich. Es sah aus, als ob sie etwas sagen wollte, doch dann machte sie sich von Cecilia los und rannte hinaus in die Diele, bevor er reagieren konnte. Sie hörten ihre Schritte hallen, dann schlug eine Tür.

Schuldbewusst sah Olsson Cecilia an. Er hatte sich wie ein Elefant im Porzellanladen benommen. Aber sie dachte offenbar an etwas anderes. Unruhig sah sie in die Diele hinaus, und statt seine Ungeschicktheit zu kommentieren, folgte sie Anne Borin.

Olsson ging ihr nach. Cecilia stand vor der Toilette schräg gegenüber vom Gästezimmer, wo sie vor wenigen Tagen überfallen worden war. Vorsichtig klopfte sie an die Tür und lauschte.

«Anne?»

Sie bekam keine Antwort. Aber sie musste etwas gehört haben, denn sie rief nun lauter: «Anne, mach die Tür auf!»

Jetzt hörte auch Olsson ein wimmerndes Geräusch aus dem Badezimmer. Cecilia rüttelte vergeblich an der Klinke und sah ihn verzweifelt an. Er dachte nur kurz nach, dann nahm er Anlauf und trat mit aller Kraft in Höhe des Schlosses gegen die Tür. Diese öffnete sich eigentlich nach außen, aber sie bestand nur aus zwei Schichten Masonit mit Laminat dazwischen. Schon beim ersten Tritt brach ein dicker Riss auf. Er trat noch zweimal dagegen, dann war das Loch so groß, dass er mit der Hand hindurchgreifen und den Schlüssel umdrehen konnte.

Cecilia wollte vor ihm hinein, aber sie blieb wie angewurzelt auf der Schwelle stehen. Es sah aus, als wollte sie schreien, aber sie bekam nur ein schwaches Flüstern heraus. «Guter Gott, Martin!»

Das Waschbecken war rot vor Blut. Anne Borin stand tränenüberströmt davor und versuchte verzweifelt, sich die Pulsadern der einen Hand mit einer kleinen Schere aufzuschneiden, während das Blut aus dem anderen Handgelenk heftig pulsierend herausfloss.

Olsson war mit zwei Schritten bei ihr. Er handelte mechanisch, ohne nachzudenken. Er entriss ihr die Schere und hielt sie fest. Dann sah er sich nach einem Stück Stoff um und griff nach einem Handtuch. Er zog seinen Gürtel ab und steckte ihn durch die Gürtelschnalle zu einer Schlinge zusammen.

«Ruf den Notarzt!»

Cecilia verschwand wortlos. Als sie zurückkam, war der Druckverband fertig. Das Handtuch hatte sich bereits vollgesogen, aber zumindest hatte es die Blutung gestoppt.

«Sie sind gleich hier.»

Cecilia und Olsson führten Anne Borin zwischen sich, die sich gerade noch auf den Beinen halten konnte, aber mehr auch nicht. Sie bewegte sich apathisch, und sie waren gezwungen, ihren schwankenden Körper zu stützen, weil sie sonst hingefallen wäre. Sie warteten zehn Minuten, bis der Notarztwagen mit Blaulicht da war. Während der ganzen Zeit sagte Anne Borin nichts. Aber als die Sanitäter sie auf der Trage festgeschnallt hatten, wurde sie unruhig.

Einer der Männer blickte sie mit routiniertem Blick an und wandte sich dann an Olsson und Cecilia. «Kommen Sie beide mit?»

Olsson war klar, dass einer von ihnen schon aus administrativen Gründen mitkommen musste. Als er Cecilias bleiches Gesicht sah, nickte er dem Sanitäter zu. «Wir kommen beide mit.»

Cecilia wirkte erleichtert. Neben der Trage gab es zwei Sitzplätze, und sie hatten sich noch nicht richtig niedergelassen, als der Notarztwagen auch schon anfuhr. Aber diesmal ohne Blaulicht.

Sie waren mit Anne Borin im hinteren Teil des Wagens allein. Der Notarzt hatte Olssons Druckverband inspiziert und so belassen, offenbar fand er, dass er ausreichte. Und ganz offensichtlich schätzte er den Zustand der Patientin nicht so ernst ein, dass sein Arsenal an Gegenständen zur Lebensrettung, das die Regale füllte, eingesetzt werden musste. Aber er hatte sie an den Tropf angeschlossen und ihr eine Sauerstoffmaske aufgesetzt, und Olsson sah, dass er sie von seinem Platz im vorderen Teil des rollenden Krankenhauses im Blick behielt.

Cecilia hatte sich direkt neben die Trage gesetzt. Anne Borin hatte die Augen geschlossen, als wolle sie alles um sich herum ausschließen. Sie atmete mit tiefen, langen Atemzügen, und auf einmal sagte sie, ohne die Augen zu öffnen:

«Ich habe ihn umgebracht.»

Olsson war sich nicht sicher, ob er richtig gehört hatte. Er sah Cecilia an, die genauso ratlos wirkte wie er. Er wusste nicht, was sie tun sollten, denn Anne Borin stand offenbar unter Schock. Vielleicht sollte er den Notarzt auf ihren Zustand aufmerksam machen?

Er schaute zu ihm nach vorne, aber der Mann hatte den Blick fest auf Anne Borin gerichtet. Wenn ihr Zustand alarmierend

gewesen wäre, hätte er es mit Sicherheit längst entdeckt. Und wenn nicht ihre sonderbare Aussage und das blutige Handtuch gewesen wären, so hätte sie einen geradezu friedvollen Eindruck gemacht, wie sie da lag.
Olsson hatte gerade beschlossen, dass er sie wohl missverstanden haben musste, als sie die Augen öffnete. Es sah aus, als wolle sie kontrollieren, ob sie noch da waren. Ihre Stimme klang matt, aber sie war beinahe unnatürlich ruhig, als sie wiederholte, was sie gerade gesagt hatte.
«Es war mein Fehler, ich habe ihn getötet.»
Olsson wurde klar, dass sie es ernst meinte, aber er wusste immer noch nicht, auf was sie eigentlich anspielte. Sie wollte doch wohl nicht sagen, dass sie Kurt Malmberg umgebracht hatte? Er zögerte, dann aber beugte er sich nach vorn und fragte behutsam: «Wen meinen Sie?»
Mit Tränen in den Augen sah sie ihn an, aber ihre Stimme war klar und durchscheinend wie ein Kristall. «Morten Salmén. Ich habe ihn vor den Zug gestoßen.»

*

Sie hatte das Dokument aus reinem Zufall entdeckt, oder vielleicht sollte man eher sagen aus Versehen. Morten Salmén hatte sie gebeten, einige der Akten zu holen, von denen sie mit Sondergenehmigung der Säpo Kopien gemacht hatten, denn es war nicht erlaubt, Dokumente aus dem Haus am Kungsholmen mitzunehmen. Der Prüfungsausschuss hatte arrangiert, dass die Wissenschaftler ein eigenes Arbeitszimmer bekamen, aber am Ende jedes Tages waren Morten Salmén und sie gezwungen, alle Disketten zurückzulassen und

alle Aufzeichnungen vorzuzeigen, bevor sie von der uniformierten Wache hinausgelassen wurden.
Aber als sie in ihren eigenen Räumen draußen bei Frescati waren, stellte sie sofort fest, dass der zusammengeheftete Papierstapel mit dem Stempel «streng geheim» keine Kopie, sondern das Original war. Und als sie aus Neugier darin blätterte, entdeckte sie den Namen Lisbet Boman.
Das versetzte ihr den ersten Schreck. Seit sie Gunnar getroffen hatte, war kein Tag vergangen, an dem nicht der Schatten des Mordes an seiner Schwester spürbar gewesen wäre. Der Selbstmord seiner Mutter, seine eigene, angsterfüllte Kindheit, die Altersdemenz seines Vaters, alles war begründet in jenem entsetzlichen Trauma, das sein Leben zerstört hatte. Und was ihn am meisten quälte, waren die Fragen zu all dem, was er nicht wissen durfte, was ihm aus Rücksicht aufs Militär verschwiegen worden war.
Ihr war sofort klar, dass sie den Schlüssel zu jener Tragödie in der Hand hielt, aber noch bevor sie die Papiere ganz durchlesen konnte, entdeckte Morten Salmén, was sie da hatte. Sie konnte es kaum glauben, als er ihr die Akte aus den Händen riss und ihr einfach verbot, sie zu lesen. Stattdessen legte er sie in seine braune Aktentasche und machte sich auf den Weg, um sie zurück ins Militärarchiv in Östermalm zu bringen. Sie wusste, dass er das tat, um die Zusammenarbeit mit dem Must nicht zu gefährden, er hatte bereits über zukünftige Vorteile gesprochen, über Dienste und Gegendienste. Aber sie gab nicht klein bei, sondern folgte ihm. Auf dem ganzen Weg stritten sie miteinander, und als sie am Östermalmtorg ankamen, verzweifelte sie.
Sie hatte nicht mit seiner einschmeichelnden Haltung dem

Militär und seiner Arroganz ihr gegenüber gerechnet, und als er die Aktentasche für einen Moment abstellte, nahm sie sie einfach an sich.

Und dann erlitt sie den zweiten Schock. Morten Salmén versuchte, sie am Wegnehmen der Tasche zu hindern, und sie stieß ihn einfach weg. Es war kein harter Stoß, aber er rechnete nicht damit und fiel vor den Zug, der in diesem Moment einfuhr.

Es war einfach ein Unfall. Alles, woran sie sich erinnerte, waren das Geräusch und die Schreie um sie herum. Sie hatte das Gefühl, neben sich selbst zu stehen. Und ohne richtig zu bemerken, was sie tat, öffnete sie die Tasche und nahm die Akte heraus.

Auch der Rest war wie ein Traum. Sie ging weg, und keiner beachtete sie. Sie fuhr hinaus nach Arlanda und stieg in den Flieger nach Ängelholm.

Wie es sich traf, war Gunnar zu Hause, aber als er die Akte sah, erregte ihn das so, dass sie es mit der Angst bekam. Doch er versprach, sich sowohl um die Dokumente als auch um den Unfall in der U-Bahn zu kümmern.

Er war es, der sie schließlich dazu überredete, Cecilia zu erzählen, dass sie auf dem Bahnsteig gewesen war, als das Unglück geschah. Es bestand ja das Risiko, dass jemand sie zusammen mit Morten Salmén gesehen hatte. Das zu leugnen würde nur Misstrauen wecken. Dass sie weggelaufen war, konnte man ja wahrheitsgemäß mit ihrem Schock erklären.

Der dritte Schreck kam am nächsten Tag. Sie begegnete dem Untier, Lisbets Mörder, über den sie in dem Bericht gelesen hatte und von dem sie seit ihrem ersten Treffen mit Gunnar so viel gehört hatte. Er stand ihr im Café in Ängelholm Aug in Aug gegenüber, und sie wurde beinahe ohnmächtig.

Als sie Gunnar von der Begegnung und davon erzählte, dass Kurt Malmberg in Vejbystrand wohnte, war sie wieder voller Angst. Er erregte sich so sehr wie beim letzten Mal, aber das war es nicht, was sie mit bösen Vorahnungen erfüllte.

Gunnar hatte mit dem Bericht einen Plan, und das war es, was ihr Angst machte.

KAPITEL 18

Die Brücke Karls XV. schlug ihren massiven Bogen von der Klinik hinüber zu den Hausfassaden, wo Ängelholms Zentrum ziemlich abrupt begann oder sein plötzliches Ende fand, je nachdem, wie man es sehen wollte.

Olsson und Cecilia überquerten schweigend das unter ihnen dahinfließende Wasser. Eine Dohle, die auf der Steinbalustrade mit eckigen Bewegungen spazieren ging, zeigte zerstreutes Interesse an ihnen, aber sie merkten es kaum. Anne Borins Geständnis hatte sie beide erschüttert. Sie hatten ihr keine weiteren Fragen gestellt, aber sie konnten sie auch nicht daran hindern, mit den Sanitätern zu sprechen, die sie zur Notaufnahme des Krankenhauses gebracht hatten. Es wirkte so, als spräche sie die meiste Zeit mit sich selbst. Vielleicht war das ihre Art, Ordnung in ihr Gefühlschaos zu bringen, vielleicht aber musste das, was sie mit sich herumtrug, auch einfach nur gesagt werden.

Aus den Fragmenten und losgelösten Sätzen hatte Olsson schnell ein relativ klares Bild dessen erhalten, was auf dem Bahnsteig geschehen war. Oder jedenfalls glaubte er das.

Es gab keinen Zweifel daran, dass sie Morten Salmén tatsächlich gestoßen hatte, sodass dieser vor den einfahrenden Zug gefallen war. Aber er glaubte ihr, dass es nicht Absicht, sondern ein unglückliches Versehen gewesen war. Was er dagegen noch immer nicht wusste, war, was mit Bo Stenmarks

Bericht passiert war. Gunnar Borin hatte offenbar etwas damit vorgehabt, aber was, war ihm unklar. Wenn er ihn irgendwo veröffentlichen wollte, hätte er das ja in der Zwischenzeit längst getan.

Der Gedanke brachte ihn wieder in die Gegenwart zurück. Sie hatten die Brücke überquert und bogen in die Storgatan ein. Sein gelbes Haus leuchtete warm in der untergehenden Sonne, die die zarten Wolken durchbrach und sie wie dünnen Rauch aussehen ließ.

Noch bevor sie an der Haustür angekommen waren, fragte Cecilia: «Meinst du nicht, ich sollte Gunnar anrufen?»

Er blieb an der Treppe stehen. Zuerst dachte er, sie hätte das Gleiche im Sinn wie er – Gunnar Borin so schnell wie möglich die Akte abzunehmen. Aber dann merkte er, dass sie an Anne dachte und ihn deshalb erreichen wollte. Er schämte sich über seinen Egoismus und beeilte sich zu fragen: «Weißt du denn, wo er ist?»

«In Göteborg, soviel ich weiß, im Park Hotel.»

Olsson schloss die Tür mit dem rhombenförmigen Glasfenster auf. Diesmal schien Cecilia ihr Handy vergessen zu haben, das sie sonst ständig dabei hatte. Sie ging sofort hinüber zu seinem Schreibtisch und wählte eine Nummer, die sie offenbar auswendig wusste. Dem kurzen Wortwechsel entnahm er, dass sie mit der Auskunft sprach. Er ging in die Küche, wo sie, wie ihm schien, vor einer Ewigkeit zusammen gesessen hatten. Er hatte gerade die Kaffeemaschine angemacht, als sie mit gerunzelter Stirn hereinkam.

«Komisch.»

Er begnügte sich mit einem fragenden Blick, und sie redete weiter, als dächte sie laut nach. «Der Portier sagte, er sei auf seinem Zimmer, aber als er mich weiterverbunden hat, bin ich auf der Mailbox von Gunnars Handy gelandet.»

Olsson zuckte mit den Schultern. Er hatte sich nie um all die neuen Telefondienste gekümmert, aber er wusste ja vom Polizeirevier in Ängelholm, dass es unzählige Möglichkeiten gab, sich automatisch hier- oder dorthin verbinden zu lassen. Und dass Gunnar Borin nicht geantwortet hatte, auch wenn er da war, musste ja nichts bedeuten.

«Er stand vielleicht unter der Dusche.»

Sie gab sich damit zufrieden, aber schaute fragend zur Kaffeemaschine, die neben der Spüle vor sich hin gurgelte. «Wir sollten die Autos nicht vergessen. Hast du einen Busfahrplan?»

Olsson nickte und ging in das Zimmer, aus dem sie eben gekommen war. Diesmal lag der Plan an seinem Platz, niemand hatte ihn verlegt, niemand hatte seine Stifte angerührt. Der Kaffee aber musste warten, denn der nächste Bus ging bereits in einigen Minuten, und dann fuhr mehrere Stunden lang keiner mehr.

Sie stiegen an der Kirche ein. Es saßen nur wenige Fahrgäste im Bus, und sie setzten sich irgendwo in der Mitte hin. Olsson war sich ihrer Nähe plötzlich sehr bewusst, als sie auf der engen Bank nebeneinander saßen. Verlegen sah er aus dem Fenster.

Cecilia seufzte sorgenvoll. «Die arme Anne.»

Olsson fühlte sich schuldig. Es waren seine rücksichtslosen Fragen gewesen, die ihren Selbstmordversuch ausgelöst hatten. Anne Borin musste geglaubt haben, er wisse längst, was mit Morten Salmén und dem verschwundenen Bericht geschehen war, und sei nur gekommen, um sie auffliegen zu las-

sen. Ihm fiel ein, dass sie vor irgendetwas Angst gehabt hatte, aber er hatte ja nicht ahnen können, was sie eigentlich mit sich herumtrug. Er wusste nicht, was er sagen sollte.
Cecilia sah ihn bekümmert an. «Was passiert denn jetzt mit ihr?»
Olsson machte eine ausweichende Geste, es gab eine klare Routine, die nun angewendet werden würde. Er war nur froh, dass er kein Teil der Polizeimaschinerie mehr war. «Es gibt eine Untersuchung. Oder wahrscheinlich sogar zwei. Die Ärzte machen eine wegen des Selbstmordversuchs und die Polizei eine wegen des Unfalls.»
«Meinst du, sie werden ihr glauben? Dass es ein Unfall war?»
Er zuckte mit den Schultern, denn er wusste es nicht. «Warum nicht?», antwortete er, um etwas zu sagen.
Sie saßen schweigend da, während der Bus die Stadt hinter sich ließ. Erst bei Luntertun sprach Cecilia aus, was sie beide dachten.
«Und der Bericht? Sie hat ihn doch gestohlen.»
Olsson machte eine ironische Grimasse. «Offiziell gibt es diesen Bericht nicht. Dann kann sie ihn auch nicht gestohlen haben, oder?»
«Und inoffiziell?»
«Sie werden ihn vermutlich wiederhaben wollen.»
«Sie?»
Er seufzte und dachte daran, was Brodin gesagt hatte. Der Bericht sollte beim Must begraben werden, wenn er seinen Dienst getan hatte. «Das Militär. Die Säpo. Die Polizei. Alle, die ihre Hände im Spiel haben.»
Seiner Meinung nach gab es noch jemanden, der daran interessiert war, aber das sagte er nicht laut. Der Mord an Kurt

Malmberg war noch immer nicht aufgeklärt, und nichts von dem, was geschehen war, änderte etwas an seinem Verdacht, er sei zum Schweigen gebracht worden, damit er die Wahrheit über den Boman-Mord nicht sagen konnte. Die Bedrohung gegen ihn und auch gegen Cecilia lag nach wie vor in der Luft. Vielleicht galt sie ja nun auch Anne und Gunnar Borin, aber dessen war er sich nicht so sicher.

Die Säpo hatte den verschwundenen Bericht bereits bis zu der Forschergruppe zurückverfolgt, so viel hatte er von Brodin verstanden. Es war nur eine Frage der Zeit, bis sie herausfanden, wer ihn gesehen hatte. Und es war gut vorstellbar, dass sie das Unglück in der U-Bahn dafür benutzen würden, Druck auf Anne Borin und ihren Mann auszuüben, damit diese schwiegen und ihnen die Unterlagen zurückgaben. Aber das war auch die Grenze. Einen schwedischen Untersuchungsbeamten mit einem Messer in der Hand, der im Interesse der Nation einen politischen Mord beging, gab es höchstens im Film oder in Büchern.

Der Bus neigte sich in den steilen Kurven bei den Piers in Skälderviken auf die Seite und schnaufte langsam den kurvigen Hügel zum Marktplatz hoch. Einen Moment spürte Olsson, wie Cecilia durch die Bewegung an ihn gepresst wurde, dann wurde der Weg wieder eben, und sie glitten auseinander. Ein aufgegebener Kiosk starrte sie mit leeren Scheiben an, und wenige Sekunden später gab es überhaupt keine Gebäude mehr.

Der Bus gelangte zur Hauptstraße, ohne dass jemand zu- oder ausgestiegen war. Olsson kam es plötzlich vor, als sei er in einem sich ständig wiederholenden Muster gefangen. Er konnte einfach keine Ordnung in die komplizierte Geschichte bringen, es schien, dass er, wohin er sich auch wendete, immer wieder zum selben Ausgangspunkt zurückkam.

Eigentlich gab es nur eines, dessen er sich nach wie vor sicher war: Die Wahrheit über die Vertuschungsaktion und die politischen Intrigen musste ans Tageslicht, sowohl in seinem als auch in Cecilias Interesse. Und für Lisbet Boman.

Plötzlich bemerkte er, dass Cecilia ihn ansah, als ob sie auf eine Antwort wartete, und er fragte wie schlaftrunken: «Hast du was gesagt?»

«Ich frage mich nur, über was du nachdenkst.»

Das fragte er sich ebenfalls, aber er verjagte den Gedanken mit einem Scherz, und sie hakte nicht nach.

Der Bus fuhr viel zu schnell unter dem neuen Eisenbahnviadukt hindurch und raste auf der langen geraden Strecke an Björkhagen vorbei. Dann bremste er plötzlich und bog zum Magnarper Hafen ein, über dem sich schwarz und nackt ein Hain hoher Ulmen mit entblätterten Ästen erhob. Plötzlich erschien das Meer, als ob sich ein Vorhang öffnete, und man sah hinüber nach Kullaberg und auf den Kattegatt.

Die Bushaltestelle tauchte genauso unvermittelt auf, zu schnell, um noch auf die Haltetaste drücken zu können, aber der Busfahrer bemerkte ihren Fehler und ließ sie mit einem Winken mitten auf dem Hügel aussteigen.

Der grüne Saab und der gelbe Renault warteten vor der gesichtslosen Villa. Cecilia ging zur Tür und klingelte, doch offenbar rechnete sie nicht damit, dass jemand da war, denn sie hatte den Schlüssel bereits in der Hand. Bevor die Klingel verstummt war, hatte sie schon aufgeschlossen und ging hinein.

Olsson folgte ihr zögernd in den dunklen Flur. Er war sich nicht sicher, was sie hier eigentlich zu suchen hatten, wo doch niemand da war, aber sie beruhigte ihn.
«Wir müssen das Bad sauber machen.»
Daran hatte er überhaupt nicht gedacht. Es wäre wohl nicht besonders lustig für Gunnar Borin, nach Hause in ein unaufgeräumtes und blutverschmiertes Badezimmer zu kommen, und das, wo er keine Ahnung von den Vorfällen hatte.
Cecilia verschwand in Anne Borins Arbeitszimmer. Olsson hörte, wie sie eine Telefonnummer wählte, und vermutete, dass es wohl wieder Göteborg war. Er selbst ging weiter den Flur entlang und blieb vor der demolierten Badezimmertür stehen. Mit einer Grimasse sah er, welche Zerstörung er angerichtet hatte, die Tür war so beschädigt, dass man sie unmöglich reparieren konnte. Er fand, er konnte sie genauso gut aus den Angeln heben und hinaus zum Sperrmüll bringen.
Das Badezimmer selbst sah nicht so schlimm aus, wie er gedacht hatte. Vielleicht hing es damit zusammen, dass das Blut zu braunen, dunklen Flecken getrocknet war. Er fand einen Putzlappen unter der Heizung und hielt ihn gerade unter den Wasserhahn, als Cecilia hereinkam. Sie sah ihn verwirrt an.
«Immer noch das gleiche. Sie sagen, er sei in seinem Zimmer, aber ich kriege nur seine Mobilbox.»
Olsson hatte auch keine Erklärung dafür, aber er nahm es nicht so ernst. Früher oder später würde Gunnar Borin antworten, vielleicht hörte er sein Handy nur nicht oder hatte es schlicht und ergreifend ausgeschaltet. Soviel er wusste, wurden Anrufe in beiden Fällen auf die Mobilbox geleitet.
Sie wischten schnell die Blutflecken auf dem Boden und im

Waschbecken auf. Die fransige blaue Matte, die vor der Badewanne lag, war voll geronnenen Bluts, und die Fasern hatten sich zu harten Kuchen verfilzt. Sie stopften sie in einen Eimer und weichten sie in kaltem Wasser ein.

Als sie fertig waren, sah das Badezimmer wieder normal aus, wenn man davon absah, dass die Tür fehlte. Olsson hatte sie ausgehängt und an die Wand im Flur gelehnt. Sie wollten gerade gehen, als Cecilia sich bückte und etwas vom Boden aufhob. Es war die Schere, mit der sich Anne Borin die Pulsadern aufgeschnitten hatte, sie war überzogen von einer Schicht getrockneten Bluts.

Als ihr klar wurde, was sie in der Hand hielt, warf sie die Schere mit Abscheu weg. Olsson hob sie mit einem Seufzen wieder auf und wusch sie ab. Er verstand ihre Reaktion, eigentlich ging es ihm nicht anders.

Cecilia war schon unterwegs zu ihrem Renault, aber Olsson blieb noch etwas zurück. Er musste daran denken, dass Anne Borin gesagt hatte, ihr Mann habe mit dem Bericht etwas vorgehabt. Ihm kam der Gedanke, dass sein Plan vielleicht nicht die Veröffentlichung gewesen war, sondern das genaue Gegenteil. Gunnar Borin war mit Sicherheit klar: Früher oder später würde herauskommen, dass Morten Salmén den Bericht in seiner Aktentasche gehabt hatte und dass es, vorsichtig gesagt, kompromittierend für denjenigen werden könnte, der ihn besaß. Und hatte er nicht versprochen, er würde sich sowohl um den Bericht als auch um den Unglücksfall in der U-Bahn kümmern?

Olsson hatte noch immer keine Ahnung, was das bedeutete, aber er vermutete, dass es wahrscheinlich nicht so einfach werden würde, ihn zur Herausgabe des Dokuments zu bewegen. Er fragte sich, ob sich der Bericht vielleicht irgendwo im Haus befand, und erwog für einen Moment, danach zu suchen, nahm dann aber davon Abstand.

Vielleicht sollte er lieber erneut Kontakt mit Bo Stenmark aufnehmen? Es müsste schon seltsam zugehen, wenn der ihm nicht wenigstens einen Tipp geben könnte, wie die Geschichte zu bezeugen war. Es konnte auf jeden Fall nicht schaden, einen Reserveplan zu haben, für den Fall, dass Gunnar Borin sich quer legte.

Er ging hinaus zu Cecilia. Sie nickte nachdenklich zu seinen Befürchtungen wegen Gunnar Borin. Und sie stimmte ihm zu, dass es vielleicht gut wäre, nochmals mit dem alten Offizier zu sprechen.

«Aber wir müssen etwas Konkretes zum Vorzeigen haben. Anonyme Aussagen reichen nicht.»

Er nickte, das war ihm klar. Hätte er bloß die Telefonnummer der Wohnung in Helsingør gehabt, dann hätte er anrufen können. Ihm fiel der Zettel mit der Adresse von Arne Bergmans Vater ein.

Olsson suchte in seinen Jackentaschen. Der Zettel war noch immer da, die Telefonnummer hatte er selbst aufgeschrieben. Cecilia sah es und reichte ihm ihr Handy. Offenbar hatte es entweder im Haus oder im Auto gelegen.

«Ruf gleich an.»

«Jetzt?»

Er zögerte. Natürlich war es dringend, die Sache zu klären, aber doch wohl kaum so eilig. Außerdem wusste er immer noch nicht, welche Tasten er drücken musste. Er genierte sich, vor Cecilia einzugestehen, dass er keine Ahnung hatte, wie ein Handy funktionierte.

«Ich rufe lieber von drinnen an», sagte er ausweichend und nickte in Richtung der Tür. «Wenn es dir nichts ausmacht.»

Sie sah ihn erstaunt an. «Ja, wenn du meinst.»

Sie dachte jetzt wohl, er wolle ungestört mit Arvid Bergman reden, schien es aber nicht übel zu nehmen, und er ließ es auf sich beruhen.

Er ging zurück und durch die dunkle Diele bis zu Anne Borins Arbeitszimmer. Das Telefon stand auf dem Schreibtisch. Er setzte sich hin und wählte die Nummer in Tågaborg. Arvid Bergman antwortete sofort. Wenn man wusste, wie schwer es ihm fiel, sich zu bewegen, war klar, dass er neben dem Apparat gesessen haben musste.

Olsson erklärte sein Anliegen, aber zu seiner Verwunderung blieb es still am anderen Ende der Leitung. Einige Sekunden vergingen, dann kam die Stimme wieder. Sie klang plötzlich weit entfernt oder als ob er sehr leise spräche.

«Waren Sie nicht bei ihm und haben mit ihm gesprochen?»

«Ja, aber ich habe etwas vergessen.»

Olsson nahm an, der alte Säpo-Mann wolle am Telefon nicht offen reden. Er hatte ja schon nicht gewollt, dass Olsson mit seinem Auto kam, als er ihn besucht hatte. Zu diesem Zeitpunkt hatte er das für übertriebene Vorsicht gehalten, aber nun war er nicht mehr so sicher. Es war gut möglich, dass Arvid Bergman von seinen ehemaligen Kollegen überwacht wurde.

Aber die Antwort ließ an Klarheit nichts zu wünschen übrig. Sie kam brutal, wie ein Faustschlag.

«Bo Stenmark ist letzte Nacht gestorben.»

Olsson fiel nichts ein, was er hätte sagen können, nur langsam begriff er, was er gehört hatte. Arvid Bergman sprach

weiter, es war nicht zu sagen, ob Angst oder Müdigkeit in seiner Stimme lagen.
«Er lebte auf Pump. Die Ärzte hatten nicht damit gerechnet, dass es so lange gehen würde. Sie hatten ihm bis zum Sommer gegeben.»
Es war etwas Verlassenes in der einfachen Bemerkung, und Olsson wurde klar, dass Arvid Bergman einen seiner letzten Freunde verloren hatte. Er erinnerte sich an die dänischen Zigaretten auf der Gehhilfe und ahnte jetzt, woher sie gekommen waren.
Wieder wurde es still. Olsson hatte nichts mehr zu sagen, doch immerhin bekam er noch eine linkische Beileidsbezeugung heraus. «Das ist wirklich traurig.»
Der Seufzer kam von weither. «Es ist, wie es ist.»

Es dauerte einige Sekunden, bis Olsson merkte, dass Arvid Bergman aufgelegt hatte. Auch er legte auf und erhob sich. Er hatte plötzlich Bo Stenmarks heisere Stimme im Ohr und konnte sich nur schwer vorstellen, dass sie für immer verstummt war. So krank hatte der alte Mann nicht gewirkt.
Er ging hinaus zu Cecilia, die in ihrem gelben Renault auf ihn wartete. Sie musste seine Miene schon von weitem gesehen haben, denn sie schüttelte fragend den Kopf.
«Will er nicht?»
«Er kann nicht. Er ist tot.»
Sie starrte ihn ungläubig an. Er berichtete ihr von dem Gespräch und erzählte von Bo Stenmarks Krebs und dem *Gammeldansk,* den er als Schmerzmittel verwendet hatte.
«Ich hatte das Gefühl, dass er eine Beichte ablegte.»
Sie nickte, denn sie verstand, was er meinte. Dann sagte sie

nüchtern: «Jetzt können wir nur noch auf Gunnar hoffen.»
Als ob sie sich selbst das Stichwort gegeben hätte, nahm sie ihr Handy und wählte eine Nummer. Jemand antwortete und sie sagte etwas, dann lauschte sie eine ganze Weile, bevor sie aufgab und das Handy ausmachte.
«Dasselbe. Ich verstehe nicht, was er da macht.»
Olsson konnte über Gunnar Borins Telefongewohnheiten auch nichts mehr sagen. Er hoffte nur, dass Cecilia ihn, sobald sie ihn erreichte, überreden konnte, ihnen den Bericht zu geben oder sie doch jedenfalls eine Kopie machen zu lassen. Nach dem, was mit Anne passiert war, hatte er ja eigentlich keinen Grund mehr, ihn zu verstecken. Die Wahrheit über das Unglück in der U-Bahn würde nun sowieso ans Tageslicht kommen.

Unschlüssig standen sie neben ihren Autos, keiner von ihnen wusste, was nun als Nächstes zu tun sei. Sie ahnten beide, dass es kein guter Zeitpunkt für eine Verabredung war, die nie stattzufinden schien. Cecilia sah auf die Uhr und verzog das Gesicht.
«Ich muss meinen Job in Stockholm erledigen. Ich rufe dich an, wenn ich fertig bin. Wie lange bist du auf?»
«Ruf einfach an.»
Sie stieg in ihr kleines französisches Auto und verschwand auf schaukelnden Stoßdämpfern. Olsson setzte sich in den Saab. Es war ein langer Tag gewesen, und die Dämmerung hatte bereits begonnen.
Einen Moment hatte er das Gefühl, dass sich etwas Großes und Bedrohliches in den Schatten rund um Bo Stenmarks Tod bewegte, genau wie an dem Tag, als er die seltsame Ge-

schichte das erste Mal gehört hatte. Aber dann verjagte er seine Phantasien. Er hatte keinen Beweis dafür, dass es etwas anderes war als der Krebs, was den alten Mann das Leben gekostet hatte.
Er ließ den Wagen an und verließ das Villenviertel. Aus irgendeinem Grund nahm er den Weg hinunter zur Heide, und ohne eigentlich zu wissen warum, bremste er vor Kurt Malmbergs heruntergekommener Hütte. Sie sah leer und verlassen aus, das Einzige, was sich bewegte, waren die gestreiften Plastikbänder der Polizei, die noch immer an den Ecken hingen und sich sachte in der schwachen Brise bewegten.
Plötzlich fiel ihm ein, dass Kurt Malmberg ja wohl kaum damit gerechnet haben konnte, sein Wort allein würde reichen, die ganze Geschichte um die Vertuschung und den zweiten Täter aufzudecken. Mit Sicherheit hatte er einen handfesten Beweis gehabt. Vielleicht ging es ja nicht nur um den schicksalhaften Bericht, und vielleicht fand sich noch etwas in der Hütte?
Olsson parkte den Saab vor dem verfallenen Zaun. Er haderte mit sich selbst. Was er vorhatte, war ein Einbruch, auch wenn es niemanden mehr gab, dem die Hütte gehörte. Auf jeden Fall stellte es eigenmächtiges Vorgehen dar. Dann aber dachte er wieder an die unsichtbare Bedrohung, die sich irgendwo außerhalb seiner Reichweite und der der Polizei verbarg, und fasste einen Entschluss.
Olsson schloss das Auto ab und ging um die Hütte herum. Er warf einen Blick zu dem Schuppen, wo er die beiden mutmaßlichen Steinewerfer hatte verschwinden sehen, als er das letzte Mal hier gewesen war. Er sah aus wie eine Art Wasch-

haus, es gab keinerlei Lebenszeichen. Nur ein windschiefer Gartentisch aus Plastik, der schon so lange draußen stand, dass ihn ein grüner Belag bedeckte, zeigte, dass der Schuppen einmal für irgendetwas Verwendung gefunden hatte. Die Rückseite der beiden Gebäude war im selben ungepflegten Zustand wie die Vorderseite, und der schwarze Plastiksack, der das zerschlagene Fenster ersetzte, verstärkte den Eindruck von Verfall. Hier wollte er hin. Er zögerte ein letztes Mal, dann drückte er die Hand durch das weiche Plastik und erfühlte den Fenstergriff. Er machte auf, und das Fenster glitt unerwartet leicht zurück. Problemlos schwang er die Beine über den niedrigen Rahmen und hievte sich hinein.

KAPITEL 19

Unter seinen Füßen knirschte das Glas. Offenbar hatte sich die Polizei nicht die Mühe gemacht, die Scherben wegzuräumen. Und was Kurt Malmberg anging, machte es ja auch keinen Unterschied mehr. Olsson stand still da und versuchte, seine Augen an das schummrige Licht zu gewöhnen. Die zunehmende Dämmerung draußen warf im Halbdunkel der Hütte lange schwarzen Schatten. Er überlegte, ob er Licht machen sollte, ließ es dann aber sein. Schließlich beging er trotz allem einen Einbruch.

Idiotischerweise hatte er seine Taschenlampe im Auto vergessen. Einen Moment lang ärgerte er sich, und er wollte schon aufgeben, aber dann fiel sein Blick auf den Tisch, wo Arne Bergman Malmbergs Medikamente untersucht hatte. Mitten in dem Gerümpel lag etwas, das wie ein dicker Bleistift aussah, sich zu seiner Befriedigung aber als Miniaturtaschenlampe entpuppte. Er nahm es als ein Zeichen und bewaffnete sich mit dem dünnen, scharfen Lichtstrahl. Wenn er vermied, ihn auf die Fenster zu richten, dann sollte ihn eigentlich niemand von der Straße aus sehen können.

Er beschloss, neben der Tür anzufangen und sich dann systematisch das ganze Zimmer vorzunehmen. Das Problem war nur, dass er nicht wusste, wonach er eigentlich suchte. Er versuchte sich in Malmbergs Lage hineinzuversetzen. Was konnte er dreißig Jahre lang aufgehoben haben, wenn er in einer geschlossenen psychiatrischen Klinik eingesperrt gewesen war? Es war ausgeschlossen, dass er zu irgendwelchen geheimen Verhörprotokollen oder anderen Dokumenten Zugang gehabt hatte. Genauso unwahrscheinlich war es, dass er etwas in der Hand gehabt hatte, das Douglas Ferguson mit dem Mord an Lisbet Boman in Verbindung gebracht hätte. Olsson wusste nicht, was es sonst noch für Möglichkeiten gab, begann aber dennoch, das voll gestopfte Zimmer zu durchsuchen.

Er ging davon aus, dass Kurt Malmberg etwas so Wichtiges wohl kaum offen hätte herumliegen lassen, und beschloss, sich auf die Suche nach einem Versteck zu konzentrieren. Falls er ein solches fand, würde er auch wissen, wonach er eigentlich suchte.

Er begann mit den Schubladen und Schränken, obwohl das viel zu offensichtliche Plätze waren, aber er war gezwungen, nach der Ausschlussmethode vorzugehen. Seine Jahre als Polizist hatten ihn gelehrt, dass es genauso wichtig war, eine negative Antwort zu bekommen wie eine positive. Sobald alle unmöglichen Alternativen ausgeschlossen waren, gab es nur noch die möglichen.

Das Zimmer war nicht groß, dennoch war es nur schwer zu überblicken. Die wenigen Möbel waren überladen mit Sachen, die offenbar dort liegen geblieben waren, wo man sie zuletzt benutzt hatte. Ein Bügeleisen stand auf einem Abkühlgitter auf einem Küchenstuhl, ein Hammer und eine Dose mit Nägeln lagen vergessen auf einem Sessel, diverse Kleidungsstücke waren überall verstreut, wo Platz gewesen war. Auf dem Boden entlang der Wände lagen Stapel von Zeitschriften, die meistens Flugzeugmodelle oder Armeewaffen auf den Umschlägen hatten. Eine Tageszeitung dagegen entdeckte er nirgends, und als er sich in dem Raum umsah, merkte er, dass es auch keinen Fernseher gab, trotz der abgeknickten Antenne auf dem Dach. Oder vielleicht gerade deshalb.

Olsson ließ den dünnen Lichtstrahl über das Durcheinander gleiten. Die Dunkelheit hatte den letzten Rest von Tageslicht vertrieben, und erst als er die kleine Taschenlampe kurz ausmachte, merkte er, wie finster es mittlerweile geworden war. Er fragte sich, ob das Durcheinander auf die Polizei zurückzuführen war, oder ob Arne Bergman und seine Kollegin Irina sich angesehen hatten, was für sie von Interesse war, und es dann einfach wieder genau dahin gelegt hatten, wo sie es gefunden hatten.

Als er zu den Flugzeugmodellen kam, hatte er noch immer nichts entdeckt, was als Versteck infrage kam. Hier gab es eine kleine Arbeitsbank, die er zuvor nicht gesehen hatte, und der Kontrast zum Rest des Zimmers war unglaublich. Die Ordnung sowohl auf den Regalen als auch bei den Werkzeugen war geradezu pedantisch, und es schien beinahe, als hätten zwei unterschiedliche Personen in je einem Teil des Zimmers gelebt.

Olsson überprüfte das Fenster, bevor er den Strahl der Taschenlampe über die Regale gleiten ließ. Vor ihm breitete sich eine staunenswerte Miniaturwelt aus, und in dem unruhigen Lichtstrahl wirkten die Stukas und langnasigen Spitfires fast lebendig. Auf einem Regal drängten sich – obwohl aus ganz verschiedenen Zeiten stammend – eine schwedische Viggen und eine Messerschmitt, und die Piloten, die hinter ihren Plexiglashauben sichtbar waren, trugen sogar die richtigen Overalls und Kopfbedeckungen. Bloß ein Versteck für den kompromittierenden Beweis gegen einen britischen Militärattaché in Chile oder für die Vertuschung eines brutalen Mädchenmords durch das schwedische Militär fand er nicht.

Er ging zur Arbeitsbank, auf der die Werkzeuge gerade ausgerichtet lagen und nach einem System geordnet zu sein schienen, das er nicht kannte. Die Tischplatte ruhte auf zwei Containern, und auch in den Schubladen herrschte pedantische Ordnung. Hier fand sich unterschiedlichstes Material – Leimtuben, Scheiben aus Balsaholz, dünne Latten, Farbdosen. In einer Schublade befanden sich ein kleiner, teurer Kassettenrecorder und einige Kabel.

Olsson reagierte sofort. Ihm war ja bereits aufgefallen, dass sich weder Tageszeitungen noch ein Fernseher in dem Zimmer befanden. Und er hatte auch weder Radio noch Lautsprecher gesehen. Es schien, als habe es Kurt Malmberg vorgezogen, sich mit der Welt da draußen nicht abzugeben, oder vielleicht misstraute er auch einfach nur den Medien. Genau deshalb war der teure Recorder ein auffälliger Bruch mit dem Muster. Ohne es sich erklären zu können, spürte Olsson, dass er vielleicht gefunden hatte, wonach er suchte.

Er nahm die Kabel hoch und untersuchte sie. Das eine endete in einem kleinen, mit einem Saugnapf versehenen Zylinder. Er hatte so etwas schon einmal gesehen und wusste, was es war. Das kleine Mikrofon war verblüffend effektiv, wenn man es in einem Telefonhörer anbrachte. Aber – wen hatte Kurt Malmberg abgehört?

Olsson war klar, dass es ein Tonband war, nach dem er su-

chen musste, vielleicht sogar mehrere. Er wurde seiner Sache noch sicherer, als er nicht eine einzige Kassette entdecken konnte, weder in den Schubladen noch sonst wo.
Er machte eine neue Runde durch das Zimmer und fand seinen Verdacht bekräftigt: nirgends irgendwelche Kassetten. Wenn Kurt Malmberg seinen Recorder überhaupt benutzt hatte, dann hatte er sie versteckt. Und es gab kaum einen anderen Grund dafür, als dass etwas darauf war, von dem er nicht wollte, dass es offen herumlag. Die Frage war nur, ob es immer noch im Haus versteckt war.

Es war nun völlig dunkel geworden, sowohl in der Hütte als auch draußen. Olsson spähte durch die Scheiben, ohne etwas sehen zu können. Es gab keine Straßenbeleuchtung, und die benachbarten Ferienhäuser waren alle dunkel und verlassen. Erst weiter unten am Hügel sah er hinter einem kahlen Gehölz ein erleuchtetes Fenster schimmern. Dennoch wagte er nicht, Licht anzumachen, sondern bewegte sich tastend mit dem kleinen, runden Lichtfleck der Taschenlampe, der vor ihm auf und ab tanzte. Aber die Entdeckung hatte seinen Eifer erneut angestachelt.
An der einen Schmalseite des Zimmers gab es eine Tür. Er öffnete sie und leuchtete in einen kurzen Gang, der seinerseits wieder zwei Türen aufwies. Hinter der einen war ein Verschlag, der nicht viel größer war als eine Garderobe. Das an der Wand befestigte Etwas von einem Bett erinnerte an eine Koje, und das kleine Fenster hätte ein Bullauge sein können, wäre es nicht viereckig gewesen. Oder ließ der dürftige Verschlag mehr an eine Krankenhauszelle denken?
Olsson zögerte, bevor er hineinging. So wie es aussah, gab es

in dem kahlen Raum nicht viel zu durchsuchen. Er zwang sich dazu, die Matratze hochzuheben, aber darunter war nichts außer der Hartfaserplatte. Und unter der Pritsche selbst konnte er außer Staubflusen, die sich die Wand entlang kringelten, auch nichts entdecken.

Hinter der anderen Tür befand sich eine Miniküche. Der Schrank enthielt nur das Allernötigste, und weder im Kühlschrank noch im Backofen gab es ein heimliches Fach. Ihm wurde klar, dass er eine sehr viel gründlichere Untersuchung des Hauses würde machen müssen, wenn er etwas finden wollte. Wenn hier überhaupt etwas zu finden war. Ihm fiel ein, dass Kurt Malmberg seine Kassetten ja auch in einem Bankfach hätte deponieren können oder irgendwo sonst. Vielleicht gab es die Tonbänder nicht einmal.

Seine Zielstrebigkeit verwandelte sich in Unmut. Er überlegte, ob er zurück in das Zimmer gehen und neu anfangen oder einfach alles bleiben lassen und nach Hause fahren sollte, als der Lichtstrahl über eine Zeitung glitt, die auf der Bank neben der Spüle lag. Es war eine von Malmbergs Flugzeugzeitschriften, aber der Umschlag fehlte.

Olsson richtete die Lampe auf das Heft und betrachtete es nachdenklich. Es war eine teure Zeitschrift – der Hochglanzdruck reflektierte im Licht. Sie sah neu und ungelesen aus, aber irgendetwas mit dem fehlenden Cover stimmte nicht. Soweit er gesehen hatte, war Kurt Malmberg pedantisch mit allem, was sein Hobby betraf. Alle anderen Zeitschriften waren in ordentlichen Stapeln verstaut, auch wenn diese entlang der Wände auf dem Boden lagen.

Er hob das dicke Heft hoch und untersuchte den Rücken. Dieser war nicht geheftet, sondern geklebt, und als er mit der

Taschenlampe hinleuchtete, sah er, dass der Umschlag mit einer Schere oder einem scharfen Messer abgetrennt worden war.

Olsson nahm das Heft und ging in das längliche Zimmer zurück. Es war stockfinster, und er ließ den Lichtstrahl über die Zeitschriftenstapel gleiten, bis er den richtigen gefunden hatte. Er hockte sich davor und ging die Nummern durch. Er hatte noch nicht lange geblättert, als er fand, wonach er suchte.

Aber es waren keine Kassetten, die sich zwischen den glänzenden Umschlägen verbargen, sondern ein Bündel vergilbter Papiere, die in einer Mappe zusammengeheftet waren.

Er war so versunken in seinen Fund, dass er den Schatten, der sich von der Wand hinten bei der Tür löste, nicht bemerkte. Erst als eine Bodendiele leise knarrte, reagierte er, aber da war es schon zu spät. Ein starker Arm packte ihn von hinten um den Hals. Er versuchte, sich loszumachen, aber der Mann war unglaublich kräftig und hielt ihn fest wie in einem Schraubstock. Er gab keinen Laut von sich. Der Griff schien mit jeder Sekunde härter zu werden.

Olsson merkte verzweifelt, dass er keine Luft mehr bekam. Es knirschte in seinem Nacken, dann ertrank er in einem seltsam blitzenden Licht, das aus seinem eigenen Kopf zu kommen schien.

Als er aufwachte, wusste er zunächst nicht, wer er war. Um ihn herum war es vollständig dunkel, und das Einzige, was er erkannte, war der strenge, laugenartige Geruch von feuchtem Mauerwerk. Er fühlte sich wie in einem Niemandsland. Fieberhaft suchte er in seiner Erinnerung nach einem Zusammenhang, während die Panik in ihm wuchs. Vielleicht dauerte es zehn Sekunden, vielleicht zwanzig. Dann tauchte Kurt Malmbergs Name von irgendwo auf, und wie durch ein Wunder fielen die Teile an ihren Platz, und er war wieder er selbst.

Er atmete mehrmals tief ein, trotz des Gestanks. Durch die Bewegung schrammte sein Kinn gegen die raue Oberfläche unter ihm, und erst jetzt erkannte er, dass er auf dem nackten Zementboden lag. Die Entdeckung machte ihn hellwach, und er versuchte sich aufzurichten, aber zu seiner Verzweiflung hinderte ihn irgendetwas daran.

Er versuchte es nochmals, aber mit demselben Resultat. Olsson war an irgendetwas festgebunden, aber er begriff nicht, was es war. Er versuchte, die Hände zu bewegen, und bemerkte, dass man sie ihm auf den Rücken gefesselt hatte. Als er mit den Fingern nach den Handgelenken fühlte, überkam ihn eiskaltes Entsetzen, denn er ertastete derben Stahldraht.

Er musste sich zwingen, die Panik in sich zu bekämpfen. Er hatte keine Ahnung, wo er war, einen Moment dachte er, er läge in dem Leichenkeller, in dem Kurt Malmberg getötet worden war. Dann aber nahm er ein schwarzes Fenster und direkt daneben ein helles Oval wahr.

Es dauerte einige Sekunden, bis er begriff, dass es der windschiefe Gartentisch war und dass er auf dem Boden des Waschhauses lag. Eine Welle der Erleichterung durchfuhr ihn, bis ihm die Unlogik dieses Gefühls bewusst wurde. Er konnte genauso gut auf diesem Zementboden wie auf irgendeinem anderen sterben. Wenn derjenige, der ihn überfallen hatte, zurückkam.

Zerstreut fragte er sich, ob auch Kurt Malmberg hatte warten müssen, während sein Henker das Messer holte. Dann aber riss er sich zusammen und brachte so etwas wie Ordnung in seine wild in alle Richtungen galoppierenden Gedanken.

Er versuchte herauszufinden, wie er eigentlich gefesselt war, aber er kam nicht weiter als bis zu der Erkenntnis, dass es unmöglich war, sich loszumachen. Die Beine schienen auf irgendeine Weise an der Wand festgebunden zu sein, und der Stahldraht um seine Handgelenke saß so fest, dass seine Finger bereits wie abgestorben waren. Er versuchte sich auf die Seite zu rollen, aber auch das gelang ihm nicht.

Olsson hatte keine Ahnung, wer ihn überfallen hatte, außer dass es sich um einen Mann gehandelt haben musste, der sehr kräftig war. Er hatte ihn in den Würgegriff genommen, bevor er erkennen konnte, was in dem falschen Umschlag gewesen war.

Olsson fragte sich, wie der Mann hereingekommen war, ohne dass er es gehört hatte, und kam darauf, dass das geschehen sein musste, als er sich in der Miniküche aufgehalten hatte. Vorausgesetzt, dass er nicht schon die ganze Zeit in der Hütte gewesen war. Olsson wusste, dass diese Möglichkeit durchaus bestand. Der Mann konnte ihn die ganze Zeit bei der Suche beobachtet haben, um zu sehen, ob er etwas fand.

Verzweifelt überlegte Olsson, welche Gründe es gab, ihn überhaupt zu überfallen. Aber es konnte wohl nur deshalb geschehen sein, um ihn daran zu hindern, etwas Aufschlussreiches zu finden. Wie zum Beispiel eine Information über Malmbergs Mörder.

Jedenfalls schied das Militär damit aus. Der Must hätte ja nur beschlagnahmen müssen, was er gefunden hatte, und seinen

Geheim-Stempel draufsetzen, wenn es etwas mit der Vertuschung zu tun hatte.
Was ihm diese Erkenntnis allerdings nützen sollte, wusste er nicht.

Olsson spürte, wie die Panik zurückkam. Verzweifelt wand er sich, bekam aber weder Hände noch Füße frei. Das Gefühl, unerbittlich festzusitzen, verschlechterte die Sache nur noch. Er begann, laut zu zählen, um an etwas anderes zu denken, aber seine Stimme war nur ein heiseres Krächzen. Dann hörte er etwas und verstummte schlagartig.
Das Geräusch wurde zu Schritten. Olssons Gedanken rasten im selben Takt wie sein Pulsschlag. Er wusste nicht, was er erwartet hatte, war aber dennoch überrascht, als die Tür plötzlich aufging und sich eine Gestalt gegen den Nachthimmel abzeichnete. Er erkannte sofort den Mann mit der Baseballkappe, Arne Bergmans Schwager. Aber er war nicht allein.
Er hatte eine Taschenlampe in der Hand, und in dem Moment, bevor der Lichtstrahl Olssons Augen traf, sah er, wer im Schatten hinter ihm stand.
Es war Arne Bergman, sein ehemaliger Kollege.

KAPITEL 20

Die beiden Männer betrachteten ihn schweigend. Olsson versuchte das Gesicht vom Lichtstrahl wegzudrehen. Sein Kopf war wie leer geblasen. Er wusste nicht, wie lange diese Situation dauerte. Die Angst und Bestürzung machten es schwer, klar zu denken. Also war sein erster Verdacht, dass hinter dem Mord an Kurt Malmberg der Lynchmob steckte, der sich «Die Wächter» nannte, doch richtig gewesen. Aber er hätte sich nie träumen lassen, dass Arne Bergman etwas mit der Sache zu tun hatte. Und er hatte nicht die geringste Ahnung, was nun geschehen würde.

Ihm kam es vor, als läge er eine Ewigkeit in dem blendenden Licht, aber vielleicht waren es doch nur wenige Sekunden. Als der Lichtstrahl von ihm weg wanderte und sich Arne Bergman über ihn beugte, kam ihm das wie Zeitlupe vor. Bergmans Stimme donnerte, als würde er auf einen Blechkanister schlagen. «Zur Hölle auch, Martin!»

Olsson spürte, wie er sich an seinen Füßen zu schaffen machte. Es dauerte einige Augenblicke, dann waren die Fesseln weg, und er konnte sich wieder bewegen. Arne Bergman sagte nichts, sondern begann vorsichtig, den Stahldraht, mit dem Olssons Hände gefesselt waren, aufzuwinden. Beide Arme waren eingeschlafen und fielen wie schwere Fleischpakete an den Seiten herunter, als er fertig war.

Arne Bergman half Olsson aufzustehen. Dann schüttelte er

den Kopf. «Wir haben ein Auto vor der Hütte gesehen und fanden das seltsam. Aber ich hätte nicht gedacht, dass es deines ist.»

Olsson kam unsicher auf die Beine. Er verstand nicht, was gerade geschehen war, aber zumindest war er nicht mehr gefesselt. «Wir?»

Es klang wie ein heiserer Hilferuf, aber Arne Bergman antwortete nicht. In dem unruhigen Lichtstrahl sah er dämonisch aus. Die Schatten seiner Augenbrauen wirkten wie zwei Hörner, als er seinem Schwager verlegen zunickte. Olsson folgte ihm mit dem Blick. Der Mann mit der Baseballkappe hatte sich nicht von der Stelle gerührt und hielt noch immer stumm die Taschenlampe. Dann sah Olsson den Gummiknüppel, der an seinem Gürtel hing, und verstand die Zusammenhänge.

Arne Bergman hatte die Sprache wieder gefunden. Seine Stimme klang unruhig, ihm musste klar sein, dass Olsson eins und eins zusammengezählt hatte. «Bengt und ich. Wir haben eine Runde gemacht.»

Er vermied es, Olsson anzusehen. Der Mann namens Bengt trat unruhig auf der Stelle, seine frühere Prahlerei war ihm offenbar abhanden gekommen. Die Taschenlampe bewegte sich etwas, und als sein Gesicht im Lichtkegel zu erkennen war, sah man die geschwollene Lippe und ein dünnes Blutrinnsal im Mundwinkel.

Diesmal antwortete Arne Bergman, bevor Olsson eine Frage stellen konnte. «Wir haben den Teufel erwischt.»

Er klang eifrig, als wolle er davon ablenken, dass sein Schwager und er gemeinsam auf einer nächtlichen Patrouille gewesen waren.

Olsson wusste nicht, was er erwidern sollte. Wenn nicht die

beiden, sondern ein anderer Mann ihn überfallen hatte, hatten sie ihm vermutlich das Leben gerettet. Auf einmal war er sehr müde, und alles, was ihm einfiel, war: «Habt ihr gesehen, wer es war?»
Die zwei Männer blickten sich an. Es war Arne Bergman, der antwortete. Seine Stimme war deutlich, aber nur gerade eben hörbar. «Wir haben ihn draußen.»
Olsson sah sie verblüfft an. Er kam nicht dazu, etwas zu sagen, denn Arne Bergman sprach weiter, als ob er es eilig hätte zu erklären: «Wir wollten ein bisschen mit ihm reden.»
Olsson sagte nichts. Er musste ihn nicht darauf hinweisen, welcher Tatbestand hier vorlag. Arne Bergman war Polizist und wusste nur zu gut, wo die Grenzen verliefen.
Vielleicht tat das Schweigen seine Wirkung. Arne Bergman jedenfalls klang ebenso flehend wie entschuldigend, als er hinzufügte: «Er lief uns bei der Tür in die Arme. Wir wollten nur nachsehen, was er hier zu suchen hatte, bevor wir ihn gehen ließen.»
Olsson mochte nicht mehr dazu sagen, alles, was er wollte, war, sein schreckliches Gefängnis zu verlassen. In seinen Armen kehrte langsam wieder das Gefühl zurück, aber die Beine waren noch immer wackelig, und Arne Bergman musste ihn stützen. Die Baseballkappe kam hinterher, er hatte noch immer kein einziges Wort gesagt. Olsson dachte an seine Redegewandtheit bei den beiden Gelegenheiten, als er ihn getroffen hatte, aber da war es ja darum gegangen, vor Publikum zu prahlen.

Die kühle Nachtluft klärte seine Gedanken. Olsson atmete tief ein, und als sie den verwilderten Rasen halb überquert hatten, fragte er: «Warum?»

Arne Bergman blieb stehen und sah Olsson verlegen an. «Wegen Annika.»

Olsson hatte sich das gedacht. Arne Bergmans Tochter war genauso alt wie das Mädchen, das sie im Bunker gefunden hatten. Und er hatte das Tonband mit dem Verhör der drei Jungen gehört.

Olsson nickte, aber er hatte noch eine Frage. «Und der Alkohol?»

Arne Bergmans Stimme wurde zu einem Murmeln, das eigentümlich hohl klang. «Das ist etwas ganz anderes. Es gibt noch immer niemanden, der sich dazu äußert.» Dann sagte er etwas lauter: «Ich dachte, er wäre deshalb in der Hütte gewesen. Wegen des Alkohols oder der verdammten Schlafmittel.»

Er deutete zur Straße hinüber. Olsson sah hinter seinem Saab ein Auto stehen, in dem jemand saß. Er ging weiter, aber Arne Bergman hielt ihn zurück.

«Kann das unter uns bleiben?»

Olsson zögerte einen Moment, doch dann nickte er. Es ging ihn nichts an, wie wenig auch immer er davon hielt.

«Und du behältst auch für dich, dass Bengt heute Nacht dabei war?»

Olsson nickte erneut.

Arne Bergman sagte erleichtert: «Bloß damit es kein Durcheinander gibt. Ich werde den Mistkerl wegen ungesetzlicher Freiheitsberaubung und Misshandlung einbuchten.»

Unter diesen Tatbestand fiel eigentlich auch das Verhalten von Bergman und seinem Schwager. Aber Olsson sagte nichts. Er wusste nur zu gut, dass die beiden ihm vermutlich das Leben gerettet hatten.

«Weißt du, wer er ist?», fragte er.
Arne Bergman schüttelte den Kopf.
«Kurt Malmbergs Mörder.»
Sein ehemaliger Kollege blieb abrupt stehen und starrte ihn an. «Bist du dir sicher?»
Olsson machte eine Grimasse. Er hätte auch sein Mörder sein können, wenn nicht die Nachtpatrouille der «Wächter» vorbeigekommen wäre. «Ja, bin ich. Erinnerst du dich an den Stahldraht?»
Arne Bergman blickte ihn ernst an. Dann drehte er sich zu dem Mann mit der Baseballkappe um und sagte leise etwas. Er bekam ein Nicken als Antwort und meinte kurz und bestimmt: «Bengt geht jetzt. Und du hast ihn hier nicht gesehen.»
Olsson antwortete nicht. Arne Bergman schien das für Zustimmung zu halten, und der Mann mit der Baseballkappe verschwand in der Dunkelheit. Er nahm die Taschenlampe mit, und plötzlich war es pechschwarz um sie, man konnte gerade noch die Konturen der Autos erkennen.
Sie gingen vor bis zu dem zerfallenen Zaun. Olsson spürte sein Unbehagen, dem Mann Auge in Auge gegenüberzustehen, der ihn gerade überfallen hatte. Er versuchte, sich an irgendwelche Merkmale zu erinnern, die bewiesen, dass Arne Bergman den Richtigen festgenommen hatte. Aber ihm fielen nur der entsetzliche Würgegriff und die unerbittliche Kraft des Mannes ein.
Sie standen vor dem Auto. Olsson erkannte eine dunkle Silhouette im Inneren. Der Mann hielt die Arme in eigenartiger Stellung auf dem Rücken, und ihm wurde klar, dass er in den Genuss seiner eigenen Behandlung gekommen war. Dann beugte sich Arne Bergman vor und öffnete die Tür.

Die Innenbeleuchtung ging an, und Olsson starrte überrascht in das Gesicht des Fahrgasts. Es war Gunnar Borin, der dort saß und an dessen Handgelenken ein Paar kräftiger Handschellen schimmerte.

KAPITEL 21

Arne Bergman sah Olsson forschend an. «Was hast du eigentlich da drin zu suchen gehabt?»
Noch schwitzte keiner von ihnen, die matt lackierte Tür hatte sich gerade erst mit einem Plopp hinter ihnen geschlossen. Aber die Luft brannte bereits und die Atemzüge waren kurz und scharf.
Olsson wusste nicht, wo er anfangen sollte, beschloss dann aber, dass er genauso gut mittendrin beginnen konnte.
«Ich habe nach den Kassetten gesucht. Aber ich habe sie nicht gefunden.»
Arne Bergman grinste übers ganze Gesicht. «Das glaube ich gerne! Die hatten wir schon lange entdeckt. Obwohl die Säpo sie uns weggenommen hat.»
Olsson seufzte. Das hätte er sich denken können, denn Arne Bergman war ein fähiger Polizist und pflegte bei einer Durchsuchung nichts zu übersehen. Aus Neugier fragte er: «Wo waren sie?»
Bergman hätte nicht antworten müssen, tat es aber dennoch. «Sie lagen zuunterst in einer halb gefüllten Cornflakes-Packung. In Plastik eingewickelt, deshalb habe ich sie erst für Tabletten oder irgendeinen anderen Scheiß gehalten.»
Er schnitt eine Grimasse. Olsson wusste nicht, ob das damit zusammenhing, was er gesagt hatte, oder weil er sich an den

heißen Holzplanken verbrannt hatte, als er seine Sitzhaltung verändert hatte.
«Die Zeitschriften? Habt ihr die nicht auch überprüft?»
Es klang wie ein Vorwurf, aber Arne Bergman schien es nicht so aufzufassen. Er erklärte sachlich: «Nicht den Inhalt. Wir haben nach Fingerabdrücken von Besuchern und nach Schmuggelware gesucht. Wenn sich die Kassetten nicht an einer so verdächtigen Stelle befunden hätten, hätten wir uns darum nicht weiter gekümmert.»
Sein Körper hatte zu glänzen begonnen. Er schielte nach dem großen Thermometer in der Ecke der Sauna, bevor er hinzufügte: «Natürlich hätten wir früher oder später alles gefunden.»
«Damit hat er gerechnet.»
Arne Bergman grinste wieder. «Dann war es ja ein ziemliches Glück, dass wir so langsam waren.»
Olsson stimmte ihm zu. Ihm war endlich klar geworden, was Gunnar Borins Plan gewesen war. «Er wollte zwei Fliegen mit einer Klappe schlagen.»
Arne Bergman nickte und schloss die Augen. Er hatte sich das so ähnlich zusammengereimt.
Sie saßen schweigend da und ließen ihre Gedanken von der Hitze wärmen. Die dramatische Nacht lastete noch immer wie ein hartnäckiger Kater auf ihnen.

Olsson war zurück in die Hütte gegangen und hatte die falschen Zeitschriften geholt. Er hatte ein geradezu feierliches Gefühl gehabt, als er den Geheimstempel sah und wusste, dass er Bo Stenmarks dreißig Jahre alten Bericht in der Hand hielt.

Er musste zugeben, dass Gunnar Borins Plan gut durchdacht gewesen war. Dadurch, dass er den Bericht bei Kurt Malmberg platziert hatte, hätte man diesen verdächtigt, Morten Salmén vor die U-Bahn gestoßen zu haben, besonders dann, wenn die schmutzige Geschichte über die Vertuschung des Mordes an Borins Schwester ans Tageslicht gekommen wäre. Und mit dem Mord an Malmberg hatte Gunnar Borin seine privaten Rachegelüste befriedigt und dafür gesorgt, dass es niemanden mehr gab, der gegen seine Version der U-Bahn-Geschichte aussagen konnte. Nur mit einem hatte er nicht gerechnet – dass Anne Borins Nerven versagen würden.

Aber genau das war geschehen. Ihr Zusammenbruch und das Geständnis, den Bericht aus Morten Salméns Aktentasche entwendet zu haben, hatten alles ins Gegenteil gewendet. Statt einer falschen Spur hatte er praktisch die Visitenkarte des Mörders bei Malmberg deponiert.

Olsson wusste nicht, wer ihn angerufen hatte, vielleicht jemand vom Krankenhauspersonal oder Anne selbst. Gunnar Borin hatte erfahren, was geschehen war, und sich mit einem einzigen Gedanken auf den Weg gemacht: den Bericht wieder in die Finger zu bekommen, bevor ihn jemand anderes fand. In seiner Eile musste er sein Handy in dem Göteborger Hotelzimmer vergessen haben. Das war der Grund, warum niemand auf Cecilias Anrufe geantwortet hatte.

Olsson spürte trotz der Saunahitze einen kalten Lufthauch im Nacken, als er daran dachte, wie nahe auch er einer Hinrichtung gewesen war. Aber eines verstand er immer noch nicht.

«Wem wollte er eigentlich die Schuld für den Mord an Malmberg in die Schuhe schieben?»

Arne Bergman öffnete die Augen. Die Antwort war ebenso kurz wie überraschend. «Niemandem.»
«Niemandem?»
«Es sollte nach einem Unfall aussehen.»
Olsson schüttelte den Kopf. Bergman bezog sich offenbar auf das Verhör Gunnar Borins, aber das musste er doch missverstanden haben.
«Ein Unfall mit auf dem Rücken gefesselten Händen?»
«Er wurde gestört und konnte den Stahldraht nicht mehr abnehmen. Das behauptet er jedenfalls.»
Arne Bergman änderte erneut die Haltung, aber diesmal achtete er darauf, sich auf sein weißes Frotteehandtuch zu setzen. Er beugte sich nach vorn und trocknete sein Gesicht mit einem Zipfel ab, bevor er weitersprach. «Er behauptet, dass du ihn auf die Idee gebracht hättest.»
«Ich?»
«Du hast ihm den Leichenkeller und die Alkoholkanister gezeigt.»
Olsson hörte die Stichelei, aber sagte nichts dazu.
Nachdem Arne Bergman die Bemerkung hatte einsickern lassen, fügte er hinzu: «Borin wollte Malmberg mit dem Holzspiritus vergiften und ihn dann in den Leichenkeller legen. Es sollte so aussehen, als ob er das Zeug aus Versehen getrunken hätte.»
«Und wie hatte er sich vorgestellt, Malmberg zum Trinken zu bringen? Er glaubte doch wohl nicht, dass der das freiwillig tat.»
Arne Bergman schüttelt den Kopf. «Er wollte ihm das Zeug einflößen.»
«Einflößen?»

«Er würgte ihn bewusstlos, so ähnlich wie bei dir. Dann schleifte er ihn ins Auto und fuhr in die Nähe der Klinik. Er behauptet, ihn auf dem Rücken vom Parkplatz zum Leichenkeller getragen zu haben. Doch dafür müsste er unglaublich stark sein.»

Arne Bergman klang skeptisch, aber Olsson hatte den Würgegriff noch in frischer Erinnerung.

«Er ist stark.»

«Wie es sich traf, hatte er einen Schlauch dabei, wie man ihn benutzt, wenn man Leute mittels einer Sonde ernähren muss. Wahrscheinlich verkauft er das Zeug. Er war gerade damit beschäftigt, als er jemanden kommen hörte. Also schaffte er den Körper in den Raum, wo wir ihn gefunden haben. Er selbst verschwand durch eines der kleinen Fenster und schob die Holzplatte wieder vor den Eingang.»

«Und dann?»

«Dann fuhr er nach Hause. Aber seine Frau hatte eine Freundin zu Besuch, die ihn in der Wohnung fast erkannt hätte. Deshalb fuhr er direkt nach Göteborg weiter.»

Olsson konnte es kaum fassen: Gunnar Borin war der nächtliche Einbrecher gewesen, der Cecilia niedergeschlagen hatte. Das erklärte auch, warum er wegen des Einbruchs nie die Polizei benachrichtigt hatte.

Arne Bergman pausierte kurz, um Luft zu holen. Es war nun sehr heiß in der Sauna, das Thermometer zeigte mehr als 90 Grad. «Du hast natürlich Recht gehabt.»

«Womit?» Olsson kam nicht mehr richtig mit, er fühlte sich plötzlich schwindelig.

Arne Bergman dagegen schien mit dem Steigen der Temperatur geradezu aufzublühen. «Mit dem Telefon. Er hatte eine

Weitervermittlung eingerichtet, damit es so aussah, als wäre er in seinem Hotelzimmer, wenn es klingelte.»
Olsson nickte, er hatte ihnen Gunnar Borins Trick verraten. Aber er konnte sich nicht länger konzentrieren. Es war, als ob die Sauna alles vollenden würde, was Gunnar Borin nicht erreicht hatte.

Die Dusche ließ die Konturen wieder klarer hervortreten. Arne Bergman schnaubte in der Duschkabine nebenan.
«Es sieht so aus, als ob sie ihn laufen lassen.»
«Wen?»
«Gunnar Borin. Sie werden ihn laufen lassen.»
Arne Bergman stand mit zurückgelegtem Kopf und geschlossenen Augen still da, während das kalte Wasser über ihn hinwegströmte. Er wirkte nicht sonderlich berührt von seiner erstaunlichen Behauptung.
«Wie meinst du das?»
Er richtete den Kopf auf und blinzelte durch das Wasser. «Sie haben nicht vor, ihn in Untersuchungshaft zu nehmen.»
Olsson starrte verständnislos zurück. «Du hast doch gesagt, dass er gestanden hat.»
«Hat er ja auch. Aber er dachte, dass Kurt Malmberg an Holzspiritus gestorben ist.»
Olsson sah wieder die getrocknete Blutlache und die weiße, durchgeschnittene Kehle vor sich. Und ihm fiel ein, dass nichts über die Todesursache in der Zeitung gestanden hatte. Er selbst hatte sich ja über die effektive Geheimhaltung gewundert, als er die kleine, versteckte Notiz gelesen hatte.
«Also hat jemand anders die Hinrichtung für ihn zü Ende gebracht.»

«Er wurde gestört. Er glaubt immer noch, dass es nur der Stahldraht ist, der uns den entscheidenden Hinweis auf einen Mord gab.»
Arne Bergman stieg aus der Dusche. Er trocknete sich ab und sagte tröstend: «Aber wegen Freiheitsberaubung und Misshandlung haben wir ihn immer noch am Haken.»
Olsson war zu benommen, um zu antworten. Erst als sie ihre Boxershorts angezogen hatten und sich vor der Mosaikwand niederließen, sagte er: «Ich frage mich, was er mit mir vorgehabt hätte, wenn ihr nicht gekommen wärt.»
Arne Bergman sah plötzlich besorgt aus. Olsson vermutete, dass ihn die rhetorische Frage an seine Kollaboration mit den «Wächtern» erinnerte.
Sein ehemaliger Kollege schaute weg, als er sagte: «Da draußen sind einige, die ganz schön überspannt sind.»
Er verstummte, aber Olsson nahm an, dass er auf seinen Schwager mit der Baseballkappe und dem Gummiknüppel anspielte. Es dauerte eine Weile, bevor er weitersprach.
«Wir passen bloß auf. So ungewöhnlich ist es in Orten mit Freizeithäfen nicht, dass Leute nachts Patrouille gehen. Aber die meisten sind besonnen und vernünftig.»
Olsson sagte nichts. Er hatte allgemein etwas gegen private Sicherheitstrupps und besonders dagegen, dass Polizisten in ihrer Freizeit darin mitwirkten. Aber gleichzeitig verdankte er der Nachtpatrouille sein Leben.
Offenbar deutete Arne Bergman sein Schweigen als Anklage. Vielleicht war es aber auch nur sein schlechtes Gewissen, das ihn die Stimme erheben ließ. «Was ist schon dabei, dass ich ihn festgesetzt habe? Ich bin schließlich Polizist, zum Teufel! Ich dachte, er hat was mit dem Schmuggel zu tun. Und au-

ßerdem befand er sich innerhalb eines abgesperrten Bereichs – genauso wie du. Eigentlich hätten wir dich auch festsetzen können.»

Rein formell betrachtet hatte er natürlich Recht. Sie hatten sich beide nicht korrekt verhalten, aber er hatte keine Lust, darüber zu diskutieren. Stattdessen fragte er: «Kommst du in der Alkoholsache irgendwie voran?»

Arne schien sich etwas zu entspannen. Olsson war klar, warum er so reagiert hatte: Er befürchtete ganz einfach, Olsson würde sein Versprechen nicht halten, über die Sache mit dem Schwager in der Hütte zu schweigen.

«Nein. Es hält sich noch immer jeder bedeckt.»

Olsson ließ den Blick über das riesige Mosaik gleiten. Dann sagte er: «Die Leute scheinen vor irgendwas Angst zu haben.»

Arne Bergman sah nicht auf. Er starrte auf den Boden, als ob er die Kacheln inspizieren wollte, und murmelte: «Es sind zu viele darin verwickelt.»

Olsson hatte ihn das schon früher sagen hören. Aber er erinnerte sich auch noch an etwas anderes, das er gesagt hatte. «Hast du nicht einmal gemeint, die ‹Wächter› hätten etwas damit zu tun?»

Die Reaktion traf ihn völlig unvorbereitet. Arne Bergman blickte endlich auf, und seine Augen waren dunkel vor Wut. Er spuckte die Worte förmlich aus. «Geh doch zum Teufel!»

Dann stand er so eilig auf, dass er beinahe das Gleichgewicht verlor, und verschwand in der Umkleidekabine.

Olsson blieb wie benommen sitzen. Er hatte mit seiner Frage keine Hintergedanken gehabt, aber offenbar hatte er einen wunden Punkt getroffen.

Dennoch verstand er die heftige Reaktion nicht. Dann aber traf es ihn wie ein Schlag: Vielleicht glaubte Arne Bergman, er klage ihn der Korruption an?

Er stand auf und ging durch die Duschen hinüber zur Umkleidekabine. Aber Arne Bergman war bereits verschwunden. Die Tür zu seinem Spind stand sperrangelweit offen, und Olsson fühlte sich mit einem Mal ebenso leer wie der Umkleideschrank.

Er seufzte und sank auf die Bank. Er wurde nicht klug aus seinem ehemaligen Kollegen. Arne Bergman hatte sich nie sehr streng an die Regeln gehalten. Aber das hier war etwas anderes, als einfach wegzuschauen, wenn es um eine kleine Dieberei ging oder um ein bisschen Schlamperei bei einem Polizeibericht. Schützte er vielleicht doch seinen Schwager? Oder war er selbst in eine Sache hineingezogen worden, die ihm über den Kopf wuchs?

Olsson zog sich langsam an und verließ das Schwimmbad. Es war helllichter Nachmittag, und der pflaumenfarbene Pub hatte noch nicht geöffnet. Er nahm die Treppe bei der Nybron hinunter zur Flusspromenade und ging stromaufwärts am braunen, gemächlich dahinfließenden Wasser entlang. Die Weiden beugten sich mit ihren geschmeidigen Ästen weit über den Fluss, und die strähnigen Erlen zeichneten schwarze Streifen in den Himmel über ihm. Aber seine Gedanken waren ganz woanders.

Olsson hatte noch immer schlechte Laune wegen Arne Bergmans Ausbruch und fühlte sich schuldig, ohne zu wissen, wofür. Er hatte geglaubt, dass eine alte Freundschaft wieder belebt werden konnte, aber offenbar hatte er sich geirrt.

Die Flusspromenade endete am Gerichtsgebäude und der alten Polizeistation. Er warf einen düsteren Blick zu dem Bauwerk aus roten Ziegeln hinauf, das einmal sein Arbeitsplatz gewesen war. Das war zu einer anderen Zeit gewesen, und bis ihm Bo Stenmark von Manipulation und Rechtsverdrehung erzählt hatte, hatte er geglaubt, zu einer besseren. Auch darin hatte er sich geirrt.

Er bog auf das Pflaster vor dem Gerichtsgebäude ein und ging schräg an der rotgoldenen Fassade mit den hohen Eichentüren vorbei. An einem ehemals roten Bretterzaun entlang kam er zur Rückseite der Bibliothek, und nach ihrer Umrundung gelangte er auf den Stortorget, wo er vor etwas mehr als einer Woche sowohl Anne Borin als auch Kurt Malmberg getroffen hatte.

Er dachte an ihr bleiches Gesicht und wie sie die Augen verdreht hatte, als sie begriff, wen sie im Café getroffen hatte. Und er erinnerte sich daran, wie sonderbar sich ihr Mann in der Villa in Magnarp aufgeführt hatte. Olsson hatte angenommen, hinter seiner Feindseligkeit stehe Eifersucht, jetzt wusste er es besser. Gunnar Borin musste geglaubt haben, er sei zum Schnüffeln da, vielleicht hatte er bereits zu diesem Zeitpunkt seinen Plan entwickelt, wie er Kurt Malmbergs Leben ein Ende setzen konnte.

Olsson blieb einen Moment mitten auf dem Marktplatz stehen. Nach der Sauna war er durstig, und er war sich nicht sicher, ob er irgendwas Trinkbares im Kühlschrank hatte. Er überlegte, ob er den Umweg über den Supermarkt mit dem seltsamen Namen Lilla Brännborns machen sollte, aber die Bequemlichkeit siegte und er ging zurück zum Café der Bibliothek.

Er nickte der Bibliothekarin zu, als er wie immer die Treppe

rechts vom Eingang nahm. Im Café waren nur die üblichen Zeitungsleser, aber sie saßen mit ihren regionalen Blättern in der Nähe der Wand. Der Tisch vorne am Fenster war frei.
Ihm fiel ein, dass es nur ein paar Tage her war, seit er hier gesessen und über den Mord an Malmberg nachgedacht hatte. Seitdem hatte er die erstaunlichsten Dinge erfahren und hätte beinahe sein Leben verloren. Streng genommen aber wusste er nicht viel mehr als vorher. Jedenfalls hatte er nicht die geringste Ahnung, wer Gunnar Borins unterbrochene Abrechnung zu Ende gebracht hatte.
Olsson hatte ein unbehagliches Déjà-vu-Gefühl. Er war wieder am Anfang angelangt und hatte nicht einmal neue Anhaltspunkte. Er beeilte sich, sein Pils zu trinken, und ging wieder.
Die Zeitungsleser blickten ihm lange hinterher, als er die Treppe ebenso schnell hinunter verschwand, wie er gekommen war.

KAPITEL 22

Die Unlust lastete während des ganzen Heimwegs auf ihm. Rastlos wanderte er durch die Zimmer. Er wusste nicht, was ihn am meisten störte: Arne Bergmans Ausbruch im Schwimmbad oder dass er wie in einem Mensch-ärgere-Dich-nicht-Spiel wieder aufs erste Feld zurückgeworfen worden war.

Es half auch nichts, dass er sich einzureden versuchte, er hätte nichts mehr mit der ganzen Sache zu tun. Er wusste ja faktisch nicht, ob die Bedrohung ihm oder Cecilia gegenüber noch bestand. Er hatte genügend Beweise dafür, dass mächtige Interessen in die Vertuschung des Boman-Mordes verwickelt waren. Als Gunnar Borin festgenommen worden war, hatte er gedacht, dass wenigstens diese Gefahr nun vorüber sei. Aber jetzt war die Lage völlig anders. Richtiger gesagt, sie war wieder so wie zu Beginn. Es konnte irgendjemand gewesen sein, der Kurt Malmberg die Kehle durchgeschnitten hatte, vielleicht der Vater des ermordeten Mädchens, vielleicht einer der «Wächter», vielleicht sogar Arne Bergman. Es konnte aber auch jemand gewesen sein, der ein Interesse daran hatte, ihn zum Schweigen zu bringen.

Olsson sah auf die Uhr. Zum wievielten Mal er das tat, wusste er nicht, aber es war immer noch zu früh. Cecilia würde mindestens noch einige Stunden brauchen, bis sie in ihrer Wohnung war.

Die Rastlosigkeit trieb ihn erneut durch die Wohnung, aber es wurde nicht besser. Zuletzt stand er am Küchenfenster und fasste einen Entschluss.

Feine Gischt bedeckte die Windschutzscheibe des Saab, als der Nadelwald bei Haradal aufhörte. Er schenkte seiner Umgebung keine Beachtung, da er einzig und allein schnell vorwärts kommen wollte. Als er die engen Kurven bei den Hafenmolen hochfuhr, waren die Regentropfen so groß wie Stecknadelköpfe, und er hatte immer noch nicht die geringste Ahnung, wie er sein Anliegen vor Arne Bergman formulieren sollte.

Vor dem weißen Zaun standen keine Autos, aber die große Garage, in der zwei Wagen Platz fanden, war verschlossen. Er lief zwischen den beiden akkuraten Gebüschreihen hindurch und klingelte. Sogar der Regen hielt den Atem an, während er wartete, aber nichts geschah. Er klingelte erneut, doch auch diesmal tat sich nichts.

Olsson wusste nicht, ob er erleichtert oder betrübt sein sollte, als er den Weg durch den Vorgarten zurückging. Er setzte sich in den Saab und warf in Gedanken eine Münze, ob er warten sollte oder nicht. Dann fiel ihm ein, dass Arne Bergman es missverstehen könnte, wenn er vor seinem Haus herumstand. Er drehte den Autoschlüssel und fuhr weg.

Olsson kurvte auf gut Glück durch das Villenviertel. Der Regen hatte aufgehört, hing aber noch wie eine graue Decke über den niedrigen Dächern. Ohne sich dessen bewusst zu sein, steuerte er den Saab auf die Hauptstraße. Als er bemerkte, wo er sich befand, nahm er es als Zeichen und bog links ab, obwohl es noch immer Stunden zu früh war.

Am Hafen von Magnarp hielt er an und ging hinaus auf die Mole. Der Meer wetteiferte an Grautönen mit dem Himmel, und er fröstelte in der kalten Herbstluft. Ein Schwarm Wildgänse flog die Küste entlang auf seinem Weg nach Süden. Vielleicht waren die Vögel uneins über die Himmelsrichtung, es klang wie eine Kakophonie altmodischer Fahrradklingeln, als sie sich auflösten und in einer neuen Formation gen Vegeholm flogen.
Olsson blickte ihnen nachdenklich hinterher. Er fragte sich, wie weit Anne Borin in die Mordpläne ihres Mannes eingeweiht gewesen war. Er erinnerte sich, wie nervös sie bei jenem Abendessen gewesen war und wie zufrieden sie konstatiert hatte, dass Gunnar Borin aus dem Park Hotel in Göteborg angerufen hatte. Und sie musste gewusst haben, dass ihr Mann in der Mordnacht Cecilia niedergeschlagen hatte.
Olsson sah ihr angespanntes Gesicht vor sich, als sie ihn gefragt hatte, ob er jemanden vor dem Haus gesehen habe. Zu diesem Zeitpunkt musste sie geahnt haben, dass etwas schief gelaufen war. Er konnte sich ihre Unruhe vorstellen, bevor sie ihren Mann via Handy erreichte. Aber auch wenn sie in seine Pläne eingeweiht gewesen war, waren weder sie noch Gunnar Borin technisch gesprochen Mörder.
Ein Fischerboot bewegte sich langsam am grauen Horizont entlang; es sah aus, als suche es etwas, und Olsson fiel ein, dass Heringssaison war. Dann dachte er an den Vater des ermordeten Mädchens und sah ihn mit dem dicken Seil in der einen und dem Messer in der anderen Hand auf seinem Boot. War diese makabre Geste nur ein Zufall gewesen, oder hatte er ihm damit etwas sagen wollen?
Olsson holte tief Luft, er begriff, dass seine Phantasie mal

wieder mit ihm durchging. Dass der Mann ein Seil durchschnitten hatte, bedeutete nicht, dass er wusste, dass man Kurt Malmberg die Kehle durchgeschnitten hatte, und schon gar nicht, dass er es getan hatte.

Der Regen schien sich endlich wieder entschieden zu haben. Die ersten Tropfen bildeten dünne Ringe im Hafenbecken, und als der Regen dichter wurde, warf Olsson einen Blick zu den Wolken hinauf und beeilte sich, den unebenen Zementkai zurückzugehen.

Die Scheibenwischer arbeiteten im halben Tempo, und das Meer presste sich gegen die linke Seite der Straße. Olsson hatte sich angewöhnt, in die andere Richtung zu sehen, wenn er an dem grauen Betonbunker vorbeifuhr, aber diesmal war er gezwungen, zweimal hinzuschauen. Dann trat er voll auf die Bremse.

Ein Mann stand dort mitten auf der Straße im Regen.

Olsson dachte erst, es sei Gunnar Borin, dann aber sah er das nasse weiße Haar und erkannte dessen Vater. Er stand reglos auf der Fahrbahn und schien nicht zu wissen, wo er sich befand. Olsson parkte das Auto und ging zu ihm.

Edward Borin schaute ihn mit leerem Blick an, dann sagte er unruhig: «Bist du das, Gunnar?»

Olsson schüttelte den Kopf. «Nein, aber ich bin ein Bekannter von ihm.»

Der alte Mann hob die Augenbrauen unter dem weißen Haarschopf. «Ich weiß nicht mehr, wohin ich wollte.»

«Steigen Sie ins Auto, ich fahre Sie heim. Hier werden Sie ja tropfnass.»

Überrascht sah er Olsson an, er schien plötzlich klarer zu werden. «Ja, da hast du wohl Recht.»

Er setzte sich auf den Vordersitz neben Olsson und trocknete sein regennasses Gesicht. Mit einem Mal klang er normal. «Ich wollte in die Klinik zurück.»

Olsson ließ den Wagen an und fuhr zum Dorf. Bis sie hinter dem Wäldchen zum Krankenhaus einbogen, sagte keiner etwas. Edward Borin saß vollkommen still da. Olsson dachte schon, er schliefe, als er plötzlich den Kopf zu ihm drehte. In seiner Stimme lagen Unruhe und Verwunderung, als sei er nicht sicher, ob er sich richtig erinnere.

«Ich habe nichts von Gunnar gehört. Und auch nicht von Anne.»

Olsson wusste nicht, was er erwidern sollte. Er brachte es nicht über sich, ihm die Wahrheit zu sagen, nämlich dass sein Sohn wegen Mordverdachts festgenommen worden war und dass seine Schwiegertochter nach einem Selbstmordversuch im Krankenhaus lag. Der alte Mann tat ihm plötzlich Leid. Wer würde sich nun um ihn kümmern? Er lebte in einer Schattenwelt, in der Anne und Gunnar Borin das einzig Feste und Beständige waren.

«Ich bringe Sie nach Hause», sagte er ausweichend.

Edward Borin nickte, aber Olsson war unsicher, ob er ihn wirklich verstanden hatte. Der Saab fuhr durch die Einfahrt auf das Krankenhausgelände. Die entlaubten Bäume, die das weiße Haus umstanden, sahen in dem grauen Regenwetter wie schwarze Fingerabdrücke aus. Oben auf dem Hügel hockte der Leichenkeller mit seinem schützengrabenähnlichen Zementweg.

Olsson wandte den Kopf ab, als sie langsam daran vorbeifuhren, und zu seiner Verwunderung hörte er Edward Borin sagen: «Ich habe vor kurzem nachts etwas gesehen.»

Er sprach zu sich selbst, als ob er versuchte, sich an etwas zu erinnern, das in seinem verglimmenden Bewusstsein halb oder ganz verloren gegangen war. Irgendetwas in seiner Stimme ließ Olsson aufhorchen.

«Waren Sie denn nachts hier draußen?»

Die Augen des alten Mannes irrten umher. Es war, als wollte er ein Bild einfangen, das nur er selbst in seinem Inneren sehen konnte. «Das glaube ich.»

«In welcher Nacht?»

Olsson wusste nur zu gut, wie unwahrscheinlich es war, dass es gerade die Mordnacht gewesen war, aber er fragte trotzdem. Edward Borin sah ihn direkt an, und in seiner erschöpften Antwort lag etwas Trauriges.

«Das weiß ich nicht.»

Die Klinik lag etwa fünfzig Meter weiter entfernt. Olsson fuhr bis zum Eingang und folgte Edward Borin durch die Tür. Zu seiner Verwunderung hatte der alte Mann keine Schwierigkeiten, sein Zimmer zu finden. Vielleicht war es Neugier, vielleicht Sympathie, was Olsson dazu veranlasste, an der Zimmertür nicht einfach kehrt zu machen. Eine Krankenschwester eilte vorbei und zeigte ihr Berufslächeln, als er mit Edward Borin hineinging. Wahrscheinlich hielt sie ihn für einen Angehörigen, und er protestierte nicht.

Das Zimmer war modern und zweckmäßig eingerichtet, hatte aber dennoch eine persönliche Note. Offenbar erlaubte das Krankenhaus den Patienten, eigene Dinge mitzubringen. Olsson hatte irgendwo gelesen, dass Altersdemenz nicht so schlimm war, wenn man von vertrauten Gegenständen umgeben war.

Edward Borin war noch immer völlig durchnässt, das weiße Haar lag glatt auf seinem Kopf und die Kleider rochen nach feuchter Wolle. Olsson wollte gerade vorschlagen, dass er sich umziehen solle, als Borin die Tür zum Badezimmer öffnete.
«Ich muss mich bloß abtrocknen, aber das geht schnell.»
Olsson nickte unsicher.
Der alte Mann schien seine geistigen Fähigkeiten wieder gefunden zu haben, und Olsson fragte sich im Stillen, ob auch die Erinnerung daran, was er in der Umgebung des Krankenhauses gesehen hatte, wiederkommen würde.
Er sah sich in dem kleinen, ordentlichen Zimmer um. Auf einem Schreibtisch standen einige schlicht gerahmte Fotografien, und er zuckte zusammen, als er das zarte Mädchengesicht wieder erkannte. Sie sah auf dem Foto genauso still und ernst aus wie damals, als er sie zwischen Zweigen und Ästen gefunden hatte.
Olsson zwang sich wegzuschauen. Auf dem Bild daneben war eine Frau in den Dreißigern zu sehen. Aus reiner Zerstreutheit nahm er das Foto in die Hand und betrachtete nachdenklich den sorglosen Blick und die kleinen Grübchen, die durch ihr breites Lächeln entstanden. Er stand mit dem Bild in der Hand da, als Edward Borin auf einmal die Badezimmertür öffnete.
Es war, als habe er Olssons Gedanken gelesen. Er schien vollkommen klar zu sein, als er sagte: «Niemand dachte, dass sie Selbstmord begehen würde.» Dann fügte er zur Erklärung sachlich hinzu: «Das ist meine Frau, Solveig.»
Olsson fiel auf, dass er im Präsens sprach. Vielleicht war das eine alte Gewohnheit, oder seine Ehe bestand für ihn noch immer.
Olsson stellte das Porträt zurück. Es war wohl nicht der rich-

tige Moment, um über den Mord an Kurt Malmberg zu sprechen. Andererseits war es sicher am besten, es auszunutzen, wenn Edward Borin bei klarem Verstand war. Man wusste schließlich nie, wie lange das dauerte.

«Sie haben gesagt, dass Sie etwas gesehen haben», begann er vorsichtig.

Aber der alte Mann war mit seinen Gedanken woanders, oder er wollte dem Thema ausweichen. Er betrachtete seine Fotografien, wie er es Tausende von Malen getan haben musste.

«Sie wollte nur ins Kino gehen», sagte er.

Olsson fiel nichts ein, was er hätte sagen können. Die wenigen Worte fassten die ganze Tragödie zusammen.

Dann sah ihn Edward Borin plötzlich an. Seine dunkle Stimme klang ebenso sachlich wie vorher. «Ich erkenne dich wieder.»

Olsson wusste erst nicht, was er meinte. Vielleicht hatte er wieder den Zusammenhang verloren und vergessen, wie er in sein Zimmer gekommen war? Aber bevor er ihn erinnern konnte, sprach Borin weiter.

«Du hast sie gefunden.»

Verdutzt betrachtete Olsson den alten Mann. War es wirklich möglich, dass er ihn nach dreißig Jahren wieder erkannte? Er hatte nichts gesagt, was ihm einen Hinweis hätte geben können.

Edward Borin musste ihm seine Verblüffung angesehen haben. Er blickte aus dem Fenster und sagte langsam: «An die Dinge von damals erinnere ich mich. Es ist die Gegenwart, die verschwindet.» Er lächelte schwermütig. «Man sagt, dass man in der Vergangenheit leben kann.»

Er schien sich in seinen Gedanken zu verlieren. Olsson stand bestürzt da. Er wollte seine Frage wiederholen, aber etwas hielt ihn zurück

Es blieb für eine Weile still, dann sagte Edward Borin auf einmal: «Sie konnte nicht mehr. Aber ich musste.»

Unruhig begann er, die Fotos hin und her zu schieben. Olsson musste daran denken, wie er mit der Kaffeetasse herumgespielt hatte, nachdem Gunnar Borin und er vergeblich nach ihm gesucht hatten. Damals war gleich darauf ein Wutanfall gekommen.

«Was konnte sie nicht mehr?»

Olsson fragte vor allem, um ihn abzulenken, aber Edward Borin antwortete ruhig: «Weitermachen. Aber ich musste, wegen Gunnar.»

Die Worte klangen gleichermaßen selbstverständlich wie pathetisch, und Olsson ging erneut auf, wie furchtbar die Familie getroffen worden war. Zu wissen, was Kurt Malmberg Lisbet vor ihrem Tod angetan hatte, war schlimm genug. Aber Edward Borin hatte auch noch seine Frau verloren, weil sie es nicht länger ausgehalten hatte, und er war dazu gezwungen gewesen, alles mit einem zehnjährigen Jungen zu teilen. Und nun waren die Rollen vertauscht, es war Gunnar Borin, der seinem Vater zuliebe weitermachen musste. Abermals fragte sich Olsson, wie es ihm wohl im Gefängnis erging.

Er hatte den Gedanken noch nicht zu Ende gedacht, als Edward Borin sich plötzlich unruhig umsah, als ob er nach etwas suche. «Ist Gunnar hier?»

Olsson sah die Angst in seinen Augen und verstand, dass er kurz davor war, wieder in seine Verwirrung zu entgleiten. Er erinnerte ihn an eine flackernde Lampe, die abwechselnd hell und dunkel war. Vielleicht hätte er jemand vom Personal rufen sollen, aber irgendetwas bewog ihn dazu, es so zu sagen, wie es war.

«Er ist nicht hier. Ich habe Sie hierher gefahren. Es regnete und Sie waren ganz durchnässt.»

Zu seiner Überraschung half es. Der Blick hörte auf umherzuirren, und der alte Mann hob die Augenbrauen auf dieselbe Art wie vorhin im Auto.

«Jetzt erinnere ich mich. Wir sind durch die Einfahrt gefahren.» Er schien sich zu beruhigen, vielleicht war die Attacke ja schon vorbei. Nachdenklich sagte er: «Aber es war etwas anderes, an das ich mich erinnern wollte.»

Olsson dachte nicht nach, die Frage entfuhr ihm einfach. «Was haben Sie gesehen?»

Er schämte sich im selben Augenblick, in dem er seine Worte hörte. Das war, als wollte man einen Behinderten ausnützen, aber Edward Borin kümmerte sich nicht darum. Er klang auf einmal seltsam gefasst.

«Ich habe gesehen, wie jemand etwas in den Keller getragen hat.»

Und ehe Olsson etwas sagen konnte, fuhr er fort: «Sie kamen nicht mehr raus, also bin ich reingegangen. Ich habe ihn sofort wiedererkannt»

Er legte den Kopf zur Seite. Plötzlich lächelte er, als würde er sich an etwas Schönes erinnern. «Ich habe mit dieser Hölle endlich Schluss gemacht.»

Olsson verstand nicht, was er meinte. Er musste nachfragen: «Was haben Sie gemacht?»

«Ich habe Kurt Malmberg die Kehle durchgeschnitten.»

Olsson sah ihn verblüfft an. Die Antwort kam so einfach und selbstverständlich, als ob es sich um etwas ganz Alltägliches handelte. Er vermutete, dass der alte, verwirrte Mann Phantasie und Wirklichkeit durcheinander brachte. Vielleicht war es ja ein alter Wunschtraum von Rache, der zum Schluss deutlicher war als sein zerbrechlicher Kontakt mit der Realität.
«Sind Sie sicher?», fragte er behutsam.
Er wollte ihn nicht zu sehr beunruhigen und ihm widersprechen, womöglich löste das einen neuen Anfall aus. Aber Edward Borin ging zu seinem nassen Sakko und suchte in den Taschen nach etwas. Dann streckte er Olsson den Gegenstand entgegen.
«Das habe ich benutzt», sagte er. «Ich habe es immer dabei.»
Es war ein Schweizer Armeemesser.
Olsson sank auf das Bett und starrte das rote Messer ungläubig an. Es war nur zu deutlich erkennbar, dass die scharfe Klinge von dunkelbraunem, getrocknetem Blut verklebt war. Er saß eine ganze Weile so da und versuchte sich darüber klar zu werden, was er nun tun sollte. Schließlich fragte er matt:
«Und was ist dann passiert?»
Edward Borin sah ihn mit seinen trüben Augen an. Sie waren nicht länger unruhig, er schien nicht die geringste Reue zu verspüren. Er sagte, als ob es sich um die natürlichste Sache der Welt handelte: «Ich ging nach Hause und legte mich hin.»

EPILOG

Die drei Männer auf dem Bild lächelten unbeschwert in die Kamera. Sie hielten Gläser in den Händen, und auf dem Tisch vor ihnen lag ein unterzeichneter Vertrag. An der Seite von Schwedens Außen- und Chiles Verteidigungsminister erkannte Olsson sofort Douglas Ferguson. Sein Lächeln unterschied sich nicht von dem der anderen, die unbeschwerte Haltung sollte wohl andeuten, dass auch er zum Club gehörte.

Olsson las den Artikel ein zweites Mal. Der geglückte Verkauf der JAS-Flugzeuge an Chile hatte die schwedische Waffenindustrie davor gerettet, dreihundert Stellen abzubauen, und die Kurswerte an der Börse waren gestiegen. Sonst stand nichts da. Nur, dass sich der britische Militärattaché in seiner Eigenschaft als internationaler Vermittler massiv für Schweden eingesetzt hatte und demnächst von der Regierung offiziell ausgezeichnet werden würde.

Olsson ging hinüber zum Küchenfenster und sah hinaus zu einer entlaubten Hängebirke. Wie sich die Säpo verhalten hatte, wusste er nicht, aber die unerwarteten Beschlüsse waren dicht aufeinander gefolgt – die Straffreiheit für Edward Borin, die niedergeschlagene Untersuchung gegen Gunnar Borin und die Feststellung eines Unglücksfalles in der U-Bahn. Lediglich die drei Schmuggler, die ein ganzes Dorf in Angst gehalten hatten, waren angeklagt und verurteilt worden.

Olsson zwang sich dazu, erneut in die Zeitung zu schauen.

Das zweite große Foto auf der Seite zeigte ein lächelndes Quartett, das im dazugehörigen Artikel optimistisch *Wahrheitskommission* genannt wurde und das die geheimen Archive der Säpo untersuchen sollte.

Die Benennung schien eine Anpassung an das wachsende Bedürfnis nach Offenheit zu sein, das es nach dem Ende des Kalten Krieges gab. Zwischen den Zeilen konnte man aber auch lesen, dass sie ebenso eine Antwort auf die Proteste der Forscher war, denen es nicht gelungen war, an der eisernen Hand vom Must vorbeizukommen. Wenn man dem hoffnungsvollen Artikel glauben konnte, so begannen neue Zeiten, sowohl was die Untersuchung der Inlandsspionage als auch was andere Skandale betraf, die nun endlich ans Licht der Öffentlichkeit gebracht werden sollten.

Olsson machte sich keine Illusionen mehr. Die offizielle Doppelmoral war weder stärker noch schwächer als früher. Jede Zeit hatte ihre heiligen Kühe, das war alles. Die Wahrheit über den Mord an Lisbet Boman war zum Staatsgeheimnis geworden. Der alte Justizskandal war lediglich von einem neuen abgelöst worden.

Und vielleicht lag darin ja so etwas wie eine ironische Gerechtigkeit. Olsson fragte sich, wie die Familie Borin leben würde, wenn die makabre Geschichte nicht erneut vertuscht worden wäre.

Er legte die Zeitung weg und bemühte sich, seine unangenehmen Gedanken zu verdrängen. Nach allem, was geschehen war, war er sehr müde, und es gab anderes, woran er denken musste. In zwei Stunden würde Cecilia kommen. Er griff in die Gefriertruhe und holte seine Entrecôtes heraus. Sie waren hart wie Eis, und er überlegte einen Moment, ob er sie in heißes Wasser legen sollte, hielt es dann aber für klüger, das zu lassen. Diesmal hatte er nicht vor, sich von seinen Plänen durch irgendetwas abbringen zu lassen.

Er hatte den Gedanken noch nicht zu Ende gedacht, als das Telefon klingelte. Es war nicht Cecilias Stimme, aber irgendwie kam sie ihm bekannt vor.

«Wissen Sie nicht, wer ich bin?»

Olsson stand einige Sekunden schweigend da, den Hörer in der Hand, während seine Gedanken ziellos umherirrten.

Dann legte er vorsichtig wieder auf, ohne geantwortet zu haben.

Petra Hammesfahr

Petra Hammesfahr, 1952 geboren, lebt als Schriftstellerin und Drehbuchautorin in Kerpen bei Köln. Ihr Roman *Der stille Herr Genardy* wurde in mehrere Sprachen übersetzt und erfolgreich verfilmt.

Die Sünderin *Roman*
416 Seiten. Gebunden
Wunderlich und als
rororo 22755
Ein Sommernachmittag am See: Cora Bender, Mitte Zwanzig, macht mit ihrem Mann und dem kleinen Sohn einen Ausflug. Auf den ersten Blick eine ganz normale Familie, die einen sonnigen Tag genießt. Doch dann geschieht etwas Unvorstellbares ...
«Ein Buch, das auch nach der letzten Seite noch in der Seele schmerzt.» *Freundin*

Der Puppengräber *Roman*
(rororo 22528)

Lukkas Erbe *Roman*
(rororo 22742)
Der geistig behinderte Ben, der «Puppengräber», wurde im Sommer ’95 verdächtigt, vier Mädchen aus seinem Dorf getötet zu haben. Nach einem halben Jahr Klinikaufenthalt kehrt Ben verstört zu seiner Familie zurück. Sofort breitet sich Misstrauen unter den Dorfbewohnern aus.

Das Geheimnis der Puppe
Roman
(rororo 22884)

Meineid *Roman*
(rororo 22941 / März 2001)
«Spannung bis zum bitteren Ende.» *Stern*

rororo / Wunderlich

Die Mutter *Roman*
400 Seiten. Gebunden
Wunderlich
Vera Zardiss führt ein glückliches Leben: Mit ihrem Mann Jürgen ist sie vor Jahren in eine ländliche Gegend gezogen. Mit den Töchtern Anne und Rena wohnen die beiden auf einem ehemaligen Bauernhof. Die heile Welt gerät ins Wanken, als Rena kurz nach ihrem 16. Geburtstag plötzlich verschwindet ...

Der stille Herr Genardy *Roman*
(Wunderlich Taschenbuch 26223)

Der gläserne Himmel *Roman*
(rororo 22878)

«Eine deutsche Autorin, die dem Abgründigen ihrer anglo-amerikanischen Thriller-Kolleginnen ebenbürtig ist.» *Welt am Sonntag*

Weitere Informationen in der **Rowohlt Revue**, kostenlos in Ihrer Buchhandlung, oder im **Internet: www.rowohlt.de**

Laurie R. King

«Wenn jemand die Nachfolge von P. D. James antritt, dann **Laurie R. King.**» *Boston Globe*

Die Gehilfin des Bienenzüchters
Kriminalroman
(rororo 13885)
Der erste Roman einer Serie, in der Laurie R. King das männliche Detektivpaar Sherlock Holmes und Dr. Watson durch eine neue Konstellation ersetzt: dem berühmten Detektiv wird eine Assistentin – Mary Russell – zur Seite gestellt. «Laurie King hat eine wundervoll originelle und unterhaltsame Geschichte geschrieben.» *Booklist*

Tödliches Testament
Kriminalroman
(rororo 13889)
Die zweite Russell-Holmes-Geschichte.

Die Apostelin *Kriminalroman*
(rororo 22182)
Mary Russell und Sherlock Holmes, der wohl eingeschworenste Junggeselle der Weltliteratur, haben geheiratet. Aber statt das Familienidyll zu pflegen, ist das Paar auch in dem dritten Band über den berühmten Detektiv und seine Assistentin wieder mit einem Mordfall beschäftigt.
«*Die Apostelin* ist ein wundervolles Buch. Ich habe diesen Roman geliebt.» *Elisabeth George*

Tödliches Testament
Kriminalroman
(rororo 13889)

rororo Unterhaltung

Die Farbe des Todes *Thriller*
(rororo 22204)
Drei kleine Mädchen sind ermordet worden. Kein leichter Fall für Kate Martinelli, die gerade erst in die Mordkommission versetzt wurde und noch mit der Skepsis ihres Kollegen Hawkin zu kämpfen hat.

Die Maske des Narren
Kriminalroman
(rororo 22205)
Kate Martinelli und Al Hawkin übernehmen ihren zweiten gemeinsamen Fall.

Geh mit keinem Fremden
Kriminalroman
(rororo 22206)

Die Feuerprobe *Roman*
Deutsch von Eva Malsch und Angela Schumitz
544 Seiten. Gebunden.
Wunderlich (September 2000)

Weitere Informationen in der **Rowohlt Revue,** kostenlos im Buchhandel, und im **Internet: www.rororo.de**

3666/3

3455/8

Romane und Erzählungen

D. W. Buffa
Nichts als die Wahrheit
Antonellis erster Fall
(rororo 22771)
«Ein ebenso intelligentes wie spannendes Buch.» FAZ

Michael Crichton
Die Gedanken des Bösen
Roman
(rororo 22798)
«Ein atemberaubend spannendes Buch.» *New York Times Book Review*

Erri De Luca
Die Asche des Lebens
Erzählung
(rororo 22407)
Das Meer der Erinnerung
Roman
(rororo 22743)

Klaus Harpprecht
Die Leute von Port Madeleine
Dorfgeschichten aus der Provence
(rororo 22746)

Jacques Neirynck
Die letzten Tage des Vatikan
Roman
(rororo 22759)
«Der Roman ist vielschichtig, verwickelt und voller Überraschungen ... voller kühner, kluger Gedanken, voller Wärme und hochunterhaltsam.» *Der Spiegel*

Chaim Potok
Novembernächte *Die Geschichte der Familie Slepak*
(rororo 22800)
«Eine ergreifende Familienchronik und eine Nachhilfestunde in russischer Revolution.» *Focus*

rororo Literatur

Nicholas Shakespeare
Der Obrist und die Tänzerin
Roman
(rororo 22619)
«Ein spannender und poetischer Roman über Gewalt, Ethik und Liebe.»
Süddeutsche Zeitung

Oliver Stone
Night Dream *Roman*
(rororo 22885)
Hemmungslos provozierend wie in seinen Filmen betritt Oliver Stone jetzt die literarische Szene. In seinem ersten Roman verlässt der neunzehnjährige Held seine Eltern, bricht sein Studium in Yale ab und geht nach Vietnam.

Wei-Wei
Die Farbe des Glücks *Roman*
(rororo 22788)
«Eine wunderbare chinesische Familiengeschichte, rührend, lebensnah und mitreißend.» *Cosmopolitan*

Weitere Informationen in der **Rowohlt Revue**, kostenlos in Ihrer Buchhandlung oder im **Internet: www.rowohlt.de**

3287/9